Prologue

Berkeley

– Vous savez, docteur, j'ai acheté votre bouquin.

– Excusez-moi, Joe, je regardais la mer. Que disiez-vous ?

Ils roulaient le long de la baie de San Francisco et le Dr Helen Hudson, assise à côté de l'officier de police Joe Shields, essayait de grapiller quelques instants de rêverie.

À la façon qu'elle avait de plisser le front et de porter la main au bas de son visage, le pouce soutenant le menton, l'index replié appuyant légèrement à la base du nez, Joe avait remarqué qu'elle était de nouveau inquiète. Il l'avait vue faire ce geste quatre ou cinq fois ces dernières semaines, chaque fois, précisément qu'elle allait se produire en public, comme à l'occasion de cette interview télévisée à Burbank et lors de la signature de son livre, la veille, à Los Angeles.

– Je disais que j'ai acheté votre dernier bouquin, la semaine dernière.

– Oh, Joe, pourquoi ne me l'avez-vous pas dit ? Je vous en aurais donné un. J'en ai un tas, chez moi, et je n'ai plus personne à qui en envoyer.

– Je me suis dit que je ferais bien de savoir un peu de quoi vous parlez. À ce sujet, je me demandais si vous pourriez me le...

– Vous le dédicacer ?

– Oui. Vous savez, c'est la première fois que je côtoie une célébrité.

Ainsi Helen bavardait-elle avec l'officier Shields, dans la grosse et grise Chevy filant en direction de Berkeley.

Solide, trapu, Joe n'atteignait pas le mètre soixante-dix, et Helen le dominait d'une dizaine de centimètres. Il avait un visage agréable, un rien comique. Aujourd'hui, il était en uniforme, alors qu'à Los Angeles il portait toujours avec elle, des costumes civils. Helen supposait qu'il avait dû, une fois de retour dans le département de police de San Francisco, rendosser l'uniforme.

Elle remarqua qu'il était un tantinet boudiné à la taille. Mme Shields devait sûrement lui préparer, chaque soir, un copieux dîner de viande et de féculents. Elle l'imaginait assis, avec une bière et son journal, devant la télé, pendant que les enfants jouaient à ses pieds. Helen devinait, à travers ce qu'il lui en disait, que Joe Shields aimait sa femme et ses gosses. Une vie banale, en somme, mais qui, pour elle, était aussi étrangère que les sociopathes qu'elle étudiait pour gagner sa vie.

Ils quittèrent la 80 et la baie, pour prendre la sortie d'Ashby Street et les rues familières de Berkeley.

Il avait tenu à ce qu'elle l'appelle Joe, mais, pendant la première semaine qu'ils avaient passée ensemble, il n'avait pu se résoudre à l'appeler autrement que Dr Hudson. Ils avaient trouvé un compromis avec « docteur ».

Shields, peu habitué à côtoyer des femmes aussi intelligentes, aussi sûres d'elles et aussi accomplies que l'était Helen, éprouvait envers elle un mélange d'admiration et de crainte. C'était un brave homme, dont elle appréciait la solidité et la normalité, qualités qui faisaient toujours défaut aux hommes qu'elle aimait et à ceux qu'elle étudiait. Elle le surprenait de temps à autre, coulant un regard vers elle, admirant son élégance et ses traits délicats.

Ces attentions masculines étaient les bienvenues. Elle n'avait guère de vie sociale ou sentimentale depuis qu'elle avait fait la connaissance de Daryll Lee

Collum. Il était l'homme de ses cauchemars, un tueur qui avait pénétré dans son esprit et s'était fondu avec son ADN. Pendant deux ans, elle avait mangé, bu, s'était baignée et avait dormi avec lui. Parfois, la nuit, alors qu'elle était devant son ordinateur, écrivant son livre, elle fermait les yeux et laissait l'image de Collum l'envelopper. Elle pouvait ressentir l'étreinte de ses bras tatoués et suivait du doigt le dessin ornant le creux de son coude droit : un couteau planté dans le cœur saignant de Jésus.

Au-dessus d'elle se penchait la tête de ce tueur aux épais cheveux roux ondulés et au visage piqueté de taches de rousseur, un visage juvénile qui avait trompé au moins cinq femmes, torturées à mort.

C'était là, sa méditation. Elle rampait à l'intérieur de l'esprit de ce sociopathe, guettant les indices qui lui en révéleraient le mystère. Car c'était là, sa tâche : disséquer, analyser, et produire la preuve irréfutable qui isolerait à jamais Darryl Lee de la foule, du troupeau humain dont il nourrissait sa folie meurtrière.

Berkeley défilait par la fenêtre sous les yeux d'Helen. Ça faisait au moins un an et demi qu'elle avait pris son congé sabbatique. Et six mois que le livre avait été publié. Devenu best-seller, il avait fait d'elle une vedette. Les *serial killers* faisaient recette, aujourd'hui. Elle avait déjà bâti sa réputation et sa fortune comme experte et consultante, mais cela n'avait jamais dépassé les cercles professionnels. Ces derniers mois, son agent lui avait obtenu des émissions de télé. Les ventes du livre avaient encore grimpé. *People Magazine* l'avait appelée : ils la voulaient en couverture.

Cela aurait pu être son heure de gloire : revenir à Berkeley, après toutes ces années passées à se battre pour qu'on prenne au sérieux la psychologie médico-légale. Hélas, au lieu d'une fierté légitime, elle avait la peur pour compagne de chaque instant.

– Ce n'est pas à votre conférence que vous pensez, n'est-ce pas, docteur ?

Elle tressaillit imperceptiblement.

– Non, Joe. Mais vous avez raison, je ferais mieux de consulter mes notes.

Elle vit qu'ils traversaient Martin Luther King et jeta un coup d'œil au Berkeley City Hall, alors que la voiture se dirigeait maintenant vers Shattuck.

– Vous tracassez pas. Ils finiront par l'avoir. C'est rien qu'une question de temps.

Un homme sensible, ce flic. Il savait vers qui les pensées d'Helen étaient tournées.

Elle souleva son sac noir sur ses genoux ; le contact presque soyeux du cuir était apaisant. Elle sortit un paquet de notes, les feuilleta rapidement. Une conférence universitaire n'était jamais qu'une routine pour elle. À peine laissa-t-elle glisser de nouveau son regard vers la route que la culpabilité et la peur resserrèrent leur étreinte.

Darryl Lee Cullum était un homme libre et elle ne pouvait chasser l'idée qu'elle en était responsable. La protection policière dont elle faisait l'objet faisait littéralement enrager Sherman, le District Attorney d'Oakland. Elle n'avait pas accepté le scénario que lui proposait le D.A. et joué les vertueuses. Cet excès de scrupules avait valu à Darryl un ajournement de son procès. Il s'était ensuivi un fameux hourvari dans la salle du tribunal et, dans la confusion, Darryl avait réussi à prendre un huissier en otage et à s'échapper avec l'aide d'une de ses groupies, Teresa Ann Slocum. L'idiote avait rêvé du rôle de Bonny pour son Clyde Barrow et elle avait fini première victime du tueur en cavale, qui l'avait immolée pour célébrer sa liberté retrouvée.

Il avait laissé à l'intention d'Helen un message gravé sur le ventre de Teresa, ainsi qu'un joli dessin en filigrane exécuté au stylet sur les bras.

Il avait déjà expérimenté cette pratique sur sa dernière victime, avant son arrestation. D'ordinaire, il laissait en outre un petit dépôt bien net de son sperme, signature masturbatoire parfois *post mortem.* Il ne détestait pas non plus jouer du .44 Spécial, qu'il portait dans le dos, sous le ceinturon.

« Tout artiste signe son travail, Helen », lui avait-il dit lors de leur dernier entretien.

Après l'ajournement du procès et ses conséquences dramatiques, Sherman avait souhaité la mort d'Helen. Néanmoins, il savait qu'elle était son seul moyen de remettre la main sur Collum. Elle était sa chèvre.

Dès son arrestation, Darryl Lee avait juré devant Dieu qu'il se vengerait du Dr Helen Hudson. Il était persuadé qu'un jour, il aurait sa revanche. Depuis son évasion, il ne se passait pas une journée sans qu'il se rappelle à elle. Il lui envoyait ce qu'il appelait des « colis d'amour »... des mèches de cheveux, des coupures d'ongles, parfois des bouts de peau, des cartes de visite tachées du sang de ses victimes.

Après son évasion, une carte de la Saint-Valentin arriva avec un poème qui, par la suite, avait souvent orné les messages qu'il lui envoyait :

Enfile ta robe du dimanche, doc,
Parce que t'as rancart avec ma pomme,
On va s'en payer du bon temps,
Darryl Lee s'est fait la belle !

Il aimait l'appeler au téléphone et lui chuchoter des saloperies, comme si elle était l'une des nombreuses jeunes femmes perturbées qui avaient supplié Darryl de les épouser, alors qu'il était en prison. Elle fit placer son téléphone sur liste rouge, mais il parvint à obtenir son nouveau numéro auprès de l'agent littéraire d'Helen en se faisant passer pour l'assistant de Phil Donahue. Un sociopathe de l'espèce de Darryl Lee manifestait un mépris d'anarchiste-né à l'égard de toutes les lois et de toutes les règles. Il était, à sa manière, une espèce de génie perverti par sa propre psychopathie.

Voilà trois semaines que Joe assurait la protection d'Helen. Trois semaines de conférences et de signatures, et pas une seule fois Darryl Lee ne s'était manifesté.

David Samuels, du FBI – avec lequel Helen s'était lié quand elle était à Quantico –, lui avait assuré pas plus tard que ce matin que le filet se resserrait sur Darryl Lee. C'était pour elle une pensée réconfortante.

La Chevy pénétra dans le campus de Telegraph, passa devant Spourt Hall, l'un des hauts lieux du mouvement étudiant dans les années 60. Helen feignait de consulter ses notes. L'officier Shields gardait un silence dont elle lui était reconnaissante, même si – elle ne l'ignorait pas – ce silence provenait surtout de la difficulté qu'il éprouvait à communiquer avec elle. Il était là pour la protéger et la servir, et il était le seul à pouvoir le faire. Comme en réponse à ce qu'elle pensait, il rajusta son .38 Spécial dans son holster à la hanche gauche. Un gaucher, avait déjà remarqué Helen.

Les eucalyptus vert argent bruissaient sous la brise et elle abaissa sa vitre pour en humer le doux arôme. De jolies filles prenaient le soleil sur la pelouse entre deux cours. Les frisbees fendaient l'air de leurs paraboles. Soudain, Joe freina brutalement. Helen eut un hoquet de stupeur.

Un labrador doré, un foulard rouge autour de son cou épais, venait de bondir devant la voiture pour attraper au vol un frisbee. Le propriétaire du chien, un grand dadais au torse nu et dont la queue-de-cheval descendait jusqu'aux reins, empoigna son chien, s'excusa et s'éloigna en trottinant.

Helen ferma les yeux pendant un bref instant, se laissant ramener vingt ans en arrière, aux temps insouciants de sa jeunesse. Quand elle rouvrit les yeux, ils étaient devant l'auditorium McCluskey.

Joe descendit le premier et fit un tour d'horizon avant de faire signe à Helen que la voie était libre. Elle ramassa son sac et sortit dans l'air chaud et printanier.

– Il faut trouver l'autre flic qu'ils ont assigné ici et aller voir le service de sécurité du campus.

– D'accord, Joe.

Il contourna la voiture pour marcher à côté d'elle.

– Vous êtes très belle, aujourd'hui, docteur.

– Merci, Joe.

Sur l'estrade de métal gris et de bois blond, le Dr Helen Hudson est profondément engagée dans le flot de sa conférence, devant les centaines d'étudiants qui se pressent dans l'auditorium pour voir l'ancien professeur devenu un auteur à succès. Nombre d'entre eux ont suivi ses cours, deux ans plus tôt. Elle est de nouveau dans l'arène universitaire, captant avec assurance leur attention.

– ... C'est la société qui crée ces infirmes, et leur revanche est terrible. Pendant un temps, souvent très court, ils découvrent une sombre beauté dans la torture de leurs semblables. Les cris de leurs victimes leur font oublier leur propre souffrance. L'acte de tuer leur procure le sentiment d'exister. Puis vient la dépression, le désespoir, la culpabilité. Et une solitude qu'ils ne peuvent soulager qu'en torturant et tuant de nouveau.

Au-dessus et derrière Helen, se dresse un grand écran sur lequel alternent des diagrammes et des photographies, ainsi que sa propre image sitôt qu'elle reprend la parole, image agrandie au bénéfice de tous ceux placés dans le fond de la salle :

– Tels les toxicomanes dépendant de leur drogue, les serial killers sont en manque de leur prochain meurtre. Pourquoi ? Parce que leurs émotions sont étouffées par des années de brimades et de rejets survenus généralement durant leur enfance et leur adolescence. Mais quels sont les cofacteurs, s'il y en a ? Sont-ils génétiques ? Dans ce cas, qu'est-ce qui déclenche la violence chez certains et pas chez d'autres ? Nous ignorons tant de choses sur les serial killers.

Helen marque délibérément une pause et s'avance sur l'estrade. Grande – près d'un mètre quatre-vingts –, elle est très élégante dans son tailleur rouge et son chemisier de soie blanche. La patricienne l'emporte chez elle sur la conférencière universitaire. Elle se tient un instant en silence, consciente de son pouvoir sur son auditoire.

Un frémissement d'impatience parcourt la salle et

quelques étudiants se penchent en avant sur leurs sièges.

– Messieurs, c'est à vous je m'adresse, dit-elle d'une voix forte. Voudriez-vous vous lever, je vous prie ?

Les garçons, soudain conscients d'eux-mêmes, se regardent les uns les autres.

– Allons, messieurs, faites plaisir aux filles et laissez-vous contempler. Après tout, ce n'est que justice, quand on pense à tout le temps que vous passez à nous mater.

Des murmures et des rires montent, tandis que la gent masculine se lève de-ci, de-là.

– Très bien, ceux qui ont moins de vingt ans et plus de trente-cinq se rassoient. Ainsi que ceux qui sont d'origine asiatique ou afro-américaine.

Nouveau bruissement de corps et de sièges, tandis que les étudiants concernés reprennent leur place.

– Voyons, les filles, qu'avons-nous là ? Quelques beaux garçons. Si l'un d'eux vous invitait à boire une bière, vous accepteriez peut-être. Vous diriez peut-être oui à une invitation à dîner ou à danser, ou même à un week-end coquin à Big Sur... Eh bien, laissez-moi vous dire une chose...

Helen élève soudain la voix ; elle se fait emphatique, presque alarmante, pour lâcher :

– Quatre-vingt-dix pour cent des serial killers sont des hommes blancs âgés de vingt à trente-cinq ans, exactement comme ceux qui sont dans cette salle. Savez-vous si l'un de ces jolis garçons a le goût du sang ? Y a-t-il quoi que ce soit sur leurs visages qui le fasse soupçonner ?

Quelques-uns de ceux restés debout se raclent nerveusement la gorge, d'autres commencent de se rasseoir. Helen regarde son public et sourit.

Un mouvement furtif au balcon capture soudain son attention et elle regagne sa place derrière le pupitre pour consulter ses notes. Derrière elle, l'écran projette en une succession rapide les visages ordinaires de Ted Bundy, Jeffrey Dahmer, David Berkowitz, Albert

DeSalvo, Bianchi et Buono, le couple de tueurs connus sous le sobriquet des Étrangleurs de Hillside.

« Albert DeSalvo, Bianchi et Buono, Dahmer, Ted Bundy... étaient des hommes d'apparence inoffensive. Ils avaient un travail, entretenaient de bonnes relations avec leurs voisins. Leurs victimes leur ont fait confiance. Quand leurs tueurs se sont proposé galamment de les aider à porter une lourde valise ou des sacs de provisions, elles ont accepté. Elles les ont même parfois invités à boire un verre chez elles. Le FBI estime qu'il y a en ce moment même, dans le pays, près de trente-cinq serial killers maraudant en quête de victimes. Or dix mille quatre cent soixante-dix-neuf agents fédéraux sont dans l'incapacité de les découvrir. Et cinq cent quatre-vingt-dix-sept mille policiers sont dans l'incapacité de les empêcher de tuer. »

– O.K., les garçons, vous pouvez vous rasseoir, avant que vous ne semiez la panique autour de vous.

Quelques rires nerveux fussent çà et là, tandis que les étudiants restés debout posent de nouveau séant, avec soulagement.

– Les serial killers sont une maladie de la modernité. Et une maladie qui afflige les États-Unis plus qu'aucun autre pays au monde. Mais ce n'est pas grâce à la science policière que nous en guérirons. La police ne peut intervenir qu'une fois le meurtre accompli. La solution s'appelle prévention, elle s'appelle compréhension : que se passe-t-il dans ces têtes malades, comment la maladie y a-t-elle germé ? L'État de Floride a dépensé près de huit millions de dollars pour exécuter Ted...

Une fois de plus, l'attention d'Helen est attirée par le balcon. Elle se tait soudain, les yeux rivés sur la première rangée de sièges, et cette chemise à carreaux et ces deux avant-bras tatoués posés sur la balustrade. Dans les coulisses, l'officier Shields se raidit, alarmé par la peur qu'il lit sur le visage de sa protégée.

Helen détourne enfin son regard du balcon et, tournant la tête vers son garde du corps, lui fait discrètement signe. Joe lui répond d'un hochement de tête et risque un regard de derrière le rideau, sans se faire voir du public.

Quand Helen reporte son regard en direction du balcon, elle n'y voit plus que des visages juvéniles attendant qu'elle reprenne la parole, persuadés qu'il s'agit d'une nouvelle pause précédant le lâcher d'informations plus terrifiantes encore. Helen traverse un instant de confusion. *Bon Dieu, j'ai l'impression d'avoir un tueur planqué derrière chacun de mes neurones, il serait temps que je le fasse, ce voyage en Italie.*

Elle a un sourire et un hausssement d'épaules pour Joe, qui se fond de nouveau dans l'ombre des coulisses.

– La Floride a dépensé huit millions de dollars pour exécuter Ted Bundy. Cet argent, on aurait mieux fait de le garder pour l'emprisonner à vie et en faire le sujet d'une intense étude scientifique. Peut-être, alors, aurions-nous compris pourquoi ce garçon-là, d'entre tous ceux nés le 24 novembre 1946, est devenu un monstre. Peut-être aurions-nous été à même d'identifier les Ted Bundy à venir... avant qu'ils aient une seule chance de tuer.

Comme elle marque une nouvelle pause, le public applaudit chaleureusement, fait inhabituel dans ce genre de conférence. Helen quitte alors l'estrade et descend les marches, aussitôt rejointe par l'officier Shields. Elle se mêle aux étudiants qui se bousculent pour lui serrer la main et la féliciter. Shields scrute la foule, tandis qu'Helen remonte l'allée. Un homme d'un certain âge, en veste à chevrons, une pipe en bois de cerisier sortant de sa pochette, prend Helen par le bras et lui serre la main :

– Beau travail, Helen. Je sais que Berkeley est peu de chose comparé à l'Oprah, mais nous vous reprenons quand vous voulez.

– Merci, John.

Joe Shields observe sa protégée qui serre la main du professeur avec une chaleur qui lui semble feinte. Il sent Helen distraite, remarque les regards qu'elle glisse de droite et de gauche. Elle a envie de sortir.

Ils débouchent enfin dans le hall de l'auditorium et s'éloignent rapidement de la foule des étudiants impatients d'approcher Helen.

– Dites donc, vous êtes comme une rock star, ici, dit Joe en lui tapotant fièrement le bras, alors qu'ils se hâtent vers la sortie.

– Il y a un an et demi, ils n'auraient même pas voulu de moi comme fumier. Un best-seller et quelques apparitions à la télé, et ils voudraient que je prenne la direction d'un département... Joe, j'ai besoin d'aller aux toilettes.

Ils tournent dans un couloir. La porte des toilettes pour dames est là, dans un renfoncement. Helen s'avance et hésite. Joe passe devant elle, frappe à la porte :

– Il y a quelqu'un, là-dedans ?

Pas de réponse. Il entre, regarde autour de lui. La pièce est vaste, d'un blanc immaculé. C'est neuf et moderne, très high tech, à l'image de l'auditorium. Le plateau supportant les lavabos est en verre épais ; un miroir s'étend sur toute la longueur du mur en face d'une série de boxes. Joe ouvre une porte et tombe sur un placard à balais. Il s'approche des boxes et repère sous la porte une paire de talons hauts et deux chevilles gainées de soie.

– Excusez-moi, madame.

Il se tourne vers Helen, qui se tient sur le seuil.

– Allez-y.

Un peu gêné de cette exploration en *terra incognita*, il repasse devant Helen et ressort.

Elle se dirige aussitôt vers l'un des boxes, pousse la porte, retire plusieurs papiers du distributeur et en recouvre le bord de la cuvette. Elle se tourne et, relevant sa jupe, s'apprête à s'asseoir quand un nœud coulant fait de fil de fer tressé s'abat sur sa tête et se resserre sur son cou. Elle n'a pas le temps de crier, pas même le temps de glisser ses mains sous la boucle. Suffoquant, incapable d'émettre un son, elle rue de toutes ses forces dans la porte métallique.

Dans le couloir, Joe Shields entend le bruit et passe la tête par la porte entrebâillée :

– Ça va, docteur Hudson ?

N'obtenant pas de réponse, il entre, dégaine son arme. Les portes des stalles sont toutes ouvertes. Il avance prudemment. Soudain, derrière lui, la porte du placard aux balais s'ouvre à la volée.

Darryl Lee Cullum en émerge, vêtu d'une chemise à carreaux et, d'un pantalon kaki, et incongrûment chaussé de talons hauts. Sa tignasse rousse est sale, taillée court au couteau, sa peau mouchetée de boutons d'acné. Il se saisit de Shields par-derrière et presse l'épaisse lame d'un coutelas de chasse contre la gorge du policier. Les yeux fous, il sourit... Un sourire monstrueux qui dévoile une denture pourrie. De sa main libre, il s'empare du .38 Spécial de Joe.

– Mais c'est mon revolver. Qu'est-ce que tu fous avec mon revolver ? raille-t-il.

Puis il tourne Joe face à la première stalle pour qu'il puisse voir Helen pendue à la robinetterie au-dessus d'elle, les pieds touchant le sol juste assez pour qu'elle ne suffoque pas complètement.

– Hé, doc, c'est vous, l'experte. Qu'est-ce que fait un branque comme moi, dans cette situation ? Il le saigne ou il lui fait sauter la tête ? Alors, doc ? Peut-être qu'il fait les deux ?

Sur cette dernière question, Darryl Lee passe la lame sur la gorge de Joe Shields, y laissant une profonde entaille d'où jaillit le sang. Brandissant le coutelas en l'air, il y trace une arabesque et sourit à son public.

Helen regarde la scène à travers un voile de larmes, voit la bouche de son protecteur s'ouvrir et se fermer silencieusement, ses yeux saillant d'effroi. Puis Darryl Lee repousse Joe devant lui et lui loge deux balles dans le dos.

Joe s'abat sur les lavabos et glisse lentement à terre en laissant une traînée pourpre sur le blanc des faïences et le verre du miroir. Darryl Lee se tourne et sourit de nouveau à Helen, qui tire avec un tel désespoir sur le nœud qui lui enserre le cou qu'elle finit par le relâcher. Elle aspire goulûment de l'air et se met à hurler et hurler jusqu'à ce qu'elle perde connaissance.

TREIZE MOIS PLUS TARD

Chapitre premier

Numéro Trois

Jennifer Lyle sortit de leur carton ses nouvelles chaussures de jogging, un cadeau d'anniversaire de ses parents, les admira brièvement, les retournant plusieurs fois dans ses mains, avant de les replacer dans leur boîte et de les recouvrir de leur papier d'emballage. Elle les étrennerait demain. Elle regarda par la fenêtre. Un temps parfait, comme souvent à San Francisco, et la perspective d'un footing de dix kilomètres lui mirent l'eau à la bouche. Elle enfila ses vieilles Nike et se planta devant la glace pour contempler son nouveau survêtement. Un cadeau de son frère jumeau, celui-là. Dieu merci, il l'avait laissée choisir elle-même ; Josh était né insensible aux couleurs. Elle se trouva superbe dans le collant turquoise et le blouson violet. Les deux teintes rehaussaient le bleu de ses yeux et son teint crémeux, étranger à tout maquillage. Elle sourit à son reflet en épinglant ses cheveux en chignon puis prit son walkman jaune et se dépêcha de sortir.

Dieu qu'il faisait bon. Vingt-sept degrés et pas un nuage en cette fin de mois d'août. Une brise fraîche soufflait à travers la baie.

« Parfait », dit-elle à voix haute, alors qu'elle se dirigeait vers sa voiture. C'était la température idéale et il y avait juste assez de vent pour sécher sa sueur, quand elle aurait attrapé son second souffle.

Jennifer débattit un instant la question de savoir si elle décapotait sa petite Geo blanche. Elle décida que non : il lui tardait trop de courir pour perdre du temps. Elle aurait du mal à se garer, aujourd'hui, car les amateurs d'air et de soleil seraient nombreux. Elle adorait le parc du Golden Gate, surtout le dimanche, quand ils fermaient la voie JFK, abandonnant tout l'espace aux piétons. Elle cisailla rapidement les virages de la colline de Potrero et, prenant la direction de l'est, se mêla à la circulation fluide du week-end.

Elle parvint à trouver facilement une place près de Panhandle et marcha jusqu'à l'entrée du parc. Comme elle prenait le trot dans l'allée principale, elle vit les panneaux peints aux couleurs fluo placardés aux arbres, qui annonçaient le Festival de l'Amour célébrant le trentième anniversaire de la naissance de la culture hippie à San Francisco.

Jennifer avait beau être d'une génération plus jeune, elle n'ignorait pas que le parc du Golden Gate avait été, dès les années 60, le lieu de fêtes orgiaques. Elle gloussa à la pensée qu'elle foulait de ses Nike une pelouse sur laquelle des couples de l'âge de ses parents avaient batifolé il y a près de trente ans.

Elle ralentit un peu la foulée en approchant d'un de ses endroits préférés, le Redwood Memorial Grove. Elle repéra du coin de l'œil un homme jeune qui, appuyé contre un arbre, la prenait dans le champ de sa caméra vidéo. Elle feignit l'indifférence mais jeta néanmoins un coup d'œil, impressionnée par le charme masculin du cameraman amateur. Ses hormones la travaillaient dur depuis qu'elle avait arrêté de coucher avec son ex-petit ami, et elle décida de repasser par Memorial Grove à son deuxième tour de piste. Elle coula un dernier regard et, cette fois, se réjouit de voir que le gars avait abaissé sa caméra et qu'il lui souriait de toutes ses dents. Jennifer accéléra la foulée et ressentit la familière et délicieuse montée des endorphines. M. Vidéo devrait attendre qu'elle ait bouclé le parc.

Helen Hudson s'agitait dans son sommeil, le front luisant d'une fine sueur dans la demi-lumière de sa chambre à coucher.

Le même cauchemar hantait toujours ses nuits, depuis un peu plus d'un an. Suffocation, carreaux de faïence blanche et terreur. Flottant dans une mer de sang. Elle se réveilla en sursaut, haletante, les yeux cernés, les mains agrippant les draps :

– Andy... Andy ? appela-t-elle, aussi fort qu'elle le pouvait.

Elle avait la gorge sèche, douloureuse. Elle se pencha, pressa l'interrupteur d'une lampe halogène sur la table de chevet puis, s'extirpant des draps emmêlés, elle s'en fut de pièce en pièce, allumant toutes les lumières et les nombreux postes de télévision installés un peu partout, la plupart branchés sur C-SPAN.

– Andy ?

De nouveau l'appel plaintif. Elle se trouvait sur le balcon intérieur et regarda en bas, dans son bureau. Il y avait, accroché derrière elle, un grand tableau ancien, de près d'un mètre quatre-vingts de haut : un jeune garçon en costume victorien et au regard mélancolique.

Une galerie courait tout autour du rez-de-chaussée. Des piliers peints en bleu pâle supportaient l'enfilade de vastes loggias. De l'endroit où elle était, Helen avait vue sur toute une partie de l'appartement. La disposition donnait une impression d'espace infini. Le loft ne comportait presque pas de cloisons, hormis dans la chambre et la salle de bains. Ailleurs, des paravents séparaient le living des lieux adjacents. Un écran fait d'une fine maille métallique grise séparait une salle à manger d'un petit salon.

Elle se déplaça sur le balcon circulaire et regarda de nouveau dans son bureau, un espace sophistiqué, une véritable station de travail équipée de trois terminaux, dont deux avaient leur écran animé : sur l'un se déployait un paysage marin, riche de poissons et de coraux, alors que, sur l'autre, apparaissait une configuration de motifs abstraits aux couleurs changeantes. La table de travail, en forme de grand croissant, était encombrée de livres, de téléphones et de lampes. Sur une console, trônait une grosse imprimante, ainsi que plusieurs fax. L'ensemble de la station, y compris la grande chaise de cuir noir à roulettes, reposait sur une moquette circulaire de couleur prune.

Trois éléments de bibliothèque disposés en arc de cercle, hauts de près de trois mètres, faits de chêne clair et chargés d'ouvrages de toutes sortes et de classeurs, séparaient le bureau de la cuisine et du reste du loft.

Elle promena encore un moment son regard sur le rez-de-chaussée. Pas d'Andy. Elle était seule.

Elle erra de nouveau à travers le loft, marmonnant toute seule, alors que l'angoisse commençait de l'envahir. Elle claqua distraitement la bande élastique rouge dont elle s'était ceint le poignet, la claqua encore et encore, chaque claquement accompagnant une litanie de noms récités comme une prière :

« George Washington, John Adams, Thomas Jefferson, James Madison... »

C'était là un rituel du réveil, une méthode de son invention pour éliminer les miasmes de cauchemars et retrouver ses esprits.

Outre les postes de télévision omniprésents, l'appartement était équipé d'une quantité d'appareils de haute technologie, y compris un scanner de police. Autant de gadgets destinés à produire une impression artificielle de compagnie. Des fenêtres ouvertes sur le monde, pour quelqu'un qui ne s'y aventurait plus jamais.

Elle gagna la salle de bains, s'arrêta devant l'armoire à pharmacie. Teint blême, cheveux courts, hirsutes, yeux enfoncés sous de grands cernes violets. Elle eut un hoquet de stupeur, piégée par sa propre image.

« Qu'est-ce que tu regardes ? »

Elle ouvrit la porte de l'armoire, prit un flacon de Xanax, répandit quelques pilules dans sa paume. La litanie des présidents continuait... « James Monroe, John Quincy Adams, Andrew Jackson, Martin Van Buren, William Henry Harrison... »

Elle ressortit de la salle de bains pour se rendre au bar, dans le living, et se verser un cognac. Elle avala les pilules, les fit passer d'une rasade ; Xanax-cognac, son cocktail préféré. Elle porta un toast à l'espace vide. Son verre-ballon à la main, elle regagna son bureau et s'installa à sa table. Elle pianota sur un clavier et, sur l'écran à sa droite, apparut un titre : STRESSLINE, une subdivision du WELL, le groupe du quartier de la Baie auquel Helen appartenait sur le réseau Internet. Elle tapa :

– IL Y À QUELQU'UN ? BESOIN DE PARLER. DOC.

L'instant d'après, un usager répondait :

– SALUT, DOC. CRISE DE PANIQUE ?

Les doigts d'Helen voletèrent sur les touches.

– NON. CAUCHEMAR. ON SE CLOÎTRE CHEZ SOI ?

– DEPUIS SIX MOIS. ET VOUS ?

– TREIZE.

L'attention d'Helen fut attirée par son deuxième ordinateur, où une partie d'échecs était en cours. Au bas de l'écran, un ordre apparut, en provenance de son adversaire, qui se faisait appeler « L'ami tchèque ».

– A VOUS DE JOUER.

Elle étudia le jeu pendant un moment puis, s'emparant de la souris, déplaça une pièce.

La réponse ne se fit pas attendre.

– MOUVEMENT NUL. LAISSONS TOMBER CETTE PARTIE. RENCONTRONS-NOUS. PRENONS RENDEZ-VOUS.

Helen répliqua :

– RENDEZ-VOUS IMPOSSIBLE. MATÉRIAU INDISPONIBLE. ARRÊTEZ DE FLIRTER ET JOUEZ.

Agacée, elle prit son cognac et s'en fut dans le living, vaste plate-forme surélevée recouverte d'un tatami et à laquelle on accédait par quelques marches. Dans un coin, sur une table à thé, était posé un jeu d'échecs, dont la configuration était la même que celle de l'écran. Elle alla déplacer son cavalier blanc comme elle venait de le faire sur son ordinateur. Les pièces étaient finement ciselées dans le marbre, une merveille rapportée d'un voyage en Turquie il y a longtemps. L'échiquier lui-même, en marbre et onyx, elle l'avait hérité de son père.

Le living était cloisonné sur les trois côtés qui ne s'ouvraient pas sur le reste du loft. La cloison de gauche, contre laquelle s'élevaient à mi-hauteur des meubles de rangement en cerisier sombre, était de bois blond assorti à la couleur paille du tatami. Des sculptures, mélange d'abstrait et de figuratif, qui toutes auraient eu leur place dans un musée, décoraient la pièce. Deux canapés et deux chauffeuses encadrés de bois de rose et capitonnés de riche damas couleur prune, que rehaussaient des coussins brodés de fil d'or, occupaient le centre, tandis qu'un long rideau de soie lie-de-vin courait tout le long de la cloison de droite. Il se dégageait de l'ensemble une impression de luxe et de raffinement qui, presque hypnotique, semblait avoir pour but de masquer la fragilité de la femme qui en était l'hôte.

Mais l'aspect le plus frappant du living était la troisième cloison, celle qui paraissait faire face à la rue. En arrivant dans l'appartement par la porte d'entrée, on s'attendait à voir des fenêtres donnant sur la baie. Au lieu de cela, le mur tout entier était couvert d'une grande peinture murale, juxtaposition d'arlequins, vastes losanges dans les tons de rouille, or et gris.

Helen prit une télécommande sur une table basse et pressa un bouton. Soudain, le mur se fractionna en cinq portions qui, pivotant chacune à quatre-vingt-dix degrés comme les lattes d'un store vénitien, révélèrent l'immense baie vitrée que la cloison dissimulait.

Helen tituba légèrement sous le flot de lumière envahissant soudain son loft de Fort Mason et s'abrita les yeux à l'aide de son bras, tel un vampire affrontant le jour. Puis elle s'avança à pas lents pour contempler la vue panoramique qui s'offrait à elle : toute la baie de San Francisco, jusqu'au comté de Marin, dans le lointain. L'image de carte postale du Golden Gate flottait au-dessus de l'océan bleu-vert. Elle chantonna : « Par temps clair, je peux voir jusqu'au bout de la terre », et partit d'un rire amer.

Bâti sur le front de mer, Fort Mason abrita une garnison espagnole au XVIIIe siècle. Dans les années 30, le fort devint un centre militaire d'embarquement. Des millions d'hommes prirent la mer à Fort Mason pendant la Seconde Guerre mondiale et les guerres de Corée et du Viêt-nam. Dans les années 70, de concert avec la ferveur pacifique de l'après-Viêt-nam, Fort Mason fit officiellement partie de la zone de loisirs du Golden Gate. Baptisé Centre Fort Mason, il devint une espèce de foire-exposition de l'art et vit proliférer les galeries, les théâtres et les cafés, ainsi que le plus grand restaurant végétarien du monde, le Greens. Le S.S. Jeremia O'Brien, un navire de guerre restauré, était amarré sur le quai 3. Les pêcheurs de crabes se pressaient sur les jetées, et touristes et habitants venaient se promener sur le front de mer.

Le Dr Helen Hudson fut l'une des rares privilégiées à pouvoir acheter un espace dans l'un des rares entrepôts que les promoteurs eurent le droit de convertir en habitations. Il y avait une certaine ironie (qui n'échappait pas à Helen) à résider au-dessus d'un des lieux les plus vivants, les plus attractifs, les plus intéressants de la ville, alors qu'elle vivait confinée dans son loft depuis treize mois.

Le téléphone sonna. Elle se tourna et regarda l'appareil qui continuait de sonner. Lentement elle tendit la main, décrocha et porta l'écouteur à son oreille.

– Oui ?

Une voix grésilla. Helen Hudson serra les dents et grogna :

– Enfant de putain.

Elle raccrocha violemment et hurla :

– ENFANT DE PUTAIN !

Puis elle s'écroula sur le tatami et éclata en sanglots comme une enfant apeurée.

L'inspecteur principal Mary Jane Monahan se déplaçait à pas de loup, l'arme au poing, dans le couloir copieusement tagué d'un immeuble abandonné. Tendue, prête à frapper, elle avait l'apparence d'un tanagra avec la férocité d'un pitbull. Jolie, petite, d'épaisses lunettes de sécurité sur les yeux, deux perles aux oreilles, elle portait ses cheveux nattés dans le dos, des cheveux d'une couleur presque semblable au marron chocolat de son tailleur.

Derrière elle, suivait l'inspecteur Ruben Gœtz, le revolver au poing lui aussi. Brun, bel homme, sapé d'un costume trop cher pour un flic moyen, Ruben semblait complètement déplacé entre ces murs décrépis.

M.J. s'immobilisa au coin du couloir. Tenant son arme à deux mains, elle pivota soudainement et balaya le couloir adjacent. Vide. Ruben traversa derrière elle et s'aplatit contre le mur, de l'autre côté. Ils se tenaient immobiles, silencieux. Seul le bruit de soufflet de leurs respirations trahissait leur présence. Soudain, une silhouette jaillit d'une porte ouverte devant Ruben. Instantanément, il se mit en position de tir et lâcha les neuf balles de son semi-automatique.

Quand la fumée se dégagea, M.J. ôta ses lunettes et jeta un regard écœuré à Ruben. Puis elle s'en fut d'un pas ferme vers l'assaillant de Ruben, une silhouette d'homme grandeur nature découpée dans du contreplaqué et montée sur un ressort.

Ils se trouvaient dans un centre d'entraînement et ce couloir d'immeuble misérable n'était qu'un décor inspiré de la zone. Même si M.J. paraissait plus jeune que Ruben, âgé de vingt-huit ans, tout en elle indiquait qu'elle était son supérieur par l'âge, le rang et l'expérience.

Ruben pensa qu'il eût sans doute préféré mourir d'une balle de son agresseur imaginaire, plutôt que d'encourrir les remontrances acides qui l'attendaient.

– Une chose est certaine, tu es toujours en vie, dit-elle en jetant dans la direction de Ruben ce qui restait de la silhouette.

– C'est plutôt une bonne nouvelle, non ?

– Ruben, je t'offre un cours de rattrapage. Personne à l'école de police ne t'a donc appris la frappe chirurgicale ?

– Attends un peu, si on revoyait d'abord le scénario...

– Tu l'as explosé.

– Que veux-tu, je suis comme ça.

– Tu ne contrôles pas tes impulsions. Admettons que tu n'as pas descendu un vieux de soixante-quinze balais qui n'a pas entendu les sommations parce qu'il est sourd comme un pot. Disons que tu as descendu un type qui essayait de se rendre.

– Dis donc, il a sauté sur moi.

– Tu te retrouves donc suspendu dans l'attente de l'enquête de la police des polices, poursuivit-elle. Tes potes se demandent si t'es devenu dingue et la femme du mort engage un avocat qui te poursuit pour homicide.

– D'accord, ma belle, montre-moi comment tu fais.

Une autre silhouette jaillit du coin du couloir, dans le dos de M.J. Un homme tenant contre lui un otage, contre la gorge duquel il appuyait un revolver. Avec la fluidité gracieuse d'une ballerine, elle pivota sur elle-même et logea trois balles dans l'épaule du bandit.

– Tu frappes le nerf brachial, il lâche son arme, tu lui lis ses droits. En plus, tu n'as tué personne et ton karma est toujours bon.

M.J. avait adopté un ton léger, presque badin, parce que c'était la meilleure façon de traiter avec Ruben. Mais, intérieurement, elle avait une véritable histoire à lui raconter. Une histoire de flic qui avait forgé de façon indélébile sa philosophie sur les armes à feu. Un souvenir qui ressuscitait, chaque fois qu'elle tirait son revolver.

À l'école de police, M.J. avait pour compagne de chambre Beryl Ann Mills. Un mètre quatre-vingts, maigre et noire, et dure comme le macadam d'Oakland, où ses frères lui avaient appris les règles de la survie. Mary, Jane et Bam avaient bataillé comme des diablesses, douze ans plus tôt, pour obtenir un respect dont leurs homologues masculins bénéficiaient uniquement parce qu'ils possédaient un appareil génital différent.

Bam était une tireuse émérite et fière des heures supplémentaires passées au stand de tir. Dès qu'elle avait un moment de libre, elle travaillait la force de ses mains avec des poids à ressort, jusqu'à en trembler de tout son corps sous l'effort. Sa détermination inspirait M.J. Bam était la seule qui pouvait rivaliser avec elle au tir à la cible.

Une fois diplômées, les deux bleues firent chacune équipe avec un vétéran. M.J. fut affectée dans Chinatown et Bam hérita du district de Fillmore, un sale coin. Elle avaient parié un dîner au Hayes Street Gril, pour fêter la première à être promue inspecteur.

Ce qui se passa alors est le pire des cauchemars qu'un policier puisse imaginer. Bam et sa collègue, Rudy Tajeda, avançaient dans une ruelle où on leur avait signalé un tapage nocturne quand une silhouette sortit de l'ombre et braqua un revolver dans le dos de Rudy. Bam hurla à l'agresseur de lâcher son arme, mais le bonhomme n'en fit rien. Elle tira. Et tua un gosse de neuf ans, l'âge de son plus jeune frère. La lumière à l'entrée de la ruelle, l'ombre portée de l'enfant l'avaient fait plus grand qu'il n'était. Il tenait un revolver en plastique orange à la main.

L'enquête interne la disculpa totalement, mais la presse l'avait harcelée pendant les six semaines où elle avait été suspendue et Bam ne put se défaire de son sentiment de culpabilité. Ses amis, M.J., sa famille, tous eurent beau l'exhorter à ne pas abandonner, elle démissionna de la police et rentra à la Poste. Elle resta en contact avec M.J. pendant quelque temps, mais les succès de M.J. rappelaient trop à Bam son propre échec, et les deux femmes finirent par se perdre de vue.

Après cette bavure, M.J. s'entraîna comme une folle à tirer sans tuer. Son père et ses deux oncles avaient été des flics de la vieille école, une tradition venue de leurs racines d'Irlandais. Depuis qu'elle était gosse, son père lui avait insufflé la croyance que les policiers avaient pour devoir de sauver des vies et que même les criminels méritaient de vivre jusqu'à ce que le tribunal veille à ce que justice soit faite. M.J., qui avait vu tant de fois des tueurs patentés libérés pour vice de procédure, avait appris à mesurer toute la naïveté d'une telle profession de foi.

Elle ne s'en était pas moins entraînée à ne pas tuer et désirait inculquer à Ruben la même philosophie, même si elle devait reconnaître qu'il était le plus mauvais tireur qu'elle eût jamais rencontré.

Le téléphone portable de Ruben sonna, mais il parut l'ignorer.

– J'ai la dalle, pas toi ? dit-il.

– Tu ne réponds pas ?

– Je suis sûr que ce n'est pas important.

– Elle n'est peut-être pas de cet avis.

– Un marocain ? Ça te dirait, un couscous ?

– Tu ne veux même pas savoir laquelle c'est ?

Il céda et, tirant le portable de sa ceinture, répondit, nonchalant :

– Allô ? Hé-hé, c'est de la télépathie, ou quoi ? J'allais juste t'appeler.

M.J. roula de grands yeux.

Alors que Ruben comptait sur M.J. pour lui apprendre le métier d'enquêteur à la Criminelle, il était sûr de sa sensualité et de son charme auprès du sexe opposé.

– Oh, la routine, disait-il au téléphone. De longues journées à s'assurer que la justice triomphe.

Une nouvelle cible apparut et M.J. y logea trois balles. Ruben lui jeta un regard noir.

– Écoute, je peux te rappeler ? Je suis plutôt occupé, en ce moment.. Non, je te le promets.

Il raccrocha et M.J. le regarda tout en rechargeant son arme.

– Tu dois penser que je suis une espèce de...

– Coureur.

– Coureur, hein ?

– Oui, coureur, dragueur, cavaleur, don Juan, queutard...

Le beeper de M.J. sonna.

– Les affaires reprennent, dit-elle.

– Sauvé par le *beeper*, ajouta Ruben en trottinant derrière elle vers leur Chevy bleue banalisée.

Ils leur fallut trois minutes et six secondes pour atteindre Potrero Hill. Ruben avait la main tétanisée à force de serrer la poignée de la portière. M.J. roulait pied au plancher, qu'il y ait urgence ou pas. « Martha et les Vandella », le volume à fond, ils restèrent dans la voiture, à écouter la fin du morceau et à observer l'agitation devant l'immeuble d'habitations. Un cordon jaune familier délimitait un périmètre réservé aux policiers dont les voitures bloquaient la rue.

M.J. repéra un van de la chaîne de télévision KXBU et eut un froncement de sourcils en voyant Susan Schiffer sortir du véhicule, pimpante dans son tailleur bleu marine et son foulard crème, ses cheveux châtains laqués pour résister au vent de la baie. Elle avait un miroir dans une main, un micro et un tube de rouge à lèvres dans l'autre. Son cameraman, coiffé lui aussi de façon impeccable, se tenait à une distance de crachat. Tous les flics le connaissaient sous le sobriquet de Gominé.

– Merde, Grande Gueule est là, dit-elle.

– Tu as tout ce qu'il faut pour mettre un terme à la carrière de cette femme. Tu lui pètes le nerf brachial et elle ne pourra plus jamais lever le bras assez haut pour se maquiller la tronche.

– C'est une idée.

Ils descendirent de voiture et se préparèrent à l'inévitable en approchant du périmètre. Susan se rua aussitôt sur M.J., qui poursuivit sa route en direction de la porte d'entrée de l'immeuble :

– Pouvez-vous nous confirmer que ce dernier meurtre a toutes les caractéristiques des deux précédents ?

– Je ne peux rien confirmer, Susan. J'arrive, comme vous le voyez.

Mais il en fallait plus pour décourager Grande Gueule :

– À votre avis, est-ce là l'œuvre d'un serial killer ?

– Je viens de vous le dire, j'arrive à l'instant, et je ne risque pas de m'être fait une opinion quelconque.

M.J. et Ruben franchirent le cordon.

– Est-ce que ce dingue a l'intention de paniquer tout le monde? leur cria Susan Schiffer.

Ils passèrent devant un flic en civil, le revers du costume badgé d'un disque de plastique rouge, qui sortait d'un sac des appareils-photo.

– Hé, Bernie, prends-moi quelques clichés des badauds. Je veux des visages bien nets.

Bernie fit la grimace :

– Tu veux pas que je leur dise de sourire, aussi?

Ruben serra le bras de M.J. :

– Merde, Quinn est ici.

Quinn, le chef de la brigade criminelle, s'entretenait en haut des marches avec un policier en uniforme. Un mètre quatre-vingt-dix, dégingandé, le lieutenant Quinn approchait de la cinquantaine. Il avait les cheveux encore noirs et coupés court et une épaisse moustache. Le front perpétuellement froncé, il avait une apparence nonchalante qui était parfaitement trompeuse. Obstiné, irritable, il ne se faisait plus d'illusions sur un métier où les sujets de satisfaction étaient rares. Il ne prétendait plus qu'il allait arrêter de fumer et il avait une cigarette à la main, pendant qu'il parlait au flic.

Ruben et M.J. gravirent les marches et Quinn tourna son attention vers eux :

– C'est la proprio qui l'a découverte. La porte était ouverte. Elle a sonné, mais pas de réponse. Elle s'est alarmée, est entrée, a vu le corps. Elle a fait le 911. Elle dit qu'elle n'a touché à rien.

– Un vol? demanda M.J.

Elle espérait une réponse affirmative, car ses instincts de flic lui murmuraient qu'elle allait tomber sur le numéro trois d'une saloperie de série. Elle détestait l'idée de donner raison à Susan Schiffer.

– Non, pas de trace d'effraction ni de fouille, répondit Quinn. À toi de jouer, petite. Je m'occupe de Grande Gueule et du Gominé.

Il descendit les marches, tandis que Ruben et M.J. entraient. À la porte, ils enfilèrent les gants en plastique transparent que leur tendit un policier en uniforme.

La pièce était petite, propre et bien rangée. La victime n'avait pas beaucoup d'argent, mais elle était fière de ce qu'elle avait. Probablement son premier logement indépendant à la sortie du collège, son premier toit sans compagne de chambre. Meubles Ikéa et Pier Import avec, ici et là, une pièce de brocante, tranchant sur le bois noir ou blanc des premiers. Quelques posters encadrés aux murs, rien qui dénote le mauvais goût, mais rien de très original non plus. Une bibliothèque blanche flanquait l'un des murs ; à moitié remplie de bouquins d'occasion et de best-sellers pour têtes non pensantes. Dans un coin, au mur, une peinture sur soie dans un cadre noir : un cœur rouge brillant sur fond noir. Ce fut la première chose que Ruben remarqua en entrant.

Une femme, proche de la cinquantaine, regardait par la fenêtre, son visage strié de larmes séchées. M.J. aborda le flic en uniforme qui se tenait timidement près de la porte ; un type jeune, très blond. Elle eut un geste vers la femme :

– C'est la propriétaire ?

Il acquiesça de la tête.

– Qui est arrivé le premier sur les lieux ?

Le jeune flic se tourna vers Ruben et dit :

– Moi.

– Hé, c'est à moi qu'on répond ! dit M.J. en jetant un coup d'œil à la plaque d'identification sur la chemise du flic. Johnson... c'est quoi, votre prénom ?

– Mike.

– Vous avez touché ou ramassé quelque chose, Mike ? Ouvert une porte ? Je ne tiens pas à ce qu'on s'excite sur un tas d'empreintes, pour découvrir que ce sont les vôtres.

– Non, j'ai touché à rien.

M.J. releva une légère inflexion dans la voix de Mike. Elle pinça les lèvres :

– Ruben, tu prends la déposition de cette dame ?

Ruben s'approcha de la femme et, la prenant gentiment par le bras, la fit asseoir sur le canapé. Toujours l'art et la manière avec ces dames, Ruben.

M.J. s'en fut examiner la cuisine, se forgeant peu à peu une image de la victime. La vaisselle était faite, mise à égoutter. Des casseroles et des poêles dépareillées étaient accrochées au mur. *Tu n'avais pas les moyens de t'offrir une batterie de cuisine mais tu te faisais la tambouille, probablement des pâtes et des salades, sauf quand tu recevais des amis.. Alors, c'était un poulet frit.* À côté de l'évier, il y avait une bouilloire, renversée sur le côté, presque retournée. *Il y avait un homme avec toi ? Tu lui faisais du thé ? Est-ce qu'il t'a prise par-derrière pendant que tu reposais la bouilloire ?*

M.J. quitta la cuisine pour la salle de bains, déglutit avant d'entrer. Dans la petite pièce carrelée de blanc et de beige, Jennifer Lyle gisait dans la baignoire, nue, le visage tuméfié, le corps couvert de meurtrissures. Dans un coin de la baignoire, il y avait un vase avec un bouquet de fleurs fanées et des flacons de sels de bains, ainsi que des bougeoirs bourgeonnant de cire fondue. *Est-ce lui qui a allumé les bougies ?* À côté des fleurs, il y avait aussi l'un de ces gants danois en fibre végétale. *Tu savais que tu étais belle et tu prenais soin de toi. Tu l'aimais bien, cette salle de bains, pas vrai ?*

Frank Able, le coroner, penchait son visage noir au-dessus du corps, sur lequel il venait d'étendre une couverture de laine blanche, un écran entre ce corps qu'il devait examiner et lui-même. Il retira un grand thermomètre de sous l'aisselle de la morte.

– Alors, Frank? demanda M.J.

– Je dirais que la mort remonte à huit heures.

– Je vois des marques de ligature sur le cou et des traces d'hémorragic dans les yeux. Étranglée, hein?

– Oui, comme les deux autres, répondit Frank.

Un nouveau serial killer sévissait dans San Francisco. Des meurtriers inconnus, imprévisibles, qui confondaient d'impuissance les forces de police. Des hommes qui tuaient délibérément, intelligemment. Des hommes étrangers à toute compassion. Par quelque mauvais coup du sort ou de la naissnce, une étrange maladie s'emparait de leur cœur. Et la majorité d'entre eux vivaient ici dans la belle Amérique, et en particulier à san Fancisco, qui devait son nom au doux saint François d'Assise.

Le téléphone sonna dans le living. L'atmosphère dans l'appartement était tendue. Un policier apporta l'appareil à M.J., toujours dans la salle de bains. Elle prit le combiné enveloppé d'un mouchoir en papier, tandis qu'un des hommes du service anthropométrique lâchait :

– Elle ne peut pas répondre, elle prend son bain.

Il n'y eut pas un seul rire. La voix de M.J. s'éleva, dure et froide comme une lame :

– À votre place, je virerais le connard qui écrit vos répliques.

Elle porta le combiné à son oreille :

– Allô ?

Tout le monde dans la pièce pouvait entendre la voix qui grésillait à l'autre bout du fil.

– Ici, Gina Martinez. Comment allez-vous, ce matin ?

– Qui demandez-vous ? dit M.J.

– Ça vous plairait, une télé couleurs toute neuve sans rien débourser ? Il vous suffit pour cela de venir nous voir à Sunburst Time Share...

M.J. raccrocha.

Frank Able leva les yeux vers elle :

– C'est d'accord, si je l'emmène ?

M.J. hocha la tête.

– Ouais, soyez gentil avec elle.

Elle jeta un dernier regard à Jennifer Lyle et réprima une brusque envie de se signer. Au nom du Père, du Fils, du Saint-Esprit, amen. Elle ressortit de la salle de bains et alla trouver Mike Johnson. Le jeune blond avait l'air franchement inquiet, à présent.

– Mike, vous êtes arrivé le premier, ici ?

– Ouais.

– Vous avez touché à quelque chose ?

– Non.

– Qu'est-ce qu'il y a, Mike ? Quelque chose vous tracasse ?

– Non, rien.

– Si vous me cachez quelque chose, je le saurai d'une façon ou d'une autre. Alors ?

Il contempla le cœur rouge dans le coin du mur pendant un moment, puis la regarda de nouveau.

– Elle avait un bas ou un collant autour du cou quand je l'ai trouvée... mais j'sais plus où il est passé.

– Qui d'autre était avec vous, avant que les autres arrivent ?

– Le lieutenant Quinn.

Elle parut soulagée et lui tapota l'épaule :

– C'est très bien, Mike. Merci.

M.J. fit irruption dans le bureau du chef Quinn. C'était l'heure du journal télévisé de KXBU et, à l'écran, on pouvait voir M.J. et Grande Gueule.

– Vous pourriez me dire pourquoi vous avez emporté une pièce à conviction chez...

– Chut ! Je voudrais écouter...

M.J., contenant sa colère, s'appuya au bureau et regarda Susan Schiffer retransmettre en direct depuis les lieux du crime :

« Robes à fleurs et signes de paix étaient à l'ordre du jour dans le parc du Golden Gate, tandis que le Festival de l'Amour commençait de commémorer le passé contre-culturel de la ville. Mais tout n'était pas amour et paix à Potrero Hill, où la brigade criminelle a découvert un nouveau crime atroce... »

M.J. interrompit le laïus de Grande Gueule en tapant du poing sur la table :

– Vous avez dissimulé une pièce à conviction.

Il l'ignora et continua d'écouter.

« La police s'est refusée à tout commentaire, mais nous avons appris, de source bien informée, que ce dernier meurtre pourrait être l'œuvre du même tueur responsable des morts de deux autres femmes... »

Quinn éteignit le poste et tendit la main vers sa Pall Mall fumante dans le cendrier. M.J. l'écrasa avant qu'il s'en empare.

– Il y a quelqu'un ici qui est incapable de la fermer et je veux savoir qui c'est, dit-il.

– Qu'est-ce que vous avez fait du collant ?

– Je l'ai mis à l'abri. Je ne veux pas qu'un bavard balance le morceau à cette tordue... (il pointa un index sur le poste)... qui s'empressera de battre le tam-tam et bousillera nos chances de coincer ce malade.

M.J. contourna le bureau pour s'appuyer de l'épaule au rayonnage mural sur lequel les trophées de bowling disputaient le terrain aux classeurs :

– C'est moi, ou pas, qui dirige l'opération ?

– Qu'est-ce que vous avez, à monter sur vos grands chevaux ?

– En tant que responsable de l'enquête, c'est à moi qu'il appartient de décider de mettre sous séquestre tel ou tel indice... Sir.

Il savait qu'avec cette fille d'Irlandais il n'aurait jamais le dernier mot.

– Inspecteur, pensez-vous qu'il y ait dans cette affaire une pièce à conviction à placer sous séquestre ?

– Oui, le collant.

– Bon Dieu, quelle teigne vous pouvez être !

M.J. sourit :

– Je le prends pour un compliment, Sir.

– Vous n'avez pas parlé de serial killer, et moi non plus, exact ?

– Exact.

Et Quinn alluma une nouvelle cigarette.

Chapitre II

Helen

Helen ouvrit la porte du loft. Dehors, dans le large couloir, le *San Francisco Chronicle* gisait à un peu plus de deux mètres du seuil. Elle tendit son pied vers le journal, mais celui-ci était trop loin. Elle hasarda une jambe en avant et commença aussitôt de haleter, comme si elle manquait subitement d'air. Le couloir lui parut s'allonger, prendre une perspective onirique et le journal devenir quelque objet lointain, flottant dans une mer d'incertitude. Elle fit claquer l'élastique contre son poignet et, se mettant à quatre pattes, reprit sa progression. Son vertige s'accentua. Elle avait la bouche sèche, de la sueur perlait à son front. Suffoquant, elle abandonna, rampa jusqu'à l'appartement et referma la porte.

Elle resta là, assise dans l'entrée, dans son peignoir de bain pourpre, ramassée en boule, le menton dans les genoux, le souffle court. Une sculpture – un phallus d'émail jaune et noir d'un mètre cinquante de haut – montait la garde à côté d'elle.

Enfin elle se releva et s'en fut d'un pas résolu à la cuisine, pour en revenir armée d'un balai. Elle rouvrit la porte, se pencha en avant en tendant d'une main tremblante le balai devant elle. Une fois, deux fois, trois fois l'ustensile glissa sur le journal sans le bouger. À la quatrième, la brosse accrocha et Helen ramena vers elle sa prise. Elle ramassa le journal, recula vivement dans le havre du loft, claqua la porte et, faisant sauter la bande d'un coup de pouce, elle lut le gros titre à la une :

UNE TROISIÈME FEMME ASSASSINÉE

Et, en sous-titre :

La police S'interroge.

Elle s'adossa à la porte et lança avec colère :

– Imbéciles !

Dans la grande salle bruyante de la brigade criminelle, tous les fous et les accros des aveux gigotaient d'impatience en attendant leur tour. En dehors des hommes, l'espace était embouteillé de bureaux, de téléphones, de lampes, de classeurs, de jouets et de toutes les curiosités dont chaque flic aimait s'entourer pour personnaliser le petit enclos qu'il occupait. Tout un côté de la salle donnait sur la rue et de vieux stores vénitiens pendaient aux grandes fenêtres. Il y avait une fontaine d'eau réfrigérée dans un coin et un distributeur de gommes à mâcher qui fonctionnait, sauf quand un penny se coinçait dans la fente. Quelques plantes vertes survivaient en dépit de la fumée et de l'excès ou de l'absence d'eau, selon qu'on oubliait de les arroser ou de l'avoir déjà fait. Cas flagrant d'homicide végétal, un ficus avait finalement mordu la poussière après avoir ingéré une trop grande quantité de restes de café. De grandes armoires métalliques s'élevaient partout où elles pouvaient et quelqu'un avait rangé dans un coin un parcmètre scié. Quelqu'un d'autre avait accroché une cible à fléchettes, mais ceux qui y jouaient gardaient leurs dards dans leur tiroir, avec leur arme de service, afin de ne pas laisser les mains pleines aux voyous amateurs de violence.

L'inspecteur Ray « Nikko » Nicoletti occupait le devant de la scène, la jouant cool et laconique, en vrai maestro de l'interrogatoire. Quarante ans, un demi-sourire moqueur, il était un mélange de flic de la vieille école et de macho contemporain. Il était en train d'interroger Harvey, un rituel récurrent auquel Nicoletti consentait pour soulager son ennui. De l'autre côté de la table, se tenait un homme coiffé d'une passoire dont il avait bouché les trous avec des pastilles de plastique. L'homme à la passoire attendait lui aussi impatiemment son tour à la batte.

– Tu as suivi la fille jusque chez elle et puis quoi ?

– Je l'ai tuée.

– Où tu l'as tuée ?

– Dans sa baignoire.

– Pourquoi tu as fait ça ?

– Parce qu'elle était rien qu'une grosse dégueulasse.

– Tu l'as frappée avec un couteau ?

– Oui.

– Combien de fois ?

– Euh... Quatre-vingt-sept ?

Nicoletti se leva :

– Fous-moi le camp, Harvey. J'ai du travail.

– Le sang des innocents est sur ces mains...

– Soit tu te casses, soit je te fous encore au piquet dans le coin.

Harvey, penaud, se tira sur la pointe des pieds juste au moment où M.J., les bras chargés de dossiers, débarquait dans le box voisin.

– Putain, qu'est-ce que j'ai dû faire dans une vie antérieure ? s'exclama Nicoletti, en référence à tous les abîmés du cortex qu'il devait passer en revue.

– Probablement quelque chose que tu as fait dans cette vie, répliqua M.J., sans quitter des yeux le dossier qu'elle venait d'ouvrir.

Survint Ruben. Avec autour du cou une cravate en soie à quarante dollars : une grappe de raisins sur fond blanc. Nicoletti le regarda, faisant son rapport à M.J.

– Mercer a consulté tous les papiers personnels de la fille : carnet de santé et notes de teinturerie comprises. Rien en commun avec les deux autres victimes.

Nicoletti s'approcha de Ruben et pinça la cravate de Ruben entre ses doigts :

– Qu'est-ce que t'as autour du cou, Rube ?

– J'aimerais bien en avoir une comme la tienne,

Nikko. Malheureusement, il n'y a pas de fripier dans mon quartier.

M.J. ignora l'échange entre les deux hommes :

– Et côté relations ? Amis, parents ?

– Rien. La seule chose que ces filles avaient en commun... c'était un vibrateur.

– Ce n'est pas un indice, ça. C'est un instrument de survie.

Ruben tira la langue à M.J. et repartit. Nicoletti se rapprocha de M.J. :

– Pas sérieux, ce mec.

– Tu peux parler.

– Comment peut-il se montrer au travail, sapé comme ça ?

– Oublie-le, tu veux bien ?

Quelques tables plus loin, l'inspecteur Pachulski était au téléphone. Il couvrit de sa main le microphone et appela M.J. :

– C'est encore Gorge profonde. Ça fait trois fois qu'elle appelle, aujourd'hui.

Pachul était ventripotent et toujours marié à sa petite chérie du collège : un record pour un flic, et un miracle pour un de la Crime. Dans les trente-cinq ans, le front légèrement dégarni, il avait un visage malicieux, et un comportement de filou.

M.J. hésita, puis prit le téléphone des mains de Pachulski.

– Inspecteur Monahan, à l'appareil.

Pachulski lui chuchota :

– Demande-lui, à propos de la bicyclette lunaire.

M.J. hocha la tête et poursuivit :

– Je suis vraiment intéressée par vos idées. Une bicyclette lunaire, vous avez dit ?

À l'autre bout de la ligne, le Dr Helen Hudson grimaça, mortifiée que cette abrutie de femme-flic la prenne pour une demeurée.

– Bicyclette lunaire ? Qu'est-ce que vous me sortez là ? J'ai parlé de « cycle lunaire ». Je pense en effet qu'il pourrait observer un cycle lunaire parce que les deux premiers crimes ont eu lieu à vingt-huit jours d'intervalle. Ça vous amuse, de faire des jeux de mots débiles ?

M.J. jeta un regard noir à Pachulski qui souriait comme le chat du Cheshire.

– Non, madame, je ne joue pas avec les mots et je ne joue pas non plus avec les gens qui mobilisent les lignes de la police pour raconter n'importe quoi.

– Parce que je raconte n'importe quoi ?

– Avez-vous un indice quelconque à nous indiquer ? Connaissiez-vous l'une des victimes ?

– Ce que je sais, c'est qu'elle est la troisième.

– C'est une opinion, ça, madame, pas une preuve. Puis-je vous demander à qui j'ai l'honneur ?

Helen raccrocha.

Gigi, un policier en uniforme au visage de poupon, vint remettre un papier à M.J. Elle prit connaissance de la note et la posa devant Pachulski qui riait encore de sa petite blague. Il lut le papier et leva un regard innocent vers M.J. :

– Qui est Helen Hudson ?

– Qui est Helen Hudson ? Probablement l'un des trois grands experts en criminologie de ce pays, et assurément la meilleure spécialiste des serial killers.

Nicoletti entra dans la conversation :

– Elle n'est plus dans le coup, M.J. Daryll Lee s'est chargé de la mettre hors service. Elle est soûle du matin au soir. Le flic qui la protégeait a été tué sous ses yeux.

Pachulski eut soudain une révélation.

– Mais c'est bien sûr ! C'est elle qui avait saboté le procès Cullum ! Et l'enfoiré s'est tiré !

M.J. tapota Pachulski sur le crâne :

– Toi aussi, tu vas te tirer ! À la morgue. Je veux les résultats des trois autopsies. Prends ta bécane lunaire, pour aller plus vite !

Sur ce, M.J. quitta la salle bruyante pour se rendre à la bibliothèque. Elle sortit toutes les vidéos du procès Cullum, ainsi que les articles de presse et toutes les informations qu'ils avaient accumulées sur Helen Hudson. Elle tambourina des doigts sur la couverture cartonnée d'un des ouvrages du Dr Hudson : NOS FILS, NOS TUEURS : PROFIL DU SERIAL KILLER AMERICAIN.

Ça, elle l'emporterait chez elle, pour le lire tranquillement. Il y avait aussi un curriculum vitæ d'Helen. Études supérieures à Columbia, doctorat à Berkeley et obtention d'une chaire de psychologie. Durant les quinze dernières années, Helen Hudson avait publié de nombreux articles et quatre livres, y compris sa thèse de doctorat et ce récent ouvrage, le premier à lui valoir une renommée extérieure à la communauté universitaire. Elle avait travaillé deux ans à la prestigieuse unité du FBI, sise à Quantico, où l'on étudiait les sciences du comportement. Elle avait été mandée à titre d'experte lors du procès d'Andrei Chikatilo, l'Ogre de Rostov, qui avait violé et tué cinquante-deux femmes et enfants. Elle avait donné des conférences à travers le monde entier et, avant l'incident Daryll Lee Cullum, passé quelque temps en Australie, à étudier l'émergence récente des serial killers. Ces dix dernières années, il n'y avait pas eu un seul procès de pervers sexuel ou d'auteur de tueries auquel elle n'ait pas apporté ses lumières. M.J. releva enfin que, pendant toute sa carrière, le Dr Helen Hudson n'avait jamais perdu le contact avec Berkeley et sa chaire d'enseignante, sauf depuis bientôt deux ans.

Elle consulta les articles de presse. Helen Hudson avait soulevé quelque controverse il y a quelques années en militant pour l'abolition de la peine de mort. Elle s'était également battue pour que l'on traite pénalement à part les violeurs et les serial killers. Il était enfin question du procès Darryl Lee Cullum. Le Dr Helen Hudson semblait s'être particulièrement investie dans le cas Cullum, avec lequel elle s'était entretenue pendant les mois précédant le procès. M.J. sentit que Hudson avait nourri à l'égard de Cullum une véritable obsession, qui atteignit son apogée tragique lors de l'incident de Berkeley au cours duquel un policier trouva la mort et où Cullum fut de nouveau capturé.

M.J. resta une heure à visionner le procès et fit un arrêt sur image quand elle trouva ce qu'elle cherchait : le Dr Helen Hudson à la barre des témoins.

M.J. était impressionnée ; elle s'était souvent rendue au tribunal en compagnie d'experts et les avait vus courber parfois l'échine face à des avocats de la défense retors et teigneux. Le Dr Hudson, elle, était impressionnante de solidité et d'assurance. Une femme élégante, hautaine, d'une formidable intelligence.

Un avocat de la défense l'interrogeait :

– Vous avez, si je ne m'abuse, étiqueté l'accusé de sadique sexuel, parce qu'il satisfaisait à quatre des dix critères établis dans le MDSTM [1]. Est-ce exact ?

– Oui.

– Quatre sur dix. Quarante pour cent. Quand j'étais à l'école, cela valait un F, mademoiselle Hudson.

« Salopard », murmura M.J. Ce « mademoiselle » n'était pas innocent, mais destiné à affaiblir le témoignage du « docteur » Helen Hudson.

– Ne serait-il pas plus juste de dire que Darryl Lee Cullum ne remplit pas les caractéristiques du sadique ?

– Le MDSTM n'est qu'un de nos facteurs d'évaluation.

M.J. avançait la bande pour réentendre une autre intervention du Dr Helen Hudson, quand le lieutenant Quinn entra dans la bibliothèque avec une enveloppe brune. M.J. baissa le volume du magnétoscope.

– Les résultats du labo, tout chauds sortis du four. Pas de sperme.

– Surprise, surprise. On est donc sûrs qu'il s'agit d'une série...

– Je n'ai rien entendu... Qui c'est, ça ? C'est pas la pute qui a fait dessouder un flic ?

– J'ai pensé qu'elle pourrait nous être utile.

– Vous vous trompez d'adresse ! Cette femme est morte ! Travaillez sur les indices, nom de Dieu !

Ils n'étaient pas seuls dans la bibliothèque. M.J. se leva et fit signe à Quinn de la suivre dans le couloir.

– Quels indices, Sir ? Nous n'avons pas la queue d'un. Personne, dans ce service, n'a jamais travaillé

1. *Manuel des diagnostics et des statistiques des troubles mentaux*, publié par l'Association américaine de psychiatrie.

sur une affaire de meurtres en série et j'ai besoin de quelqu'un qui...

– Moi, j'ai déjà travaillé sur ce genre...

– Le Zodiaque, hein ?

– Oui.

– Est-ce vous avez jamais mis la main dessus ? Ou bien est-il mort de vieillesse ?

Quinn serra les mâchoires. Gigi vint vers eux :

– Lieutenant, qu'est-ce qu'on fait pour cette affaire de Chinatown ?

M.J. bouillonnait intérieurement. Lui remettre personnellement les résultats du labo était un faux-semblant. Pachulski aurait pu facilement les confier à Gigi. Non, Quinn voulait la voir seule et essayer de la convaincre une fois de plus de ne pas révéler la véritable nature des crimes, ce qui signifiait qu'il subissait lui-même une pression venue d'en haut. De toute évidence, on tenait en haut lieu à ce que ce Festival de l'Amour se passe sans la moindre anicroche... même si cela devait se payer de quelques meurtres de plus.

Et puis il y avait autre chose : Quinn ne voulait pas qu'elle approche Helen Hudson. M.J. avait envie de savoir pourquoi. Elle souhaitait seulement qu'il n'y eût là qu'un préjugé de flic.

Quinn tint cependant à avoir le dernier mot, tandis qu'il repartait vers son bureau :

– Travaillez sur les indices !

M.J. regagna la bibliothèque juste à temps pour voir sur l'écran resté allumé la caméra passer d'Helen Hudson à Darryl Lee. Il se passait l'index sous la gorge en souriant plaisamment.

De toutes les grandes villes d'Amérique, San Francisco est probablement la plus belle et certainement la plus chargée d'histoire. La ville chevauche les collines qui cernent la baie large et profonde, à travers laquelle le célèbre Golden Gate, le pont de la Porte Dorée, déploie sa gigantesque structure couleur d'ocre rouge jusqu'au pied des collines verdoyantes du riche comté de Marin.

San Francisco a été l'une des mecques touristiques de ce siècle. Sa cuisine du monde entier, son opéra, ses musées, le charme de ses tramways, l'attrait exotique de Chinatown, l'histoire littéraire des cafés de North Beach et la majesté de ses parcs comme le Golden Gate ou le Presidio attirent les touristes par centaines de milliers chaque année.

Haight Ashbury et ses maisons victoriennes ont vu la naissance du mouvement hippy. Le Paris de l'Ouest, comme on a surnommé la ville, a inspiré nombre d'illustres écrivains, de Mark Twain à Dashiell Hammett. C'est aussi là que sont nés les tristement célèbres Charles Manson, Jim Jones et le fictif Dirty Harry.

Paradis culturel aussi bien que climatique, San Francisco n'en a pas moins une histoire tragique, comme si sa beauté attirait sur elle la foudre et la destruction.

Le 18 avril 1906, la terre trembla. 8,25 à l'échelle de Ritcher. La ville comptait alors quatre cent mille habitants. Elle fut ravagée par l'incendie qui suivit le séisme. Les morts se comptèrent par milliers et la population se réfugia dans les collines.

En dépit du risque permanent de tremblement de terre dû à la présence de la faille de San Andreas, la ville fut rebâtie là même où elle avait été frappée.

Le 28 novembre 1978, un ancien superintendant de la ville, homme déséquilibré, assassinait le maire George Moscone et Harvey Milk, le premier superintendant ouvertement gay, galvanisant la population homosexuelle de la ville : un événement que l'on peut considérer comme un tournant dans l'histoire contemporaine de San Francisco, car depuis cette date une série de plaies de proportions presque bibliques se sont abattues sur la cité, telles des sauterelles.

Au début des années 80, des pluies torrentielles dévastèrent la Californie du Nord, causant d'énormes glissements de terrain et emportant hommes, bêtes et maisons. L'été 1985 vit de gigantesques incendies ravager des dizaines de milliers d'hectares de forêts dans les montagnes environnantes. En 1991, ils furent des milliers dans les collines d'Oakland à fuir leurs foyers menacés de nouveau par le feu. Et le cycle de l'eau et du feu continua de sévir chaque année.

Depuis la fin des années 70, le Sida a décimé une grande partie de la population gay, avec pour effet secondaire de porter atteinte à l'économie de la ville qui a vu le nombre des touristes diminuer de moitié.

Le 17 octobre 1989, à 17 h 04, au beau milieu d'un match historique entre les Giants de San Francisco et les Athletics d'Oakland, que tout séparait, y compris la baie, la fameuse faille de San Andreas bougea. La première secousse grava dans la terre cent quatre-vingts kilomètres d'un désastre sans précédent dans l'histoire californienne depuis plus de quatre-vingts ans. Des immeubles entiers s'effondrèrent ou furent détruits par des incendies. Un pan de vingt mètres de long du pont reliant San Francisco à Oakland s'affaissa sur le tablier inférieur. Un kilomètre et demi de l'échangeur routier de Nimitz s'écroula sur la route passant au-dessous, broyant les voitures et leurs occupants. Non loin de Fort Mason et du loft d'Helen Hudson, le quartier de la Marina fut durement touché. Plus de soixante personnes périrent dans la zone de San Francisco, plus de trois mille furent blessées. Les dommages se montèrent à des billions de dollars.

San Francisco pansa ses blessures et se remit à bâtir. Le front de mer reprit vie. Des projets audacieux, tels le jardin de Yerba Buenas et le parc national de Presidio, furent menés à bien. En dépit de quelques portions de voies routières irréparables, la cité repartit en avant. Les touristes surmontèrent leur peur du virus HIV et des tremblements de terre et affluèrent de nouveau dans San Francisco la magnifique.

La cité se devait cependant d'exploiter le rôle qu'elle avait joué dans les années 60, autrement que par des visites guidées des curiosités urbaines. Les chefs d'entreprises et les superintendants de la ville avaient apprécié l'opération financière qu'avait été Woodstock II et mesuraient combien la nostalgie des années hippies était devenue « vendeuse ». Pendant deux ans, ils mirent sur pied le Festival de l'Amour, annonçant qu'il serait la plus grande manifestation musicale et culturelle de toute la côte Ouest. Si tout se passait bien, le succès dépasserait celui de Woodstock 94.

Aussi la présence d'un serial killer était-elle perçue comme un cheveu dans la soupe.

Le Dr Helen Hudson regardait la télévision dans son petit salon. Elle n'était plus en chemise de nuit mais avait l'air tout aussi dépenaillée dans son chandail jaune et son pantalon de survêtement. Au bruit comiquement rythmique des coups frappés à sa porte, elle se releva d'un bond :

– Enfin ! Mais où étais-tu passé ?

Un grand sac à provisions dans les bras, Andy Friedman, un solide et plaisant gaillard de quarante-deux ans, entra dans la pièce. Il était son assistant et probablement le seul et dernier ami à pouvoir supporter la présence d'Helen plus de vingt minutes, même si sa compagnie était salariée.

Andy était aussi peu névrosé que pouvait l'être un homosexuel naviguant dans les eaux de la quarantaine et de la vie urbaine avec un revenu minimal. Travailler, pour une diva nantie d'un doctorat ès sciences humaines et affligée d'une angoisse aiguë, était pour lui un challenge raisonnable. Andy Friedman s'était sorti seul de bien des dépendances et il considérait l'occasion d'avoir le dessus sur Helen à la fois comme une thérapie et un jeu.

Il se dirigea vers la cuisine :

– Il fait vingt-deux degrés dehors, le vent souffle de l'est à huit kilomètres à l'heure et a une odeur de chocolat.

Elle le suivit dans la cuisine, qui était aussi méticuleusement équipée façon high tech que son bureau. Le plan de travail en marbre gris était immaculé, de même que la plaque de céramique noire qui y était incrustée, car, depuis un an, Helen n'avait guère fait griller que quelques tranches de pain grillé avec du fromage. Sur le comptoir de bois blond, près de l'énorme réfrigérateur chromé, il y avait aussi quelques emballages d'aluminium froissés et un pot de confiture anglaise ouverte, ainsi qu'un reste de sandwich.

Andy entreprit de ranger ses provisions et de débarrasser le comptoir des déchets :

– Quelqu'un a cassé l'antenne radio de ta voiture et je n'ai pas pu écouter de musique. Tu ne devrais pas laisser ta caisse dehors, comme ça. Surtout depuis que tu ne conduis plus.

– Je n'ai pas l'intention de payer pour un garage.

– Ma chérie, répliqua-t-il, se mettant en devoir de vider le réfrigérateur de la nourriture avariée qui y gelait, rien qu'avec ce que tu laisses pourrir dans ton frigo, tu pourrais louer un bassin de radoub pour le *Queen Mary*.

– J'ai reçu un nouvel appel.

Il l'ignora et renifla un camembert :

– Dieu, quelle odeur ! Est-ce que je peux le jeter, lui aussi ?

– Cette fois, il m'a parlé.

– Qu'est-ce qu'il a dit ?

– Toi et moi... toi et moi...

– Il est bègue ?

– Andy, je t'en prie, tu veux bien appeler de nouveau ?

– Tu sais que je déteste téléphoner à cette prison.

– Andy, quand une enfant de trois ans te dit qu'il y a un monstre sous son lit, tu regardes, non ? Je suis une enfant de trois ans. Appelle la prison. S'il te plaît.

Il ne put résister à la douleur et à la peur qu'il voyait dans le regard qu'elle fixait sur lui et il la prit dans ses bras. Elle se laissa faire. Il fronça le nez en un feint dégoût.

– Je sais, je suis affreuse..

Il lui ébouriffa les cheveux :

– Mais non, je suis sûr que les souris sont très heureuses, là-dedans.

Helen sourit et enfouit son visage dans la chemise écossaise d'Andy. Soudain, on sonna à la porte. Aussitôt, son sourire s'envola, faisant place à la panique. Elle serra le bras d'Andy et gémit :

– Andy, Andy...

– Pour l'amour du ciel, c'est juste quelqu'un qui sonne à la porte ! On ne va pas en mourir !

Helen croisa les bras et se mit à se balancer lentement. Andy lui donna une tape affectueuse :

– Tiens le coup. Je vais voir qui c'est.

Andy trouva l'inspecteur principal Mary Jane Monahan et l'inspecteur Ruben Gœtz. Ils lui montrèrent leurs plaques. Ruben annonça :

– Département de police de San Francisco. Je suis l'inspecteur Gœtz, et voici l'inspecteur Monahan. Est-ce qu'Helen Hudson est là ?

– Euh... je suis désolé, mais ce n'est pas vraiment le moment...

– Nous aimerions beaucoup nous entretenir quelques minutes avec le Dr Hudson, l'interrompit M.J.

– D'acord, entrez.

Comme Andy les guidait dans le loft, M.J. et Ruben jetèrent des regards appréciateurs aux plafonds hauts et au sol de chêne clair. Ils passèrent devant une grande sculpture d'inspiration africaine et une alcôve où trônait un grand piano dont le bois était poli comme un miroir. La cloison de l'alcôve, en verre dépoli, était gravée de trois oiseaux, traités à l'encre de Chine dans un style oriental.

Helen se tenait dans le living. Raide, anxieuse, elle prévoyait le pire. M.J. et Ruben furent choqués par sa tenue négligée qui contrastait tellement avec le raffinement et l'élégance du décor, mais ils gardèrent une impassibilité professionnelle. Andy tenta bien de faire les présentations, mais Helen l'interrompit :

– Il s'est échappé, c'est ça ?

M.J., perplexe, dit :

– Pardon ?

– Écoutez, il est dedans ou dehors ?

– Je ne vous suis pas, madame. Ce sont vos appels téléphoniques qui nous amènent.

– Quels appels ? Je n'ai appelé personne.

Andy savait qu'Helen mentait et il sentait aussi qu'elle était au bord d'une crise de panique. Il intervint :

– Eh bien, vous ne pensez pas que nous pourrions nous asseoir ? Voulez-vous une tasse de café ?

Ruben et M.J. s'assirent. Helen resta debout.

– Andy, veux-tu aller me chercher mon... truc ?

– Avec joie.

Andy gagna la salle de bains et M.J. reprit :

– Je vous ai parlé ce matin, docteur Hudson. Vous ne vous rappelez pas ?

– Bien sûr que je m'en souviens, j'ai une très bonne mémoire. Vous m'avez dit que je racontais n'importe quoi.

– En effet.

Helen se laissa choir sur un fauteuil et croisa ses mains pour les empêcher de trembler.

– Voyez-vous, j'ai cru un instant que Darryl Lee Cullum s'était évadé de prison et, comme vous devez le savoir...

Ruben prit la parole avec une douceur qui produisait un effet calmant des plus surprenants. Un truc qu'il avait appris dans sa famille où les femmes étaient le plus souvent au bord de la crise de nerfs. Un adoucisseur d'hystéries, dès qu'il avait été en âge de parler, Ruben.

– Madame, si Darryl Lee Cullum s'était échappé, je vous assure que vous en auriez été la première informée.

Helen regarda Ruben, dont les yeux, d'un ambre foncé comme un whisky longtemps vieilli en fût de cerisier, lui rappelaient ceux d'un gitan. Cet homme se disait flic, et peut-être en était-il un bon, mais, Dieu, il n'en avait ni le ton ni l'apparence.

– Ma foi, voilà qui me rassure.

– Vous nous avez donc appelés, docteur Hudson, intervint M.J., décidée à revenir au but de leur visite.

– Oui, je l'ai fait, et cela ne se reproduira plus.

– Voudriez-vous nous dire pourquoi ?

– Parce que je ne comprends pas pourquoi la police tient tant à cacher la vérité.

– Comment cela ?
– Il y a un serial killer dans la ville. Ne pensez-vous pas que les gens devraient en être informés ?
– Malgré le lien apparent qu'il y a entre ces meurtres, la presse n'en a encore rien dit. Qu'est-ce qui vous fait penser qu'il s'agit d'un serial killer ?
Une image de l'ancienne Helen et de sa puissance réapparut :
– Oh, je ne sais pas... simplement vingt années d'expérience et de tueurs de cette espèce dans la tête.
Andy revint de la salle de bains avec un verre d'eau et les pilules d'Helen. Il lui tendit le tout et repartit vers la cuisine.
M.J. prit ses risques.
– Docteur Hudson, accepteriez-vous de travailler avec nous ?
– Vous plaisantez.
– Non.
– Vous ne vous en rendez peut-être pas compte, mais je ne suis pas très bien. Et je me suis retirée.
– Vous vous êtes retirée et vous nous appelez quatorze fois ? J'admire sincèrement votre travail et je pense que...
Helen se tourna vers Ruben :
– Elle est souvent comme ça ?
– De temps à autre.
– Et ça marche ?
– Oui, en général.
– Eh bien, pas aujourd'hui, dit Helen en reportant son regard sur M.J. Épargnez-moi le baratin, inspecteur. Vous ne m'admirez pas, vous n'avez même pas de sympathie pour moi. Il n'y a pas un seul flic dans cette ville qui en ait. Mais le plus beau, dans tout ça, c'est que je m'en fous totalement. C'est le bon côté d'une dépression. À présent, j'ai vraiment autre chose à faire que de vous...
Pendant qu'elle parlait, M.J. avait déposé le contenu de sa mallette sur la table basse. Helen eut un mouvement de recul à la vue des photos des victimes étalées devant elle, puzzle de chairs bleuies et meurtries, visages figés dans l'horreur.

La voix de M.J. avait une sonorité dure, froide :

– Madame, vous avez là un bien bel appartement et je suppose que les livres que vous avez écrits sur ces salopards vous ont rapporté gros. Bien entendu, nous ne pourrons pas vous payer le tarif que vous demandez habituellement...

Helen se pencha en avant et essaya de repousser les photos.

– Non, je vous en prie, je ne veux pas de ça chez moi !

– Mais nous apprécierions beaucoup si vous pouviez jeter un coup d'œil à ces photos...

Helen se leva ; elle tremblait de peur et de panique :

– Ecoutez, je n'en veux pas. Allez-vous-en, je vous en supplie.

– Nous pourrions les examiner ailleurs, si vous voulez.

Jouant toujours les bons flics, Ruben ajouta :

– Oui, je conduirai, si cela peut vous rassurer...

À cette suggestion, Helen eut un hoquet et se mit à suffoquer :

– Andyyy !

Son verre glissa de ses mains et se brisa sur la table. Elle vacilla, porta une main aveugle à son poignet pour en claquer l'élastique et s'en fut, titubante, en direction de la cuisine. Ruben se leva pour l'aider :

– Qu'avez-vous ?

Helen battit des bras :

– Je vous en prie... laissez-moi. Andyyy !

Andy surgit de la cuisine avec un sac en papier. Helen tomba dans ses bras. Il l'abaissa doucement par terre et plaça le sac sur le visage d'Helen.

– Allez, respire, maintenant. N'aie pas peur, je suis là.

Elle se mit à respirer à grands coups, gonflant et dégonflant le sac. Au bout d'un moment, ses yeux se fermèrent. M.J. et Ruben regardaient l'étrange scène, inquiets et embarrassés, conscients d'avoir été témoin de la vulnérabilité de cette femme. Darryl Lee Cullum avait été le Waterloo du Dr Helen Hudson.

M.J. comprenait à présent pourquoi le lieutenant Quinn l'avait mise en garde contre cette femme :

– Voulez-vous qu'on appelle une ambulance ? demanda-t-elle à Andy.

– Non, c'est juste une crise de panique. Elle hyperventile jusqu'à ce qu'elle s'évanouisse, puis sa respiration redevient normale et tout rentre dans l'ordre.

– Qu'est-ce que j'ai pu dire ? demanda Ruben.

– Vous avez parlé de l'emmener et elle est agoraphobe.

– Elle a peur de araignées, aussi ?

– Elle n'a pas quitté la maison depuis plus d'un an. Ne vous inquiétez pas, elle se remettra. Dans une demi-heure, elle chantera comme un pinson.

M.J. commença de rassembler les photos :

– Vous lui direz que nous sommes désolés de l'avoir importunée de cette façon.

– Vous ne vouliez pas qu'elle examine ces photos ? Vous pouvez les laisser ici, je les lui donnerai quand je sentirai le moment venu.

M.J. hésita puis reposa la chemise sur la table. Elle sortit une carte de visite, la posa sur les photos et, comme elle regardait Andy, un entendement silencieux passa entre eux. Puis Gœtz et elle quittèrent sans un mot l'appartement du Dr Helen Hudson.

Comme ils arrivaient près de leur voiture, M.J. fut la première à briser le silence :

– Quelle perte de temps !

– Drôle de bonne femme.

– Quinn dit qu'elle était une championne. La meilleure de sa catégorie. Cullum en a fait un légume en serre.

– Je l'ai trouvée plutôt douce.

– Douce ! Bon sang, Ruben...

Ils montèrent en voiture.

Plusieurs étages au-dessus d'eux, dans l'immeuble contigu à celui qu'ils venaient de quitter, un homme se tenait dans l'ombre d'une fenêtre, sa nouvelle caméra Canon ES 1000 équipée d'un enregistreur de sons longue portée braquée sur les deux flics. La caméra avait un son stéréo, un viseur de 140 000 pixels, des lentilles grand angle de 5.2, un stabilisateur, et pouvait filmer en 8 pendant deux heures et demie avant qu'il faille changer les piles. Quand la voiture des deux inspecteurs démarra, il fit un lent panoramique. Il attendrait patiemment que la nuit tombe sur la ville puis il pourrait voir directement dans le loft du Dr Hudson.

Chapitre 3

Helen dormit deux heures sur le canapé du salon. Pendant ce temps, Andy mit en ordre le bureau, régla les factures, fit de la correspondance. Il ramassa une chemise en papier kraft sur la table pour la classer et découvrit une pile de photos de famille qu'Helen avait dû regarder avant qu'il arrive. Il pensa soudain qu'il n'avait jamais vu dans tout l'appartement une seule photo des parents d'Helen.

Certains des clichés, en couleurs, dataient d'une vingtaine d'années, mais il y en avait quelques-uns en noir et blanc, pris dans les années 40 et 50. Andy reconnut la mère d'Helen, tant leurs beautés étaient semblables.

La famille Ashland. Son père, aristocrate américain, était un grand et bel homme. Il rappelait à Andy certaines figures de pères dans les feuilletons télévisés de son enfance, comme le *Donna Reed Show* ou *Bonanza*. Chanceuse Helen. Puis, comme il tombait sur d'autres photos, il remarqua l'expression autoritaire de ce père, le pli amer au coin de la bouche. Et le regard de la mère exprimait souvent une profonde tristesse. Non, peut-être pas si chanceuse que ça, Helen.

Sur les photos plus récentes, datées de la fin des années 60 et du début des années 70, Helen posait souvent aux côtés d'un beau jeune homme, qui aurait pu être son jumeau, tant ils se ressemblaient : son frère, plus jeune de trois ou quatre ans. Les derniers clichés de lui le montraient amaigri, de longs cheveux encadrant un visage creusé et des yeux enfoncés. Des yeux qui semblaient faire écho à la tristesse de la mère. Il disparaissait de l'« album de famille » après 1974. Il y avait quelques portraits d'Helen à Barnard... Superbe hippie à la chevelure flamboyante et aux jambes longues et galbées. Enfin quelques photos du temps de la contestation à Berkeley, où elle se tenait en compagnie de Carter Hudson. Andy reconnut aussitôt ce dernier ; c'était un de ces visages de soixante-huitards qui resteraient à jamais gravés dans sa mémoire.

En 1948, Caroline Harrington était une artiste peintre d'un talent prometteur. Elle était aussi une débutante de la haute société sudiste, issue d'une famille dont il ne restait plus de la splendeur passée que le grand nom. Après que Caroline eut été présentée à la bonne société, la famille attendit qu'elle trouve l'époux adéquat, possédant le nom et l'argent.

Mais Caroline avait ce caractère farouche propre aux garçons manqués et aux filles trop choyées qui découvrent du jour au lendemain qu'elles sont belles. Pas un, parmi les riches fils de familles du Sud qu'elles fréquentait, n'était capable de la satisfaire ou de la dompter, même ceux revenus mûris du Pacifique ou de l'Europe où ils avaient combattu.

Ses parents finirent par céder au désir de Caroline de se rendre en Europe, avec l'espoir qu'elle y enterrerait sa vie de bohème. Elle fut envoyée à Paris pour y étudier la peinture et demeurer sous l'œil vigilant d'une cousine plus âgée qui avait épousé un Français et vivait à Paris depuis les années 20.

Matthew Ahsland obtint son baccalauréat avec mention très bien à Harvard en 1941, partit aussitôt faire son devoir outre-mer dans les services du Renseignement de l'armée, et tomba amoureux fou de l'Europe. Riche, très beau, brillant, grand sportif, il parlait six langues, dont le latin et le grec. La paix signée, il resta en Angleterre, achevant ses études à Cambridge.

Lors d'un week-end à Paris, au cours de l'automne 1950, il rencontra une belle et jeune Américaine qui parlait un français séduisant avec une pointe d'accent sudiste. Elle était enceinte avant la fin du week-end.

Après un hâtif mariage à Richmond, les Ashland s'établirent à Manhattan, dans un bel appartement de Park Avenue, après que Matthew eut obtenu un poste de suppléant à l'université Columbia. Helen naquit six mois plus tard.

L'indomptable Caroline se retrouva bientôt enchaînée par la maternité et le mariage à un homme qu'elle connaissait à peine. Matthew Ashland se révéla jaloux, autoritaire, prompt à l'injure et profondément narcissique. Caroline se mit à boire avant la naissance du petit Matt Junior.

Matthew Senior obtint bientôt sa titularisation au département de philosophie et mena ses enfants aussi durement que ses étudiants. Âgée de douze ans à peine, Helen suivait déjà un régime sévère à base de Platon, Descartes, Kant, Hegel et Kierkegaard. Elle et Matthew Junior devaient s'exercer à la dialectique trois fois par semaine, quand ils avaient terminé leurs devoirs à la maison. Leur père les emmenait à cette occasion à la rivière ou au parc. Tous deux devaient alors mener un débat contradictoire sur tel ou tel sujet philosophique jusqu'à ce que l'heure du dîner les délivre enfin.

Le jeune Matthew tenait de sa mère, dont il avait la douceur et le penchant pour les arts. Helen le protégeait, l'informait la veille de ce qu'elle développerait à la prochaine séance de dialectique.

Le père se montrait dur envers le fils, le traitant d'idiot et de pédé, et la compassion de sa fille envers son frère le faisait enrager. Caroline tenta bien de faire cesser ces détestables débats, mais ceux-ci se terminèrent quand le jeune Matthew s'enfuit de la maison et vécut quatre jours dans Central Park. Il avait treize ans. Après cela, il fut envoyé en pension et la famille connut une paix forcée pendant quelques années.

Helen haïssait son père, dont elle avait pourtant

hérité l'énergie intellectuelle. Paradoxalement, elle n'essaya jamais de le décevoir. Elle adorait sa mère, mais avait honte de la voir faible, de la voir boire. Et, tandis qu'Helen naviguait dans les eaux troublées de sa famille, elle jouait le rôle de protectrice et de consolatrice, anticipant les besoins et les pensées de chacun. Elle restait des heures éveillée, la nuit, à penser à son père, à sa mère, à son frère, tentant de deviner leurs rêves. Ce fut peut-être là le début de sa carrière de psychologue.

Elle devint aussi une perfectionniste. Personne, même son père, ne serait jamais aussi dur envers elle qu'elle l'était elle-même.

Matthew Junior sombra dans la toxicomanie. Il mourut d'une overdose le jour de son dix-neuvième anniversaire.

Comme prévu, Helen alla à Barnard, le collège des filles, à Columbia. Elle avait voulu et s'était battue pour aller à Radcliffe, mais Matthew Ashland désirait garder un œil sur sa fille, alors que la contestation grondait de plus en plus fort contre la guerre du Viêtnam.

C'est qu'Ashland était devenu un cas singulier à l'université de Columbia : un ultra-conservateur. Il avait même proposé ses services à la CIA, mais l'agence n'était pas intéressée par un ancien de l'OSS. Il s'était rabattu sur la plume et signait des éditoriaux bellicistes dans un torchon d'extrême droite de Washington.

Le contrôle qu'il avait voulu exercer sur Helen se retourna contre lui : sa fille devint l'une des meneuses de la contestation universitaire. Elle fut parmi ceux qui occupèrent le bâtiment administratif de Columbia, au cours de l'une des manifestations les plus violentes de cette époque.

Cette nuit-là, elle fit l'amour sur la moquette dans le bureau du président de l'université avec Carter Hudson III, un étudiant co-fondateur du SDS, mouvement estudiantin pour une société démocratique. Ils furent arrêtés ensemble le jour suivant. À cette nouvelle, Matthew Ashland interdit à sa fille de franchir le seuil de sa maison.

Le lendemain des obsèques de son frère, Helen Ashland se mit en ménage avec Carter Hudson. Ils partirent à Berkeley, où Helen entreprit des études de psychologie et Carter consacra ses talents au mouvement antimilitariste.

À mesure que la lutte se radicalisait pendant les dernières années de la guerre, Carter s'enfonça de plus en plus profondément dans l'action violente. Il flirta avec les Black Panthers et les groupes extrémistes. Il ne participa jamais à un attentat ou à un braquage de banque, ne porta jamais d'arme sur lui, mais fut une figure célèbre de la radicalité.

Tandis que la guerre du Viêt-nam approchait de la fin, Helen s'immergea dans ses études et sa thèse de doctorat. Elle avait développé une véritable fascination pour un nouveau secteur de la psychologie traitant de la pathologie criminelle.

Dans le même temps, elle découvrait que Carter, lui, s'enfonçait dans la drogue et devenait de plus en plus paranoïaque. Elle n'ignorait pas non plus qu'il couchait avec toutes les groupies contestataires du campus. Leurs téléphones étaient sur écoute et Carter était régulièrement arrêté par la police de Berkeley. Leur maison était devenu la planque d'une nuit de tous les radicaux en cavale. Et d'après ce qu'Helen pouvait en juger, la plupart d'entre eux étaient devenus escrocs, dealers, trafiquants d'armes. La guerre n'avait été pour certains qu'une occasion de plonger dans la criminalité.

Enfin le conflit du Viêt-nam s'acheva. Les jours de gloire de Carter Hudson étaient terminés. Il était brisé, avait brûlé toutes ses chances de réintégrer l'Université et la plupart de ses amis avaient pris le chemin de la clandestinité. Sa famille d'aristocrates l'avait déshérité. Helen, qui terminait son doctorat, se vit offrir un poste à Berkeley. Le jour où Nixon démissionna, Carter força un peu trop sur l'acide et fut appréhendé par la police, alors qu'il errait nu au milieu de la chaussée du pont d'Oakland. Ils le ramenèrent à la maison et Helen regarda cet étranger avec lequel elle avait vécu cinq ans. Carter comprit, sans qu'elle le lui demande, qu'elle désirait son départ. Elle l'aida à empaqueter quelques affaires tout en se demandant si elle l'avait jamais aimé. Elle lui donna tout l'argent qu'elle avait et pria pour qu'il reste en vie.

Carter réapparut de temps à autre, parfois pour lui demander un peu d'argent. Elle finit pas obtenir le divorce, six ans après leur séparation ; il lui fallut pour cela engager un détective privé pendant plusieurs mois pour mettre la main sur ce nomade et lui faire signer l'acte de divorce. Elle apprit par la suite qu'il avait été, un temps, trafiquant de cocaïne. Puis, dans les années 80, la famille de Carter avait rouvert sa porte à l'enfant prodigue et l'ex-turbulent avait pris femme, enseignait dans un petit collège du Midwest et était papa de deux bambins.

Helen ne se remaria jamais. Elle eut plusieurs liaisons au fil des ans ; quelques-unes, marquantes. Une, torride, avec un professeur marié : une histoire purement charnelle dont elle avait encore honte. Et puis il y avait eu ce type du FBI, James Atwood, dont elle était tombée follement amoureuse lors de son séjour à Quantico. Mais elle avait rompu, sachant que leur lien ne résisterait jamais à sa carrière. Elle s'investissait de plus en plus profondément dans son travail, et son ambition de mettre à nu les racines du mal affectant les serial killers. Et puis elle avait Berkeley et le goût d'enseigner dans le sang. Enfin ses positions politiques étaient incompatibles avec celles d'un agent fédéral. James avait été le seul regret de sa vie amoureuse. Elle était partie de Quantico au bout de deux ans, pour revenir en Californie. Elle avait alors trente-huit ans.

Après cela, il arriva fréquemment à Helen de se regarder dans la glace et de voir apparaître l'image de Matthew Ashland Senior. Ce fut à cette époque-là qu'elle commença à boire.

Andy entra sans bruit dans le living pour voir comment allait Helen et elle rouvrit les yeux. Il s'assit au bord du canapé et la regarda. Elle grimaça, vaguement nauséeuse après le cocktail Xanax-cognac et honteuse au souvenir du spectacle qu'elle avait donné.

– Ils sont partis ? Putain, putain, putain, ce que je devais avoir l'air conne !

– Pas du tout. Tu étais même pas mal, avec ton sac sur la tête.

– Merci, très cher. Oh merde, je voudrais mourir.

– À ta place, je n'en ferais rien. Il reviendra.

– Qui ça ?

– Ne fais pas l'ignorante. Tu l'as trouvé mignon, pas vrai ? Allez, je sais bien que tu les aimes brutaux, avec de gros sourcils et des menottes.

Helen sourit et Andy la chatouilla :

– Allez, admets-le.

Elle gloussa comme une petite fille jusqu'à ce que, soudain, le rire se change en larmes.

Andy arrêta les chatouilles :

– Quoi, qu'est-ce que j'ai dit ?

– Les hommes me manquent, dit-elle avant d'éclater en sanglots.

– Hé ! et moi, je suis quoi ? Du foie haché ?

– Tu sais ce que je veux dire. J'ai besoin d'avoir quelqu'un de fort et de doux contre lequel me blottir.

– À condition qu'il ne ronfle pas en dormant.

– Et j'ai besoin qu'on me fasse l'amour.

Il la releva en position assise et la prit dans ses bras :

– Tu sais, il n'y aura pas de beau policier pour toi tant que tu continueras à vivre comme une souillon, lui chuchota-t-il à l'oreille. Et maintenant, reste assise là et regarde ces photos pendant que je fais du café.

– Je ne peux pas, Andy.

– Alors, crève !

Il se releva et gagna la cuisine en lui criant :

– Ils trouveront ton cadavre parmi des piles de journaux et de courrier pas ouverts et ils diront : « C'est la vieille ermite qui mangeait des boîtes pour chats et du camembert. Elle était quelqu'un, autrefois. »

Le téléphone sonna. Helen regarda le combiné comme un lapin effrayé. Andy décrocha.

– Résidence du Dr Hudson, dit-il. Qui est à l'appareil ?

À quelques centaines de mètres de là, un homme avec une caméra vidéo dans une main et un téléphone portable dans l'autre coupa la communication.

Il était 20 h 45 dans la salle de la brigade criminelle. Penchée à sa table de travail, l'inspecteur principal Mary Jane Monahan examinait des photographies de femmes mortes qui n'avaient que quelques années de moins qu'elle. Elle souffla sur une mèche de cheveux qui lui tombait sur l'œil et se rongea distraitement un ongle. Sous son bureau, sa jambe se balançait nerveusement. Ses cheveux longs effleuraient les photos. Tout cela lui donnait l'apparence d'une écolière apprenant sa récitation du lendemain. Dans l'ombre, un homme qui l'aimait l'observait en silence.

Elle écarta les clichés des victimes et concentra son attention sur une photographie des badauds massés dans la rue devant l'immeuble de Jennifer Lyle, à Potrero Hill. M.J. frissonna soudain en sentant une présence proche dans la salle désertée. Surprise, elle recula vivement dans son fauteuil et faillit tendre la main vers son tiroir où elle avait rangé son arme :

– Hé ! c'est moi.

– Tu m'as fait peur.

Nicoletti se rapprocha :

– On fait des heures sup ?

– J'aimerais y voir plus clair, mais ce n'est pas le cas.

– Tiens, jette un coup d'œil là-dessus.

Il déposa une enveloppe devant elle. Elle la prit, l'ouvrit et en parcourut le contenu :

– Enfin, tu as fini par y arriver.

– Ouais, tout est fini. Il ne nous reste plus qu'à décider qui aura la garde du chat.

– Comment Patty a pris la chose ?

– Très bien. Très, très bien.

– Je suis contente pour toi, Nick.

Elle avait dit cela d'une voix sans émotion. Une moue aux lèvres, elle laissa son regard errer sur les photos.

Nicoletti s'agenouilla et posa un bref instant sa tête sur le dessus de la table. Puis il cala son menton sur ses mains et la regarda :

– Écoute, quand tu auras fini ici, si on allait chez Joe, se taper un bon steak ? Histoire de fêter ça.

– Je ne pense pas que ce soit possible. Mais merci quand même.

– Tu as d'autres projets ? Note, ça ne me regarde pas.

– Tu as le droit de demander.

– Alors quoi ?

– Tu sais comment sont les choses, Nick. On va dîner ensemble et une chose en entraîne une autre, comme c'est toujours le cas, et nous voilà ramenés à la case départ.

– Qu'est-ce que tu me racontes là ? Tu...

Nicoletti se tut à l'arrivée de Ruben, parti chercher de quoi manger. Ruben feignit de ne pas remarquer l'échange intime qu'il venait juste d'interrompre.

– *Sushi* d'anguille, *tempura* de praires, salade de crustacés... Tu dînes avec nous, Nikko ?

– Tu embrasses ta mère après avoir bouffé cette merde ?

– Non, mais je peux t'embrasser, si tu veux.

– Va te faire mettre, Ruben.

Nicoletti tapota rageusement le bureau de M.J. de ses phalanges, puis ramassa ses papiers de divorce et partit sans un mot.

– Quelle mouche l'a piqué ?

– Je crois qu'il n'aime pas les *sushi*. Où est mon cheeseburger ?

– J'ai pris une grande décision : on mangerait japonais. C'est meilleur pour le foie.

– Tu ne m'as même pas rapporté de frites ? Ruben, tu commences à me taper sur le système.

M.J. l'observa qui dépiautait adroitement une crevette avec ses baguettes et la portait à sa bouche :

– Si tu maniais aussi bien le flingue que ces baguettes, je ne me ferais pas de souci pour toi.

Ruben répondit par la dissection et l'engloutissement d'une deuxième crevette :

– Rien de neuf, côté Helen-sac-sur-la-tête ?

– Non, pas encore, mais elle appellera.

– Ça m'étonnerait beaucoup, dit Ruben.

– Cinq dollars qu'elle appelle ce soir.

– Pari tenu.

Ruben palpa sa poche avec une expression de stupeur.

– Tiens, mais qu'est-ce que ce cheeseburger fait dans ma poche ?

Il était 20 h 50. Helen était seule dans son bureau. Sur la console, devant elle, à gauche de ses terminaux et à côté d'un téléphone, se dressait une statue de bronze représentant, d'une manière abstraite mais très expressive à la fois, une femme tendant les bras vers le ciel. Il se dégageait de la sculpture une force, ainsi qu'un sentiment d'optimisme et peut-être de rédemption. Helen l'avait aimée à l'instant où elle avait posé les yeux dessus. Comme elle la contemplait, elle réalisa que ce n'était pas un hasard si elle l'avait posée là où elle passait le plus clair de son temps. Elle tendit la main pour la toucher, puis s'abstint. À quoi bon. Mais elle caressa du regard la dame de bronze et en tira une once de courage qui la fit se lever et se rendre dans le living.

Elle s'assit devant la table basse et considéra la chemise de papier kraft, mince membrane qui la séparait d'un monde duquel elle s'était retranchée depuis treize mois. Ses lunettes de vue pendaient au col de son chandail. Elle les chaussa, prit une profonde respiration, avala une gorgée de cognac et ouvrit la chemise. Les clichés s'étalèrent sur la table, parterre de fleurs vénéneuses. Elle les examina une par une avec la plus extrême attention, remplissant son verre toutes les dix minutes. Près d'une heure plus tard, elle reposait la dernière photo et montait à la galerie, ballon de cognac à la main, le pas incertain.

Elle se tint un instant devant une fenêtre avant de presser un bouton pour en refermer le volet. Alors qu'elle gagnait sa chambre, elle perçut un bruit et se figea. Elle appela Andy deux fois, n'obtint pas de réponse. Elle savait qu'il était parti depuis longtemps.

Dans la chambre, elle chercha dans son armoire quelque chose de propre à mettre après sa douche. Elle avait envie de travailler un peu, cette nuit. Quelque chose avait bougé en elle, aujourd'hui. Elle s'habillerait bien, ce soir, même si ce n'était que pour elle. Elle sortit un pantalon de soie noire et une chemise blanche en coton, encore dans l'emballage de plastique du teinturier.

Elle pénétra dans la douche et s'abandonna sous l'eau chaude, laissant le flot laver les restes grotesques de l'héritage du tueur et dissiper les vapeurs d'alcool qui l'enveloppaient.

Elle ressortit, se sécha et alla prendre les vêtements qu'elle avait posés sur une chaise. Arrivée devant son lit, elle s'immobilisa, pétrifiée. Son tailleur rouge s'étalait sur le dessus-de-lit blanc. Il était resté relégué dans le fond de sa penderie depuis ce sinistre jour à Berkeley, le jour où Joe Shields était mort devant elle, le jour de son rendez-vous avec Darryl Lee.

Elle essaya de se rappeler ses gestes quand elle était remontée à l'étage, mais la fatigue, le Xanax et le cognac embuaient sa mémoire. Elle se laissa choir sur le lit et regarda autour d'elle. Rien n'avait été dérangé. Non, elle ne se souvenait pas d'avoir sorti son tailleur. Elle se leva pour aller prendre le pantalon et la chemise qu'elle se rappelait avoir posés sur le fauteuil de velours gris. Mais elle n'y trouva que la chemise.

Elle s'assit et regarda le tailleur rouge en se balançant d'avant en arrière. Elle serra les bras du fauteuil pour se donner de la force et se releva. Puis elle redescendit dans le living en se forçant à respirer lentement, profondément. Elle ramassa la carte de visite blanche posée sur le tas de photos et composa un numéro.

– L'inspecteur Monahan, je vous prie.

L'inspecteur Mary Jane Monahan rentra chez elle dans le quartier perpétuellement brumeux de Sunset. Les lampadaires luisaient, nimbés de brouillard nocturne. Les maisons endormies étaient peintes de couleurs pastel – blanches, roses, vert pâle ou bleu ciel –, peut-être par défi lancé à un soleil qui refusait obstinément de briller au-dessus de leurs toits. M.J. déverrouilla les deux cadenas et la serrure de son petit bungalow de deux pièces et referma la porte derrière elle. Elle balança ses chaussures dans le séjour et posa son blouson et sa mallette sur une chaise puis alluma la modeste stéréo installée sur une étagère d'une non moins modeste bibliothèque. Un CD des Chiefains était sur la platine et la musique – irlando-traditionnelle – emplit la petite maison. Elle gagna ensuite la cuisine et ouvrit le réfrigérateur. La lampe, à l'intérieur, avait brûlé depuis longtemps. Une bouteille à moitié pleine d'Anchor Steam partageait un logement avec un *burritto* vieux d'une semaine. Il y avait quelques restes de plats chinois. Elle connaissait le contenu du bac à légumes sans avoir besoin de l'ouvrir : une laitue fripée et quelques pommes de terre bonnes à planter. Un réfrigérateur d'inspecteur de la Crime.

Elle prit la bière et alla s'installer sur le canapé acheté aux puces, les pieds calés sur une table basse qu'elle avait construite elle-même avec une plaque de verre teinté et un casier à langoustes que les Monahan avaient hérité de cousins de la Nouvelle-Angleterre. Le reste de l'appartement était pauvrement meublé, mais confortable. Ce n'était pas qu'elle n'avait pas d'argent, elle n'avait simplement ni le temps ni l'envie de décorer son antre. Elle pensa à sa sœur Karen, à San José, enceinte d'un quatrième enfant, dans son ranch avec son gros mari Harry. Pour M.J., c'était comme si elle habitait sur Mars.

Le seul objet qui la mettait mal à l'aise était la grosse télé Sony avec le magnétoscope rangé dessous. Nikko l'avait achetée pour eux parce qu'il ne supportait pas le petit portable Zenith dont elle s'était toujours contentée. Ils avaient vu chaque film de DeNiro au moins trois fois. Elle ne pouvait plus voir DeNiro en peinture, à présent, et cette télévision était la seule chose à lui rappeler son ex-amant. Une nuit où le chagrin avait été trop fort, elle avait failli revolvériser l'écran. Seul son sens irlandais de l'économie, associé à une culpabilité toute catholique, l'avait retenue. Néanmoins, il était rare qu'elle allume le poste.

Nikko. Qu'est-ce qu'elle ne donnerait pas pour passer une journée sans le voir, une journée sans penser à lui. Il avait finalement obtenu le divorce. Trop peu, trop tard.

La musique – une ballade gaélique lourde de nostalgie – la plongea plus encore dans ses souvenirs. Elle se donnerait quelques minutes de plus de cette espèce de torture, puis se remettrait au travail.

M.J. avait vingt-sept ans et n'était pas encore inspecteur quand elle avait rencontré Nikko. Il n'était ni beau, ni brillant, ni rien. De plus, il était marié, et elle avait toujours tiré un trait sur les hommes mariés. M.J. avait tourné avec lui, après le départ de sa collègue en congé de maternité.

Nikko était inspecteur depuis huit ans et c'était un flic dans l'âme. Il comprenait ce qui poussait M.J. à se lever chaque matin pour se rendre à la brigade, ce qui l'animait tout au long de sa journée et la moisson d'ombres qu'elle emportait chaque soir en rentrant chez elle. Tournant avec lui pendant ces quelques semaines, le désir avait été présent à chaque instant, dans leurs conversations, dans les discussions qu'ils avaient. Ils partageaient également un langage secret, car le travail de flic était dans leur sang. Un jour – c'était il y a plus de quatre ans de ça, maintenant – il était venu prendre le café dans le petit appartement qu'elle occupait à Potrero Hill. À peine entré, il lui avait enlevé sa jupe avant que l'eau ne se mette à bouillir. La bouilloire sifflait désespérément quand elle avait joui.

M.J. avait fréquenté tout un tas de garçons depuis l'école de police. Aucun des civils avec lesquels elle était sortie, depuis le vendeur de voiture au comptable, ne comprenait vraiment ce qu'elle vivait au quotidien. Ils ne comprenaient pas ce que l'on pouvait ressentir quand un enfant mourait dans vos bras, victime d'une balle perdue au cours d'une rixe de voisinage. Quand avec six autres policiers, on s'efforçait de maîtriser un forcené drogué à la poussière d'ange. Quand la victime d'un chauffard mourait sous vos yeux. Ils ne pouvaient comprendre. Pour eux, ces choses n'arrivaient qu'aux autres.

Chaque jour, elle rampait sous le ventre sombre de l'humanité, contrainte d'affronter chaque moment sans avoir peur ni juger. C'était seulement la nuit que vous pouviez laisser la peur et le dégoût monter à la surface. C'était la raison pour laquelle tant de policiers voyaient leur couple se défaire. Ils ne pouvaient ni ne savaient dire à leurs femmes ce qu'ils vivaient chaque jour et, l'auraient-ils dit, leurs femmes n'auraient pas voulu l'entendre. Aussi était-il normal qu'avec l'augmentation des effectifs féminins dans la police, les mariages entre collègues deviennent de plus en plus nombreux.

Personne dans le service n'avait jamais été capable de se lier profondément à M.J., mis à part Tom Brame, un type qui travaillait au bureau du D.A. et qui était tombé fou amoureux d'elle. C'était un garçon solide, affectueux, menant une carrière compatible avec celle de M.J. et prêt à tout pour l'épouser. Elle commençait juste de considérer sérieusement la proposition de Tom, tout en se disant qu'elle ne trouverait jamais quelqu'un qu'elle aimerait vraiment, quand Nikko passa prendre ce café.

Pendant des semaines, elle se sentit terriblement coupable de lâcher ainsi Tom et de voir Nikko tromper sa femme, Patty, même en sachant que leur couple battait de l'aile depuis longtemps. Trois mois plus tard,

Tom obtenait sa mutation à Sacramento, pour ne plus voir M.J.

L'histoire se répandit dans le service et elle s'inquiéta des effets qu'elle pourrait avoir sur sa carrière. Il en fut de même pour son père qui comptait les jours que son cœur fatigué pourrait encore tenir. Mais Mick Monahan était secrètement satisfait. Pour d'étranges raisons, il ne s'était jamais fait de souci pour M.J., sur le plan professionnel. Il lui avait appris qu'elle pouvait être tout ce qu'elle avait envie d'être, et cela en dépit du fait qu'elle était une femme. Peut-être parce qu'il n'avait jamais eu de fils. Mick avait élevé sa fille pour qu'elle devienne un jour un flic. Il redoutait seulement que Mary Jane ne trouve jamais un homme qui soit assez fort pour elle. Et, au seuil de la mort, cette crainte le taraudait.

Ray Nicoletti était entré dans la police à l'époque où Mick patronnait certaines jeunes recrues. Mick avait toujours aimé Nikko et il le respectait. Il le savait dur, mais bon flic. Il savait aussi que cela ne serait pas facile pour M.J. d'être avec un policier plus ancien qu'elle et en instance de divorce, de surcroît, mais il se disait que M.J. et Nikko allaient bien ensemble.

Mick mourut deux jours après que Nikko et M.J. se furent mis en ménage.

Elle se leva pour prendre sa mallette. Elle avait assez perdu de temps avec Nikko. Il l'avait trompée comme il avait trompé Patty. C'était plus fort que lui et elle ne pourrait plus jamais lui faire confiance. Il lui importait peu qu'il l'aime encore et qu'elle lui garde de l'affection. Elle pensa à Tom Brame pendant une minute et secoua la tête. Pas de regrets, rien qu'une douleur connue.

Les Chieftains arrêtèrent de jouer. Silence. Elle ouvrit la mallette et en sortit une pile de livres. Elle avait demandé à Gigi de lui rapporter de la bibliothèque tout ce qu'ils pouvaient avoir sur l'agoraphobie. « Phobie des espaces libres et des lieux publics », ainsi était-il défini dans *L'Angoisse du moi*, qu'elle venait d'ouvrir. Poursuivant sa lecture, elle réalisa que ce syndrome était peut-être l'une des plus troublantes manifestations de l'angoisse, une véritable peur de la peur. L'angoisse éprouvée à l'idée de s'évanouir ou de perdre le contrôle de soi en public était aussi effrayante que la situation réelle.

Pas étonnant qu'Helen Hudson ait eu une attaque à la simple suggestion de se rendre en ville.

Les agoraphobes évitaient tous les espaces où la fuite pouvait être difficile, voire impossible : foules, tunnels, ponts, ascenseurs, transports publics. La première attaque était généralement tellement humiliante qu'ils se gardaient de reprendre le moindre risque. Ils finissaient le plus souvent cloîtrés chez eux et perdaient toute faculté de fonctionner dans le monde, pour tomber dans la dépendance d'un conjoint ou d'une tierce personne. Une autre dépendance était celle des anxiolytiques ; le Xanax et les benzodiazépines étaient le plus souvent utilisés. Sans parler du cognac.

M.J. releva également que, dans quatre-vingt-dix-neuf pour cent des cas, il n'y avait pas d'événement causal apparent. La première panique surgissait presque toujours d'on ne sait où. Les patients pouvaient avoir un long passé de phobies et d'angoise, mais le syndrome agoraphobique était rarement le résultat d'une situation post-traumatique. Il ne doit pas y en avoir beaucoup qui se sont retrouvés pendus à la chasse d'eau, pendant qu'un tueur égorgeait devant eux leur ange gardien, songea M.J.

Comme elle poursuivait sa lecture, elle fut amenée à penser qu'Helen Hudson ne remplissait pas tout à fait le tableau clinique. Elle se promit d'appeler Jackie Singleton, une psychologue qu'elle consultait chaque fois qu'elle se trouvait face à un déséquilibré.

Elle avait une fois parlé à Jackie de ses propres problèmes. Mary Jane était aussi stoïque et secrète que pouvait l'être une Monahan. Son père lui disait toujours : « Mary Jane, le linge sale, ça se lave en famille, jamais dehors. »

Mick Monahan serait mort plutôt que de consulter le psychologue maison. Tout flic digne de ce nom savait que, dans le cas où il se verrait prié d'aller voir le psy, tout ce qu'il raconterait à ce dernier pouvait être rapporté aux supérieurs. Le secret professionnel ne s'appliquait pas entre les murs d'un département de police. Par contre, rien ne vous empêchait d'aller consulter à l'extérieur.

Même quand M.J. commença de coucher avec Nicoletti et que cela lui valut pas mal de ragots, elle garda son émoi pour elle. Ce ne fut qu'après avoir rompu avec Nikko, quand elle souffrit du manque et du dépit, qu'elle se tourna vers une psychologue du privé. Elle avait une confiance totale envers Jackie Singleton, comme si elles étaient du même sang.

1 h 30 du matin. M.J. était épuisée. Alors qu'elle se glissait sous les draps, elle se dit qu'elle devrait faire preuve d'une infinie délicatesse avec Helen Hudson. Une citation de Karl Menninger dans l'un des livres qu'elle venait de parcourir lui revint à la mémoire : « Il est dur pour un poisson libre de comprendre ce qui arrive à celui qui vient de se faire ferrer. »

Elle eut une pensée pour Nikko.

Une autre pour Ruben.

Puis, comme elle fermait les yeux, l'image d'une jeune femme gisant morte dans sa baignoire accompagna sa chute dans un sommeil noir.

Chapitre 4

Un Festival d'Amour

M.J. et Ruben avaient pris place dans le luxueux living room du Dr Hudson. Helen, nonchalamment assise sur le canapé triait les clichés de la criminelle qu'elle semblait lire comme des cartes de tarot.

Dès leur entrée, les deux policiers avaient constaté une transformation radicale dans le comportement d'Helen. Elle s'était baignée et maquillée, avait parfaitement coiffé ses cheveux courts. Sobre, élégante, elle portait un grand chandail de velours bleu nuit sur un large pantalon de la même étoffe. Elle était royale sur son canapé de velours pourpre.

M.J. l'observait, essayant de réconcilier les images de l'experte témoignant avec assurance au procès avec la névrosée en crise de la veille et la prima donna assise en face d'elle aujourd'hui.

Ruben s'entretenait avec Helen et M.J. écoutait, silencieuse. Elle en avait décidé ainsi avec Ruben avant leur réunion. Il était évident que l'inspecteur était le plus apte à manœuvrer Helen, qui avait déjà répondu au charme naturel de ce don Juan.

Helen mit de côté l'un des quatre dossiers que venait de lui soumettre Ruben :

– Ces trois-là sont l'œuvre du même homme. Mais celui-ci est différent. Vous l'avez mêlé aux autres pour me tester ?

Elle brandit la photo d'une femme morte étendue

nue sur le sol, le corps couvert de meurtrissures, le visage recouvert d'une serviette ensanglantée.

– Euh... Pas vraiment, bredouilla Ruben. Nous avons des raisons de croire...

– Dieu, voilà qu'on me met à l'épreuve, maintenant ! soupira-t-elle. C'est une affaire récente ?

– Environ six mois.

Helen en fit une analyse rapide, impatiente d'en terminer avec ce qu'elle considérait comme une piètre manœuvre de la part de ses hôtes :

– Tout témoigne ici d'une absence totale de préméditation. Le meurtrier habite probablement à proximité. Il aurait été trop bouleversé pour conduire. Cherchez quelqu'un avec des antécédents psychiatriques, peut-être encore en suivi médical. Cherchez un amant, un membre de la famille ou un ami. Quelqu'un qui la connaissait et qui l'aimait.

Ce n'était pas ce à quoi Ruben s'attendait.

– Ce type dont vous parlez l'a battue à mort.

– Oui, mais il en a éprouvé du remords. Il lui a couvert le visage après, parce qu'il réprouvait ce qu'il avait fait... Pas comme celui-ci.

Elle étala devant elle les trois autres chemises qui contenaient les photos des trois derniers meurtres non résolus. Elle sortit celle de Jennifer Lyle dans sa baignoire et la tint à côté de celle de la femme battue à mort.

– Il s'agit là d'une tout autre espèce de poisson. Ces crimes-là ont été savamment préparés. Il n'y avait pas de sang, pas d'empreintes, pas de taches, rien, exact ?

– Exact.

– C'est un méticuleux. Il n'a pas dû verser une seule goutte de sueur. Pas de traces d'effraction, ce qui veut dire qu'il a été invité à entrer. Pas de viol. Il n'a pas tué pour le sexe, il a tué pour le pouvoir. Voyez les multiples empreintes de pouces sur la gorge. Est-ce que les os trachéaux étaient brisés ?

– Oui, ils l'étaient.

– Il les étrangle face à face, pour qu'elles contemplent son pouvoir. Puis il desserre son étreinte, les laisse reprendre souffle et recommence à serrer. Pendant tout ce temps-là, il se prend pour Dieu. Vous avez affaire à un homme blanc, intelligent, entre vingt et trente ans, inséré socialement, nourrissant un grand intérêt pour l'histoire des États-Unis.

Pour la première fois depuis le début de cet échange, Helen regarda M.J. :

– Alors, j'ai passé les tests ?

M.J. ne répondit pas et Ruben demanda :

– Comment cela, il s'intéresserait à l'histoire des États-Unis ?

– Où est le bas ou le collant qui était noué autour du cou de la victime ?

M.J. se pencha en avant et dit :

– Comment savez-vous cela ?

– Noué comme un nœud papillon... Exact ?

– Oui.

– Bon Dieu, c'est l'Étrangleur de Boston ! Il imite Albert DeSalvo dans les moindres détails.

Ruben prit l'une des photos pour l'étudier :

– Quoi ! Ce type copierait un tueur en série qui est mort, il y a combien...

– Vingt ans, lui souffla M.J.

– Et pourquoi DeSalvo ? poursuivit Ruben. Pourquoi pas un tueur plus contemporain, comme Gacy ou Ramirez ?

– Je l'ignore. Ces gens-là ont leurs propres règles. Avec eux, on doit toujours s'attendre à une nouvelle mutation.

M.J. n'avait pas besoin d'en savoir plus. Elle ramassa ses papiers et fit signe à Ruben d'en faire autant :

– Je vous suis particulièrement reconnaissante pour votre aide, docteur. Ruben, nous allons commencer d'éplucher tout ce qu'on possède sur DeSalvo. Docteur, pouvons-nous vous appeler...

Elle se tut abruptement. Le Dr Helen Hudson souriait d'un air légèrement condescendant :

– Qu'y a-t-il ?

– Oh, rien... si ce n'est que vous vous figurez que

vous pourrez l'attraper en faisant preuve d'intelligence et au prix de beaucoup de travail. Vous allez déterrer des archives, des tas de dossiers, passer des nuits à les lire et à chercher le lien, l'indice qui pourrait vous éclairer. Mais savez-vous comment vous le prendrez ? Il brûlera un feu rouge ou il se dégagera de sa cave une mauvaise odeur. Vous l'aurez par un pur hasard et vous vous serez démenés pour rien.

Les inspecteurs étaient arrivés à la porte, et M.J. éprouvait de nouveau une vive irritation à l'égard du Dr Hudson.

– Ma foi, madame, je ne sais rien faire d'autre que me lever, prendre une douche, aller au boulot et espérer que, si je ne chope pas cette ordure aujourd'hui, je la choperai demain et qu'ils sauront écrire mon nom correctement dans les journaux.

M.J. passa devant Ruben, le laissant s'occuper des civilités. Mais Helen n'avait pas terminé sa diatribe :

– Ou, vous savez le pire ? Les meurtres continueront, mois après mois. Ils deviendront plus vicieux, plus bizarres. Puis un jour ils s'arrêteront. Comme ceux du tueur de la Rivière verte. Et vous vous vous demanderez ce qui s'est passé. Il a décidé qu'il en avait assez comme ça ? Il est tombé malade ? Il est mort ? Il a eu un accident de voiture ? Vous aurez l'impression qu'il s'est envolé. Mais vous ne saurez jamais ce qu'il est devenu. Sauf que, chaque fois qu'il se produira un nouveau meurtre, vous vous interrogerez... Ne serait-il pas de retour ?

Pendant tout ce temps-là, Ruben resta cloué sur le seuil par sa courtoisie naturelle. Enfin il parut revenir à lui et dit :

– Eh bien, bonne nuit. Et merci.

– Bonne chance. Vous en aurez besoin.

Et elle referma la porte derrière lui.

L'herbe verte du parc du Golden Gate avait disparu sous une mer de tentes, de couvertures et de corps. Il s'en dégageait une ressemblance aussi troublante que fausse avec une époque passée. Des gosses qui n'étaient pas encore nés dans les années 70 baguenaudaient, les cheveux enluminés de henné et de perles, côtoyant quelques farfelus assez vieux pour être leurs parents, venus entendre jouer de vieux groupes ayant repris du service pour l'occasion et tirer sur des joints pendant que la baby-sitter veillait sur les enfants. Des musicos grunge et alternatifs partageaient la scène avec des rockers quinquagénaires. Des caméras vidéo retransmettaient sur des écrans plantés au-dessus de la foule ce qui se passait sur la scène, tandis que les dealers circulaient, proposant des bandes pirates et de l'ectasy, parfois même quelques bons vieux acides. Le parc était encerclé par des vigiles balèzes en blouson bleu à l'effigie du Festival de l'Amour, le talkie-walkie à l'oreille et le portable à la ceinture. Partout, des kiosques vendaient des T-shirts, des frisbees, des posters, des CD, etc. Tout au fond du parc, un enclos où l'on pouvait acheter de la bière attirait les soiffards. Il n'y avait pas la moindre pancarte politique, pas le moindre slogan contestataire. On baignait en plein commerce de la nostalgie.

Ce n'était peut-être pas Woodstock mais ça en avait l'aspect, l'odeur et la couleur pour la jeune Randi Salvino, dix-neuf ans et demi, et ça valait bien le prix qu'elle avait payé pour entrer : tailler une pipe à cette tête de nœud de dealer que fréquentait son amie Julie.

Elle était heureuse, Randi, en déambulant parmi la foule d'un pas flottant et le visage béat, après les trois tafs de ganja que lui avait fait tirer Tête-de-Nœud en récompense d'un travail bien fait. Tenaillée par une faim toute haschichique, elle se dirigea vers un stand de pizzas, non sans remarquer les regards appréciateurs qu'elle suscitait chez quelques garçons pas mal du tout de leurs personnes.

Oui, elle était bien contente, Randi, de s'être fringuée comme elle l'avait fait : une robe blanche mexicaine avec un laçage qui courait de la nuque à la chute des reins. Elle avait piqué dans ses cheveux des fleurs blanches cueillies dans le jardin de sa copine Julie, pendant que celle-ci se faisait belle. Ses cheveux couleur de miel flottaient sur ses épaules. Elle marchait pieds nus, ses sandales à la main, par respect pour les pique-niqueurs et leurs couvertures. Un ange aux pieds nus sur un nuage d'étonnement, Randi.

À mi-chemin de la pizza convoitée, elle remarqua un gars qui la suivait en braquant sur elle une caméra vidéo. Il la rattrapa et se mit à tourner autour d'elle en la filmant. Elle gloussa, d'abord timide. Il abaissa sa caméra et lui sourit. Il était mignon avec ses cheveux qui lui tombaient sur le front. Il portait des lunettes à monture en acier. Randi aimait bien ce genre-là. Elle fit la moue à la caméra que le type épaulait de nouveau puis, plaçant les mains sur ses hanches, elle prit une pose sexy. Se souvenant qu'elle était au Festival de l'Amour, elle leva deux doigts en signe de paix. Il lui rendit son signe et continua de la suivre. Cool... se dit-elle, il en consommait, de la pellicule, rien que pour elle. À ce rythme, il allait probablement lui offrir une pizza. Décidément, elle avait bien fait de venir. Si seulement elle pouvait se rappeler à quel endroit du parc elle avait donné rendez-vous à Julie.

– Les trois choses les plus surfaites du monde sont la gymnastique quotidienne, les chattes étroites et le FBI.

Ainsi parlait le lieutenant Quinn en se rendant en compagnie de M.J. à la salle de réunion.

Elle eut un gémissement catastrophé :

– Mon Dieu...

– Quoi ? Je parle comme un flic. Oui, c'est comme ça que je parle. Je viens d'avoir le *commissioner* [1] au téléphone. D'après lui, un coup de main des fédés serait le bienvenu.

– On a besoin d'un coup de main. Notamment de leur banque de données.

– Aider, pour un fédé, c'est vous enfoncer un peu plus dans la merde. Pendant l'affaire Patty Hearst, j'en

1. Equivalent du commissaire divisionnaire.

ai eu un – un bien propre sur lui, comme toujours – qui s'est installé dans mon bureau, à ma place, dans mon fauteuil, pendant plus d'un mois.

– Vous voulez dire que...

Quinn l'interrompit :

– Vous voulez de l'aide ? Nikko en aura bientôt terminé avec Chinatown. Je le mettrai avec vous.

M.J. ravala sa rage. Quinn ne faisait que lui signifier qu'il ne la raterait pas si elle ne menait pas l'enquête comme il le voulait, à savoir sans le FBI et sans Helen Hudson. Il y avait un tueur en liberté et Quinn s'inquiétait avant tout de sauver la face. Il savait qu'avec Nikko pour partenaire, elle aurait moins de liberté de manœuvre. Il la punissait aussi pour cette liaison de cinq ans qu'il n'avait jamais approuvée. Mais elle ne se laisserait pas faire. C'était son enquête et elle avait bien l'intention de se battre pour la garder :

– Ce ne sera pas nécessaire, Sir.

Elle accentua durement le « Sir » et ils entrèrent dans la salle de réunion.

Il y avait, assis autour de la table, Ruben, Pachulski et les inspecteurs Kerby, Koats et Landis, les manches retroussées, le nœud de cravate défait. M.J. était la seule femme. Nikko se leva et enfila sa veste, tandis que Ruben continuait de faire son rapport :

– Je vais consulter les fiches de malades mentaux ayant un profil semblable à celui de DeSalvo, vérifier tous ceux qui ont épousé une Allemande, qui portent des pantalons verts...

M.J. et Quinn s'assirent.

– Salut, on vient juste de commencer, dit Ruben.

M.J. demanda :

– Les dossiers de Boston ?

– Je les ai demandés ce matin. Ils arriveront demain à la première heure.

Quinn regarda Nikko qui se dirigeait vers la porte :

– Ohé, où est-ce que vous allez ?

– Chinatown.

– Asseyez-vous une minute, vous voulez bien ?

Quinn avait parlé du ton le plus égal qui soit, mais personne dans la pièce ne s'y trompa. M.J. et Ruben échangèrent un regard. Nikko reprit sa chaise. M.J. reprit de nouveau les rênes.

– Patch ?

– Toujours sur les enregistrements téléphoniques, répondit Pachulski sans la regarder.

– Du dernier meurtre ?

– Non, des précédents.

– Bon Dieu, Patch, ça fait une semaine que tu es là-dessus.

– Je fais des heures sup, mais j'avance pas plus vite.

M.J., les lèvres pincées, se tourna vers Quinn. Le moins qu'on puisse dire, c'est qu'il ne lui facilitait pas la tâche.

– Je suis sur la sellette, M.J.

– Ouais, et je vois d'ici les titres dans la presse : L'ENQUÊTE PIÉTINE. LES RESTRICTIONS DE BUDGET MISES EN CAUSE.

– Écoutez, prenez les dispositions que vous jugerez nécessaires, dit-il. Mais ne parlez pas de détachement spécial, d'accord ? Ça attire la presse comme la merde les mouches.

Nikko ne disait rien. Il en voulait encore à M.J. de la rebuffade subie la veille, mais jamais il ne chercherait à lui souffler la vedette. Il espérait secrètement que Quinn ne le mettrait pas sur le coup mais il se doutait bien que le lieutenant projetait de l'associer à M.J. pour qu'il la contrôle.

Ruben demanda à Kerby :

– Kerb, ça a donné quoi, du côté des délinquants sexuels ?

– Rien pour le moment. Tous les violeurs patentés et lécheurs de cuvettes de chiottes étaient au lit au moment du crime. Il m'en reste une centaine à vérifier.

– Pas d'arrestations récentes pour mutilation d'animaux ?

Kostas répondit :

– Le seul cas que j'ai trouvé est un mineur, donc pas d'accès au dossier.

Quinn décida de clore la réunion :

– Bon, je vois qu'on a fait le tour du problème. Merci, mademoiselle, merci, messieurs. Au travail, maintenant.

Il se leva. Les autres l'imitèrent, rassemblèrent leurs papiers.

Quinn demanda à voix basse à M.J. :

– Vous avez obtenu quelque chose de cette tordue de Hudson ?

– En dehors d'une migraine ?

Il haussa les sourcils d'un air de dire : « Je vous l'avais dit », et s'en fut. Nikko lui jeta un regard, secoua la tête et partit pour Chinatown. Elle savait qu'il essayait de lui dire qu'il n'était pour rien dans l'attitude de Quinn à son égard. *Dieu merci, il m'aime encore assez pour rester loyal.*

Alors même que s'achevait la réunion des détectives du Département de police de San Francisco, une fraternité d'un tout autre type se réunissait de l'autre côté du Pacifique, au trente-cinquième étage d'un gratte-ciel de Hong Kong.

Un groupe de huit jeunes gens étaient assis en cercle autour de leur *dai lo*, ou grand frère. Les jeunes gangsters avaient été recrutés l'année précédente sous les arcades vidéo ou sur les stades de football qu'ils fréquentaient. Depuis un an, ils avaient « accroché la lanterne bleue », c'est-à-dire attendu de prouver qu'ils étaient dignes de l'initiation qu'ils allaient subir. Contre le mur de la pièce blanche et nue trônait une petite chasse drapée d'une étoffe rouge et or et enveloppée de fumée d'encens, qui abritait la statue d'un ancien seigneur de la guerre.

Chacun des garçons tenait un ou deux bâtonnets d'encens à la main. Un par un, ils répétaient après leur grand frère les trente-six commandements qui garantiraient à vie leur appartenance à la Wo Hop To, une triade vieille de trois siècles et pétrie de mysticisme et de fanatisme. Le ciel, la terre et l'homme, telles étaient les trois entités de la triade. Chacun des commandements que récitaient les jeunes initiés parlait de fraternité, de loyauté, de l'esprit de vengeance, de l'art du secret, de l'obéissance aveugle au cercle dans lequel ils entraient, à la mort s'ils venaient à faillir à leur serment. « Que la foudre me frappe cinq fois si je trahis. »

Quand ils eurent fini, un odorant nuage d'encens embrumait la solennelle assemblée. Un autre grand frère passa alors autour du cercle, piquant l'index de chaque garçon avec un stylet et recueillant une goutte de sang dans un bol d'eau, dont ils burent ensuite chacun une gorgée. Ils étaient maintenant et pour toujours des « Quarante-Neuf », des soldats de la Triade, jusqu'à ce qu'ils connaissent une promotion ou... la mort.

Deux des garçons partiraient aux États-Unis dans quelques jours. Ils parlaient tous deux anglais, comme de nombreux Chinois de Hong Kong et l'un d'eux avait vécu cinq ans à Los Angeles où son père était un riche importateur. Ils avaient été choisis pour renforcer les rangs de la Wo Hop To de San Francisco.

Depuis le début des années 80, les triades avaient considérablement augmenté l'importation clandestine d'héroïne en provenance du Sud-Est asiatique aux États-Unis. De cinq pour cent au départ, cette dernière était passée à près de quatre-vingt-dix pour cent. Considérées par les experts comme beaucoup plus dangereuse et puissante que la Mafia elle-même, les triades contrôlaient un vaste empire reposant sur la prostitution, le trafic de drogue, les jeux, le monopole de la blanchisserie et la masse des clandestins arrivant sans cesse en Amérique.

En 1997, quand Hong Kong passera sous le joug de la République démocratique de Chine, les triades cesseront probablement d'être protégées par les politiciens locaux. C'est la raison pour laquelle elles infiltrent systématiquement les États-Unis et d'autres enclaves dans le monde, y créant par centaines des Chinatowns, véritables villes dans les villes. En 1997, leurs nouvelles bases opérationnelles seront en place et pourront poursuivre leurs activités criminelles comme par le passé. San Francisco est depuis longtemps leur tête de pont américaine.

Pendant plusieurs années, les triades ont débarqué les immigrés asiatiques clandestins par les mêmes routes du convoiement de l'héroïne. Les clandestins leur paient d'exorbitantes sommes d'argent pour leur passage et leur doivent ensuite obéissance à vie, ce qui implique pour eux de futures extorsions et toutes sortes d'abus.

Ironiquement, ce fut la violente oppression que l'Amérique blanche fit subir aux Chinois qui amena ceux-ci à chercher refuge et protection auprès des tongs, fraternités autorisées par la loi américaine. Alors que les Africains étaient emmenés comme esclaves sur le sol américain, les Chinois, eux, l'étaient comme « coolies », travailleurs employés aux tâches les plus pénibles dans les mines et à la construction des voies du chemin de fer. En 1882, le Congrès vota une loi – le Chinese Exclusion Act – qui interdisait toute nouvelle immigration, ainsi que la nationalité américaine aux immigrants d'origine chinoise. En conséquence, les « tongs » devinrent de puissants groupes de pression, véritables puissances protectionnistes qui se retrouvèrent, à la fin, inextricablement liées aux triades.

Un peu plus d'un an auparavant, alors que M.J. pensait constituer avec Nikko un couple tranquille, lui-même commençait à manifester des signes d'impatience.

Il voyait la carrière de M.J. démarrer sur les chapeaux de roues et prenait conscience qu'elle était beaucoup plus apte que lui à diriger une équipe. Il se savait bon flic et capable de mener avec succès une enquête, mais ce qu'il aimait par-dessus tout, c'était être dans la rue, infiltrer un gang, courir ces risques qui lui avaient coûté son mariage avec Patty.

Quand il arrivait au milieu de la nuit, Patty avait l'impression de sentir sur lui l'odeur de ces rues mal famées dans lesquelles il aimait marauder. Elle l'obligeait à prendre une douche avant de se mettre au lit et, parfois, se refusait à lui, parce qu'elle haïssait ce qu'il faisait.

C'était cela qui avait poussé Nikko vers M.J. Seul un flic pouvait en comprendre un autre.

Un autre problème, avec Nikko : il n'était pas vraiment fait pour la vie conjugale, et cela incluait le respect de la monogamie. Il avait peur des entraves, même celles de l'amour. Un machisme primaire, enfin, sommeillait en lui. Il avait été élevé dans une famille d'ouvriers, où son père – un docker – régnait en patriarche et où les femmes servaient les hommes avec une dévotion passive. Il aimait M.J. comme il n'avait encore jamais aimé une femme, mais l'incurable salopard qui dormait en lui pointa un jour son nez après quatre ans de vie commune.

À ce moment-là, Nikko venait juste de s'infiltrer dans Chinatown. Il cherchait une déviation, quelque chose qui le sorte de son travail à la Criminelle, dans la hiérarchie de laquelle M.J. ne cessait de s'élever.

Il avait traîné avec deux flics de Dale City qui avaient résolu l'affaire Henry Liu, un écrivain d'origine chinoise qu'une triade avait assassiné. Un meurtre qui avait fait grand bruit en son temps, car il avait impliqué le gouvernement de Taiwan.

Les deux flics de Dale City l'introduisirent dans le labyrinthe du pouvoir chinois. Sur la scène, Chinatown obéissait aux lois fédérales. Dans les coulisses, les triades régnaient.

Nikko commença à faire les bars et les night-clubs de Chinatown, dont la plupart n'étaient que des façades pour salles de jeux. Il ne pouvait dissimuler le fait qu'il était un *low fan* – un policier blanc ou encore « nombre quatre », ainsi que ceux des triades le désignaient. Mais il pouvait démarrer un petit réseau d'informateurs, recrutés parmi tous ceux qu'effrayaient le pouvoir grandissant des gansters de Hong Kong et la prolifération du commerce de la drogue et des jeux dans leur communauté.

Nikko parvint ainsi à planquer un sale petit gang qui vendait de l'héroïne dans la rue. Quinn et le commissioner apprécièrent et fournirent à Nikko le renfort et le soutien qu'il désirait, car il paraissait être sur le point de découvrir un important réseau de trafic d'opiacés.

C'est alors qu'il rencontra Tina Leung. Elle était assise en face de lui au Red Bamboo, un soir, en compagnie d'une amie. Toutes deux parlaient cantonais et gloussaient comme des écolières au-dessus de leurs raviolis à la vapeur.

Tina avait des cheveux brillants comme des plumes de corbeau, une peau comme du marbre rose et un visage de princesse chinoise. Elle avait dix-neuf ans. Nikko dragua avec les quelques mots de chinois qu'il avait grappillés dans Chinatown. Les filles gloussèrent de plus belle. Il feignit de ne pas savoir quoi commander et Tina Leung voulut bien l'aider à choisir sur la carte. Une semaine plus tard, il découvrait que ses seins sentaient le jasmin, que la peau soyeuse de son ventre avait un goût d'amandes et de miel. Ses petits mamelons roulaient sous sa langue comme des perles et, pendant quelque temps, il oublia qui il était.

Nikko rationalisa son infidélité envers M.J. en arguant des bénéfices que cette liaison valait à son enquête. Tina lui était indispensable. Elle connaissait Chinatown, savait comment la ville fonctionnait, elle parlait le mandarin, le cantonais et un anglais sans faute.

Nikko lui fit de plus en en plus confiance et, voyant qu'elle semblait être d'une bonne famille, il lui révéla un soir les terribles secrets qu'il avait appris sur la triade.

Ce qu'il ne savait pas, c'était que Tina Leung était la maîtresse de Wu Lee, alias Petit-Chien, le chef local de la triade.

On ne sait pourquoi, le destin peut-être ou les lois mystérieuses de l'univers, mais la chance fut avec Ray Nicoletti. Deux heures avant un rendez-vous avec Tina, il apprit d'un indic qu'il courait droit dans un traquenard. Nikko appela du renfort et le rendez-vous se transforma en bataille rangée, au cours de laquelle Tina, Wu Lee et trois de ses frères furent blessés et arrêtés. Tina mourut trois jours plus tard de ses blessures.

Quand M.J. découvrit la vérité, ce fut le début de la fin de leur couple.

À présent, un an plus tard, Nikko était sur un autre coup : un gang de passeurs d'immigrants, contrôlé naturellement par la triade de San Francisco. Il avait pris place dans un coin de la salle du Green Dragon. Il était minuit, et le petit restaurant était vide à cette heure tardive. À côté de lui, en partie masqué par la pénombre, se tenait Kwok Tung, un jeune Quarante-Neuf, qui avait rompu son serment au péril de sa vie, après que la triade eut assassiné un de ses frères. Il fournissait des informations à Nikko en échange d'une protection. Les deux hommes levèrent leurs verres de whisky en un toast rituel, la main droite tenant le verre, la paume de la main gauche le soulevant.

– Tu sais qu'on est tous les deux morts, Numéro Quatre, s'ils découvrent qu'on marche ensemble.

Nikko avait travaillé à travers trois niveaux d'indicateurs, et dû mener d'âpres négociations pour obtenir ce rendez-vous. Mais ça en valait la peine, le filon était bon. Kwok lui exposa les détails de ce qui serait un débarquement important de clandestins dans deux semaines.

À une table voisine, était assise une vieille femme au dos voûté, la mère du propriétaire du restaurant. Mme Ng avait des cheveux poivre et sel et un visage ridé comme un vieux sac en croco. Elle écossait des petits pois, mettant les graines dans un bol, les cosses dans un autre, le visage impassible, paraissant ne rien voir ni entendre.

Le rendez-vous s'acheva et, comme Nikko passait devant elle, la vieille femme le retint par le bras, d'une poigne sèche et dure.

– Reviens plus par ici, Low Fan. Si tu reviens, un mauvais esprit te suivra jusqu'à la fin de tes jours.

Nikko se dégagea. Il n'était pas superstitieux, mais il ressentit néanmoins comme un froid dans le dos.

– Merci beaucoup, grand-mère.

Et, comme il sortait dans le brouillard qui s'abat souvent la nuit sur la ville, il releva le col de son blouson de cuir pour s'abriter de la peur qui semblait imprégner les murs du Green Dragon. Peut-être sa chance était-elle arrivée à son terminus.

Nikko ne savait pas que Mme Ng était la grand-tante de Tina Leung et qu'elle priait ses dieux d'exaucer sa malédiction et de terrasser l'homme blanc qui lui avait pris sa nièce.

Chapitre 5

Ruben

Helen était à sa table de travail, entourée de ses trois ordinateurs, tous en marche. Celui de droite diffusait un flot incessant de bavardages sur un tableau d'affichage de l'Internet. Elle faisait face au terminal du milieu, sur lequel une partie d'échecs était en cours. Helen déplaça une pièce, fou blanc en d5, s'adossa, contente d'elle-même, et attendit que son adversaire contre-attaque.

Andy entra, vêtu d'un veston de sport sur un pull à col roulé couleur d'ambre.

– Tu gagnes ?

– Un peu.

Il parut soulagé de la voir aussi heureuse :

– Bon, je m'en vais.

– Amuse-toi bien.

Andy partit. Helen reporta son regard sur l'écran et vit que Noir avait déplacé son fou en e7. Elle déplaça une nouvelle pièce et tapa :

« JE VAIS VOUS RÉTAMER. »

Puis, se tournant vers l'ordinateur de gauche, elle commença de faire défiler un article provenant de l'institut médico-légal.

Sur l'écran à sa droite, le minuscule icône de la boîte à lettres émit un petit cling-clang. Elle l'ignora, concentrée sur sa lecture. Elle acheva de lire l'article et recula sur sa chaise à roulettes pour s'étirer et se masser la nuque. L'icône de la boîte aux lettres attira enfin son attention. Elle cliqua pour l'ouvrir et découvrit un message.

« UN JEU POUR VOUS. OUVREZ DOSSIER « DEMAIN AVI [1] » SUR VOTRE BUREAU. »

Helen cliqua sur AVI pour activer son logiciel audiovisuel, tapa DEMAIN AVI et ouvrit.

Une image photographique emplit l'écran. Un cliché de Jennifer Lyle dans sa baignoire. Lentement l'image commença de se tranformer. Le bras de Jennifer se leva de façon presque comique et son visage prit les traits et l'expression souriante de Randi Salvino. L'image dansa spasmodiquement pendant un bref instant avant de se décomposer et de se figer sur l'écran.

La terreur paralysa un instant Helen. Elle appela Andy, mais il était parti depuis longtemps. Elle tendit la main vers le téléphone.

Les inspecteurs Monahan et Gœtz contemplaient le visage distordu toujours affiché à l'écran. Helen pivota sur sa chaise, leur tournant le dos :

– Elle est la prochaine victime.

– Comment le savez-vous ? demanda M.J.

– Parce que je le sais ! J'ai vu son visage se métamorphoser.

– Comment a-t-il pu vous faire parvenir ça ?

Ce fut Ruben qui répondit :

– En se connectant sur son adresse à Internet.

– Peut-on remonter jusqu'à lui ?

– Non, il faudrait qu'il soit encore en ligne pour ça.

– Est-ce qu'on peut repasser le film en arrière ?

Helen s'était mise à se balancer sur son siège. Elle désigna le monitor :

– Il y a une icône de rembobinage arrière, en bas de l'écran. Cliquez dessus.

– D'accord.

M.J. entrevoyait une lueur d'espoir pour la première fois depuis qu'elle avait entrepris cette enquête.

1. AVI : abrégé d'audiovisuel.

– Merde, Ruben, peut-être qu'on va pouvoir sauver une vie.

– C'est un trop gros dossier pour qu'on puisse le copier sur une disquette.

Helen sortit une petite bande d'un tiroir. Cela avait la taille d'une disquette, mais en plus épais, et la bande était prise dans un étui de métal. Pas de plastique.

– Revenez sur « enregistrer ».

– Quoi ?

C'était du chinois, pour M.J. Ce fut Ruben qui répondit :

– On peut faire une copie avec cette bande et l'emporter.

– Où as-tu appris tout ça ?

– Dans les galeries de jeux vidéo, quand j'étais gosse.

Il tendit la main vers la bande :

– Voulez-vous que je le fasse ? demanda-t-il à Helen.

Elle lui donna la bande et Ruben se mit au travail. M.J. regarda Helen :

– Pourquoi vous aurait-il envoyé ce message ?

– À votre avis ?

– Je ne sais pas. Personne, hormis Ruben et moi, ne sait que vous coopérez avec nous.

La colère fit bondir Helen de sa chaise :

– Quelle coopération ? Et puis il ne s'agit même pas de ça ! C'est un jeu auquel ils jouent. Ils se mêlent aux badauds quand la police arrive sur les lieux de leur crime. Ils observent les flics. Il vous a vus et vous l'avez conduit tout droit jusqu'ici !

– Mais ce n'est pas à moi qu'il a adressé ces images, c'est à vous ! Pourquoi ?

– Parce que je suis leur putain de pin-up, voilà pourquoi. Ils me connaissent. Ils font collection de tous les articles me concernant. Je suis leur muse. Je suis leur adversaire le plus redoutable.

Ruben se leva soudain de sa chaise en maugréant :

– Mais qu'est-ce que c'est ce...

Les deux femmes se penchèrent pour regarder l'écran sur lequel venait d'apparaître une légende :

« À PRÉSENT, VOUS ME VOYEZ... »

Un crâne grimaçant surmonté de deux mains griffues envahit l'écran pendant un bref instant, puis se fondit lentement en même temps que retentissait dans le haut-parleur un rire satanique. Enfin, sur l'écran redevenu blanc, un nouveau message se matérialisa :

« ET MAINTENANT, VOUS NE ME VOYEZ PLUS. »

Helen écarta Ruben de l'ordinateur et manœuvra désespérément la souris :

– Il est parti ! Le dossier n'est plus là. Qu'avez-vous fait ?

– Mais rien du tout ! J'ai cliqué sur « enregistrer », et il s'est passé ce que vous venez de voir...

– Bon Dieu, c'était la seule preuve de son existence que nous ayions. Comment a-t-elle pu se volatiliser ?

M.J. était furieuse.

Helen continuait de s'activer au clavier et à la souris, mais elle ne faisait que récolter des messages d'erreur.

« IMPOSSIBLE TROUVER DOSSIER DEMAIN AVI. DOSSIER DEMAIN AVI N'EXISTE PAS. »

– Ce n'est pas la faute de Ruben. Il est parti. Il n'est pas dans le CD. Il a été effacé et il n'est même plus en mémoire.

– Pensez-vous qu'il avait placé un virus ? suggéra Ruben.

– Oui, il n'y a pas d'autre hypothèse, sinon on pourrait le récupérer dans la RAM.

M.J. était perdue :

– Ça ne vous ennuierait pas de...

– Il a programmé une destruction de son dossier, répondit Ruben. Tu essaies de le copier et il s'efface de lui-même.

Ruben était impressionné par l'intelligence de l'adversaire :

– Il pense à tout, ajouta-t-il.

M.J. se tourna vers Helen :

– Vous vous souvenez de son visage ?

– C'était un visage de fille, comme il y en a des millions. Je l'ai à peine vu.

– On devrait retourner à la brigade. Mettre Mercer sur le coup. Il doit y avoir un moyen...

Helen passa la main derrière l'ordinateur et se mit à en ôter les prises les unes après les autres.

– Que faites-vous ?

– Je ne vais pas laisser ce terminal branché. C'est comme une fenêtre ouverte. Il peut entrer quand il le veut.

– Eh bien, laissons-le entrer et arrêtons-le. C'est la seule piste...

– Formidable ! Et moi, je suis quoi ? La chèvre attachée à un piquet ? Vous ne comprenez pas. C'est le seul endroit que j'aie au monde. Je ne vais pas vous laisser...

Les mots jaillissaient de la bouche d'Helen en un crescendo paniqué.

– Je ferai garder votre porte.

– Je ne veux personne ici !

Ruben se leva, posa doucement sa main sur le bras d'Helen et lui dit d'une voix douce, pleine de compassion :

– On fait équipe, non ? On va rebrancher le terminal et je resterai devant jusqu'à ce qu'on trouve quelque chose, d'accord ?

Il regarda M.J. :

– Vas-y sans moi.

M.J. regarda tour à tour Ruben et Helen et comprit qu'il y avait entre ces deux-là une complicité dont elle était exclue, comme une enfant de la chambre des parents un dimanche matin.

Pendant un très bref instant, elle eut cet étrange serrement au cœur qu'elle ressentait toujours quand elle voyait au lycée sa meilleure amie au bras d'un garçon qui lui plaisait. Elle chassa ces souvenirs incongrus et prit son trench-coat :

– À plus tard, dit-elle à Ruben et Helen.

Quand elle sortit de l'immeuble, elle s'immobilisa. Elle connaissait cette sensation : quelqu'un l'observait. Elle se retourna brusquement et se retrouva face à une caméra. Grande Gueule lui avait tendu une embuscade avec son âme damnée de Gominé.

Susan Schiffer braqua un micro sous le nez de M.J., qui sortit ses clés pour ouvrir sa voiture, bouillant de colère, pour une double raison : ils venaient de perdre une sacrée preuve sur l'ordinateur et Grande Gueule avait découvert qu'ils collaboraient avec le Dr Helen Hudson.

– Inspecteur Monahan, désolée si je vous ai fait peur, mais le fait que vous sortiez du domicile du Dr Hudson signifie-t-il que vous traitez enfin ces meurtres comme l'œuvre d'un même tueur ?

M.J. ouvrit la portière et se plaça derrière le volant.

– Je n'ai aucune déclaration à faire. Maintenant, si vous voulez bien me laisser...

– Est-il vrai qu'un détachement spécial s'occupe de cette affaire ?

– Je n'ai rien à dire pour le moment.

– Dites, M.J., on est deux femmes qui essayent de faire leur travail, alors pas de « No Comment » avec moi.

– Je suis désolée, Susan.

M.J. claqua la portière au nez de la journaliste et démarra en trombe dans un hurlement de pneus.

– Salope ! toussa Grande Gueule dans un nuage de CO^2.

Dans le bureau d'Helen, Ruben contemplait, fasciné, l'écran du terminal, de nouveau branché sur Internet. La messagerie déroulait les appels de millions de gens déversant le contenu de leurs cœurs et de leurs esprits à travers les étendues infinies du cyber-espace. Leurs communications anonymes flottaient, désincarnées, comme un message dans une bouteille ballottée par les flots.

Helen, un ballon de cognac à la main, arpentait la pièce. Le cliché de Jennifer Lyle dans la baignoire indiquait que le tueur aimait prendre des photos. Helen commençait de se forger une image de l'homme, basée sur ce qu'ils avaient pu apprendre de celui-ci, et sur sa propre capacité à analyser la pathologie particulière du meurtrier. En dehors de la découverte que ce dernier naviguait dans le réseau Internet, ce qui n'était pas inhabituel pour un solitaire à la vie intérieure intense. Celui qu'on pouvait surnommer l'Imitateur aimait filmer ses victimes, avant et après la mort.

Le cliché de Jennifer Lyle était cadré comme ceux que la police prenait sur les lieux d'un crime. La photo de sa nouvelle victime avait été prise alors que la fille était encore vivante et pouvait provenir d'un film vidéo.

Helen avait le sentiment que l'homme était un passionné de technologie : il possédait une ou plusieurs caméras, un terminal, des logiciels complexes, et il était sur Internet. Il avait pris le temps d'étudier l'histoire d'un tueur célèbre et imitait celui-ci dans les moindres détails.

Mais le plus inquiétant était la connaissance qu'il avait d'elle. Il savait qui elle était, comment prendre contact avec elle, et il avait fait d'elle son challenger, l'entraînant intentionnellement dans son jeu.

Helen en avait mal à la tête, et éprouvait des difficultés à se concentrer. Elle ne désirait rien d'autre qu'un dernier verre de cognac, avant de dormir. S'appuyant de la main sur le dossier de la chaise qu'occupait Ruben, elle se pencha vers lui :

– Il ne se manifestera pas cette nuit, dit-elle.

– Oui, c'est aussi mon avis.

– Vous voulez un verre ?

– Non, merci.

– Toujours de service, hein ?

– Toujours.

Helen prit place sur le siège voisin :

– M.J. et vous, vous êtes...

– Des collègues.

– Des collègues seulement ?

– Pour l'instant.

– Vous êtes très sûr de vous-même, n'est-ce pas ?

En posant ce genre de questions, Helen s'étonnait elle-même. Elle devait s'avouer en même temps son attirance pour le jeune policier. Il était intelligent et charmant, et cela faisait plus d'un an qu'elle était sevrée d'une attention hétérosexuelle.

– Non, pour être franc, je suis timide et difficile. Mon problème est...

Ruben la regarda. Elle n'était pas la petite secrétaire de vingt-trois ans dont il faisait d'ordinaire ses choux gras. Il ne pouvait pas jouer avec elle, et d'ailleurs il ne s'en sentait pas capable.

– Vous appartenez pour le moment à la catégorie des témoins.

Helen Hudson était exactement le genre de femme qu'il aimait. Elle avait les mêmes qualités qui l'attiraient chez M.J. : la volonté, une langue acérée, un esprit qui allait au fond des choses et une féminité douloureuse. Elles étaient toutes les deux belles, sensuelles et intouchables. « De l'eau, de l'eau de toutes parts, et pas une seule goutte à boire », pensa-t-il.

– Eh bien, ce n'est que partie remise, peut-être, dit-elle, l'embrassant légèrement sur la joue. Et maintenant, ajouta-t-elle en se rapprochant du terminal, si je débranchais ce machin pour la nuit, sauriez-vous garder le secret ?

La main sur le cœur, il lui jura en silence que oui.

L'écran s'éteignit. Ruben prit son pardessus et quelques papiers. Helen le raccompagna jusqu'à la porte et se tint un instant sur le seuil pour lui dire au revoir.

Dehors, dans le couloir, il lui demanda :

– Vous êtes sûre que ça va ?

Elle hocha la tête en souriant.

– Nous vous assignerons un ange gardien, dès demain.

– Ça ira. Vraiment.

Il tourna les talons et elle le regarda s'éloigner. Mais il n'avait pas fait trois mètres qu'il s'arrêta et se retourna vers elle.

– J'oubliais... Mon numéro de portable, au cas où...

Il sortit une carte de visite de son portefeuille et la lui tendit, mais sans se rapprocher de la porte.

Helen ne bougea pas. Une lueur malicieuse dansait sur les traits fins de Ruben. Elle devait franchir son Rubicon, et il le savait.

– Vous pouvez m'appeler à n'importe quelle heure du jour ou de la nuit.

Il continua de lui tendre la carte sans faire un pas.

– Un nouveau test ?

Ruben eut un sourire espiègle. Helen rassembla tout son courage et, lâchant le chambranle de la porte, fit un pas incertain vers lui. Puis un autre, et un autre encore, sous le regard de Ruben, qui éprouvait un mélange de fierté et d'exultation à la voir marcher, comme un père ébahi devant les premiers pas de son enfant.

Helen avançait vers ce but qui avait la forme d'un bristol dans la main ouverte de Ruben. Elle s'efforçait de contrôler sa respiration, posait doucement les pieds sur le sol ondulant. Elle tendit la main vers la carte, la prit et lui sourit.

Ruben salua en silence la victoire d'Helen et se détourna pour se diriger vers l'ascenseur, tandis qu'Helen faisait demi-tour et se figeait d'horreur : le groom avait rempli son office et la porte s'était refermée.

C'était une porte massive, en acier gris, avec pour poignée une longue barre métallique parallèle au chambranle. Helen s'en empara à deux mains et secoua la porte. En vain. Elle était enfermée dehors. Au bord de l'hystérie, elle fit volte-face vers Ruben, dont la silhouette lui parut si lointaine. Le couloir s'allongeait, se rétrécissait, un cauchemar de galerie de glaces.

– Mon Dieu... Au secours !

Ruben fut auprès d'elle en trois enjambées. La respiration d'Helen se faisait de plus en plus haletante. La panique resserrait ses sales doigts autour de sa gorge. Des images de cette fatale journée, au campus, l'assaillaient. Joe Shields surgissant dans les toilettes. Ruben la soutenait dans ses bras. Ce câble qui l'étranglait. Elle porta ses mains à son cou. Ruben s'écarta d'elle pour flanquer un grand coup de pied dans la porte. Autant savater un mur de béton.

– Ruben, je tombe !

Ses jambes fléchirent soudain et elle s'effondra, pantelante.

Ruben se pencha vers elle et, la prenant par les épaules, la releva et la plaqua contre le mur à côté de la porte.

– N'ayez pas peur, je suis là, dit-il.

La respiration d'Helen se fit moins hachée. Ils restèrent ainsi sans bouger pendant une quinzaine d'interminables secondes.

Il arrive que, dans les circonstances les moins appropriées, on ait les réactions les plus inattendues. Ainsi Ruben, contemplant la gorge d'Helen, éprouva-t-il le fugitif et fulgurant désir de l'embrasser.

Au lieu de cela, il sortit son revolver :

– Bouchez-vous les oreilles !

Il visa et fit feu sur la serrure.

En même temps que le coup partait, Helen vit Darryl Lee tirer et Joe tomber à la renverse contre le lavabo dans une gerbe de sang. Elle s'évanouit.

Ruben la prit dans ses bras et la porta dans l'appartement. Il la coucha sur le canapé dans le living. Le flacon de Xanax était sur la table basse ; Helen revenait lentement à elle. Il lui donna deux pilules et empocha le flacon.

– Oh, ma porte !

– Oui, désolé.

Elle fut soudain prise d'un fou rire, résultat du contrecoup au choc, au cognac et au sédatif.

– Vous avez fait sauter mon verrou.

– Je vais appeler un serrurier.

Il y avait un téléphone sur une table d'angle. Il se leva, mais Helen le retint par le bras.

– Non, ne partez pas. J'ai peur.

Il prit le fauteuil à côté du canapé. Elle se laissa aller en arrière, momentanément soulagée, épuisée par l'émotion :

– Vous êtes gentil, n'est-ce pas ?

– C'est cela... un gentil garçon.

Helen porta soudain les mains à sa tête en murmurant :

– Il est là-dedans... Je voudrais tellement qu'il s'en aille...

– Qui ça ?

Elle secoua la tête et des larmes roulèrent sur ses joues. Un moment plus tard, elle dormait profondément.

Ruben resta assis à côté d'elle dans le luxueux fauteuil années 30 recouvert d'un riche damas, une pièce rare qu'il n'aurait jamais les moyens de s'offrir. Il était frappé par ce qu'elle lui avait dit, ce dont, par ailleurs, elle ne se souviendrait pas au réveil. « Gentil ». À la vérité, ce devait être vrai ; en tout cas, c'était ainsi qu'il était perçu la majeure partie du temps. Mais il y avait une chose qu'elle n'avait pas vue et qui pourtant existait au cœur de son être : il pouvait être dur comme un coin d'acier. C'était cela qui faisait de lui un policier : une dureté en réserve, prête à servir si l'occasion s'en faisait sentir.

D'aucuns vous diront qu'il y a deux sortes de flics. Il y a le traditionnel inspecteur Harry, qui donne tout son sens au qualificatif de macho, vit pour porter une arme, se nourrit d'adrénaline et se soucie autant de ses sentiments que du contenu de sa poubelle.

La seconde catégorie de flics croient sincèrement que leur premier devoir est de protéger et de servir, de veiller sur le faible et le moins chanceux, de faire en sorte que les innocents vivent en paix. Ruben appartenait à ce dernier type. Toute sa vie, il avait désiré entrer dans la police ; c'était dans son sang, même si en surface il donnait une tout autre impression.

Il tenait cet esprit de vocation de son père. Sid Gœtz voulait être policier depuis qu'il était gosse, quand il faisait le commis pour son père qui tenait un magasin de confection pour hommes – Gœtz Clothing – dans le vieux quartier de San Francisco. Quand il eut dix-huit ans, il s'inscrivit en grand secret à l'école de police. Mais ce n'était pas là un métier que pouvaient tolérer Rose et Joe Gœtz pour leur fils unique et toute la famille s'unit pour détourner Sid d'une voie qui leur faisait honte en même temps qu'elle les remplissait d'effroi. Il leur fallut tout de même quatre ans de harcèlement quotidien pour convaincre le fils dévoyé de revenir dans le droit chemin et d'entrer dans la confection, comme les trois générations avant lui.

Il en resta cependant tout au fond de Sid une braise qui refusa toujours de s'éteindre. De 1964 à 1979, il fut officier de réserve auprès du shérif de Richmond. Il bichonnait sans cesse une grosse moto de shérif rouge cerise et les plus beaux week-ends de Ruben étaient ceux qu'il passait à briquer l'engin et à faire fonctionner ses lumières et sa sirène.

Bien entendu, Ruben eut à subir la même pression que son père Sid quand, son baccalauréat en poche, il annonça son intention d'entrer à l'école de police. Grand-père Joe était toujours le patriarche de la famille et ne concevait d'autre destinée pour Ruben que la continuation du commerce familial. Après deux ans d'études d'économie à l'université de Californie à San Diego, Ruben entra un jour à la maison, le crâne rasé, fin prêt pour son premier jour à l'école de police de San Francisco.

Ironiquement, quand Ruben devint flic, il réalisa que le goût du vêtement était aussi dans son sang et il se fit une réputation d'élégance dans le service dès qu'il put commencer de travailler en civil.

Les premiers six mois qu'il passa à l'école de police furent les plus durs de sa vie. À l'arrivée de ce joli garçon, de ce fils à papa aux manières douces et affables, les sergents instructeurs se frottèrent les mains. Ils allaient le casser, celui-là. Mais ils eurent beau essayer, ils n'y parvinrent pas une seule fois. Ce fut à ce moment-là que Ruben prit conscience qu'il était un vrai dur.

Mais ce ne fut qu'une fois dans les rues qu'il put vraiment découvrir de quoi il était capable. Il fut particulièrement gâté pendant sa première semaine de service : fusillade au cours d'un vol à main armée, prise d'otage et sauvetage d'une petite fille de quatre ans que son père était en train de battre à mort. Il se montra dans chaque circonstance efficace et sans peur.

En pleine action, il ne pouvait y avoir de place pour la peur. La peur prenait sa revanche quand vous rentriez chez vous et que vous vous mettiez à en parler à votre conjoint ou à votre meilleur ami devant une bière. Ruben savait pourquoi il était bon flic dans les situations de crise : il pouvait fonctionner sans émotion.

Et il aimait la vie de tout son cœur. Il y avait des risques à être flic dans une grande ville américaine. Alors, il fallait profiter de la vie tant qu'elle vous était donnée.

Ruben regarda Helen qui bougeait dans son sommeil. Il enleva sa veste, dégrafa sa cravate et alla s'allonger sur le canapé. Ses joues se couvraient de barbe. Elles seraient noires demain matin et il n'avait pas de chemise propre avec lui. Il se dit que, si tout se passait bien, il passerait chez lui, à South of Market, prendrait une douche et se changerait.

Il regarda de nouveau Helen et pensa immédiatement à M.J. La seule chose qui lui manquait, dans la vie, était quelqu'un à aimer, quelqu'un qui lui ferait oublier le soir la misère et l'horreur côtoyées dans la journée. Oh, il ne manquait pas de filles ; il y en avait un grand nombre, même, dans sa vie de célibataire, mais aucune ne comptait. À vrai dire, il menait une vie que beaucoup lui enviaient : le matin, avant de partir à la brigade, il allait prendre un *capuccino* dans les cafés de North Beach, voyait dès qu'il avait quelques heures de liberté un film étranger dans Japantown ou filait à un rendez-vous galant. Mais, quand il dormait seul chez lui, il y avait un espace vide dans son cœur.

Ruben souleva sa cravate achetée deux jours plus tôt. Le motif qui en décorait la soie était inspiré d'une toile de Chagall : des mariés là-bas, dans la vieille Europe, qui dansaient en s'embrassant, l'homme flottant dans l'air avec extase. Il roula le tissu soyeux entre ses doigts, éteignit la lampe à côté de lui et ferma les yeux. Il dormit d'un sommeil léger jusqu'au moment où son portable sonna. Il était six heures trente du matin.

Chapitre 6

Peter

– Peter ?... Peeeter !

Georgette Fowley était assise dans son lit, étreignant une grossière poupée rose, une espèce de volumineux coussin avec deux gros pilons pour bras. Elle la serrait contre elle comme elle n'avait plus serré son mari depuis cinq ans. Sur ses genoux, un petit terrier à la gueule de rat, un nœud rose autour du cou, essayait de s'enfouir sous ses jupons. Une impulsion atavique issue de ses ancêtres élevés pour chasser les animaux créchant sous terre. Elle caressa l'animal avec une tendresse et une intimité qui étaient également absentes de ses relations conjugales.

– Où est papa, précieux ? Est-ce qu'il nous a oubliés ?

Bien que la soirée fût déjà avancée, Georgette était restée au lit toute la journée, malgré le beau temps californien et une température avoisinant un délicieux vingt-huit degrés. Elle portait une chemise de nuit imprimée de mignonnes roses roses et vertes sous une légère robe de coton à volant de dentelle, avec cœur rose et fond de feuilles vertes brodés sur la poitrine.

Roses aussi, le dessus-de-lit, les draps et les oreillers. De chaque côté du lit : une petite table en bois verni rose sur laquelle était posée une lampe au pied de céramique et à l'abat-jour roses. Motifs roses également sur le papier peint habillant les murs, auxquels étaient accrochés de petits tableaux représentant tous des compositions fleuries. La vie de Georgette n'était peut-être pas rose, mais il était manifeste qu'elle s'efforçait de la peindre de cette couleur. Elle n'était pas allée dans un jardin depuis des mois, mais se contentait de cette imitation et sa palette florale de tissus ne requérait ni soleil ni eau, lui laissant tout loisir de materner le petit ratier et de se repaître de feuilletons télé.

Elle subsistait grâce au salaire modeste de son mari, auquel s'ajoutaient une allocation d'invalidité partielle et les fruits de son quatrième procès. Un procès gagné contre son employeur, la compagnie d'assurances Foxwood. Souvent absente ou en retard, surprise à plusieurs reprises à voler du papier ou des stylos ou à faire un usage très personnel du téléphone, Georgette ne s'en était pas moins défendue avec l'énergie d'un rat pris au piège. Tout était de la faute de sa supérieure, fraîche émoulue d'Yvy League, qui la terrorisait et l'accablait de travail. Foxwood n'avait cédé que pour s'en débarrasser et lui avait consenti une indemnité de licenciement couvrant un an et demi de salaire.

Un homme qui paraissait beaucoup plus jeune que Georgette, vingt-huit ou vingt-neuf ans, entra dans la pièce. Il portait une blouse blanche de laboratoire pardessus une chemise bleue classique comme sa cravate à rayures. Ses cheveux souples, châtain clair, lui tombaient de chaque côté du visage, encadrant des lunettes à monture d'acier. Il avait l'air jeune, viril et séduisant. On sentait chez lui une tension soigneusement dissimulée sous des airs tranquilles.

– Je n'ai pas arrêté de t'appeler ? Tu ne m'entendais pas ?

Peter avait un verre d'eau à la main. Il se rapprocha du lit et s'assit à côté de Georgette :

– Excuse-moi, mon amour, mais j'étais occupé...

– Tu l'as complètement oublié, avoue.

Elle prit le verre d'eau et le colla sous la gueule du petit chien, qui se mit à laper bruyamment.

– Il avait très soif, mon chéri, il avait très soif, bêtifia-t-elle.

Puis sa voix changea comme elle s'adressait à son mari.

– Qu'est-ce que tu fais ? Tu veux regarder *Santa Barbara* avec moi ?

– C'est-à-dire que je...

– Oh, vas-y, retourne à tes chers ordinateurs.

Peter, manifestement soulagé, se dirigeait vers la porte quand elle le rappela.

– Tu n'as rien oublié ?

Il revint sur ses pas et, ignorant les jappements jaloux du ratier, se pencha vers sa femme et déposa un baiser sur le front pâle qu'elle lui tendait. Se redressant, il caressa d'une main absente les frisettes châtain clair qui tenaient lieu de cheveux à Georgette. Elle n'avait que trente-cinq ans, mais semblait déjà vieille, avec ce visage légèrement bouffi qu'aucune intelligence ou chaleur n'animait.

– Je t'aime, mon chéri, dit-elle comme on récite.

– Moi aussi, je t'aime, dit-il.

Sur ce, il quitta la chambre et se rendit à la cuisine. Heureusement, faute d'argent ou d'envie, le goût débilitant de Georgette pour le rose et les mignardises imbéciles ne s'était pas étendu au reste de la maison. Le mobilier était simple, bon marché, deux choses dont il se félicitait.

Il entra dans la cuisine. Elle ne nettoyait jamais rien et laissait traîner les boîtes de soupe et les emmballages de fromage fondu dont elle faisait son ordinaire, mais la saleté et le désordre lui importaient peu. Et puis, plus il s'éloignait de son épouse et de sa bestiole, plus il se sentait rasséréné. Ce fut en chantonnant qu'il referma derrière lui la porte de la cave. C'était quoi, cet air ? Ah oui, une vieille chanson des années 60, qu'il avait entendue la veille, au Festival de l'Amour.

Il descendit les marches menant à la cave et se dirigea vers son lieu de prédilection. Comme un enfant passant le long d'une haie, il laissa courir sa main sur une rangée d'appareils de haute technologie, caméscopes, modems, photocopieuses, magnétoscopes, ordinateurs. Tous choisis non seulement pour leur qualité mais pour leur esthétique : blocs de métal poli, lignes pures des coffrets de plastique noir. Il aimait chacune de ces machines. Il pouvait compter sur elles. Le facteur humain, une chose que Fowley n'avait jamais comprise ni maîtrisée, en était plaisamment absent.

Sur un petit écran vidéo, Randi Salvino posait, une main sur la hanche, l'autre adressant le signe de la paix. À côté, sur une table métallique, reposant sur des draps blancs empruntés à Georgette, gisait le modèle, immobilisé par des sangles. Un sac en plastique transparent était passé sur sa tête, soigneusement serré autour du cou par un ruban adhésif de couleur argent. Une autre bande adhésive lui fermait la bouche. Les yeux fermés, à moitié consciente, la femme s'asphyxiait par degrés.

Peter se pencha vers elle et lui posa doucement la main gauche sur le front. Dans sa droite, il tenait un couteau qu'il agita lentement au-dessus du visage. Elle rouvrit les yeux, vit Peter et le couteau et se raidit d'effroi, luttant en vain contre ses liens.

En face de Peter, il y avait un grand tableau de liège accroché au mur. Un collage savant de photographies s'y étalait ; certaines avaient été prises avec des appareils-photo, d'autres provenaient de films vidéo.

Il y avait là plusieurs clichés de ses précédentes victimes, dont Jennifer Lyle. Les uns datant d'avant la capture, les autres pendant leur détention, le reste après leur mort. Un deuxième collage était en cours à droite du tableau : photos de lieux du crime où l'on pouvait distinguer M.J. et Ruben. En place d'honneur, des vues de l'intérieur de l'appartement d'Helen, quelques-unes où elle figurait en compagnie d'Andy.

Peter se pencha un peu plus sur Randi, jusqu'à ce que son bras vienne s'appuyer légèrement sur les seins de la jeune fille.

– Non, non, tu ne comprends pas.

D'un adroit coup de couteau, il lacéra le plastique ; d'un deuxième, il trancha l'adhésif scellant la bouche. Randi hoqueta, cherchant avidement son souffle.

– Là, tu vois, je t'avais dit que je m'occuperais bien de toi.

Il lui caressa le front, comme à Georgette. La blancheur de sa blouse se mêlait à celle de la robe mexicaine de Randi. Tels deux anges étranges faisant l'amour, il la berça contre lui, tandis qu'elle retrouvait son souffle et reprenait conscience dans une brume de terreur.

L'inspecteur Mary Jane Monahan se tenait au sommet d'un mamelon pierreux battu par le vent sur les hauteurs de la ville. Le brouillard matinal nappait encore le paysage comme un voile de tulle gris. Le sol nu, caillouteux semblait assorti au panorama. Ç'aurait pu être un lendemain de bombe atomique.

Derrière elle gisait le cadavre de Randi Salvino, la face contre terre, nue à l'exception d'un minuscule slip blanc. À côté du corps, une pancarte DÉCHARGE INTERDITE dressait vers le ciel sa cinglante ironie.

Le Dr Frank Able ramassait déjà son matériel. Les hommes du coroner avec leur grand sac en plastique jaune dans lequel ils enveloppaient les corps battaient la semelle, tels des fossoyeurs s'octroyant une pause cigarette. Nicoletti prenait les dépositions d'un groupe de jeunes aux visages blêmes, qui avaient participé au Festival de l'Amour et étaient venus camper dans les collines.

Ruben arriva dans un taxi et se fraya un chemin jusqu'au sommet du mamelon. À sa vue, Nicoletti quitta ceux qu'il interrogeait :

– Salut.

Son regard s'attarda une seconde sur les joues bleues de barbe et la chemise froissée de Ruben :

– Tu t'es fâché avec ton rasoir ?

– Passé la nuit avec un ami malade, répondit sèchement Ruben.

Il n'avait pas la patience de supporter les sarcasmes de Nikko, aujourd'hui. Il continua d'avancer vers les silhouettes solitaires immobiles au sommet. Nicoletti le retint par le bras :

– Hé, j'ai à te parler.

Ruben se dégagea avec colère, mais il s'arrêta pour laisser son supérieur – ce qu'était Nikko – lui dire ce qu'il avait à lui dire :

– Quoi ?

– Il y a quelque chose, entre M.J. et toi ?

– J'en crois pas mes oreilles !

Stupéfait par la question, sans parler des circonstances, il se détourna et se remit en marche.

Nicoletti le rattrapa ; il n'avait pas fini.

– Tu pues, mec. Où t'étais, la nuit dernière ? Tu fricotes avec elle, c'est ça ?

– Non, mais qu'est-ce qui te prend ?

Nikko pointa son index sur Ruben :

– Tu la laisses tranquille, d'accord ? Tourne pas autour d'elle. Elle mérite pas ça.

– Ça ne te regarde pas, Nikko.

– Déconne avec elle, et ça me regardera.

– Dis-moi, Nikko, rappelle-moi pourquoi elle t'a largué, tu veux ?

Nicoletti abandonna, alors que Ruben approchait de M.J. Ruben la prit à part :

– Qu'est-ce qu'il fout ici ?

M.J. ignora la question. Elle parut ne pas remarquer non plus l'aspect de Ruben. Elle était toute à la fille morte.

– Alors, qu'est-ce que tu vois ?

Ruben s'accroupit à côté du cadavre. M.J. resta debout. Nicoletti rôdait derrière eux.

– Eh bien, il semblerait qu'elle ait été violée. Pas de blessures apparentes. Pas de marques de liens ni de meurtrissures comme sur les deux autres, mais elle est cyanosée. Asphyxiée, peut-être ? Apparemment, c'est pas notre type.

– Regarde la plante des pieds.

Le regard de Ruben descendit le long des jambes :

– Pas de traces de terre ni de coupures. Tu penses qu'on l'aurait déposée ici après sa mort ?

– Peut-être, mais, sur un terrain pareil, on ne risque pas de relever d'empreintes. C'est rien que de la caillasse.

L'odeur fétide d'une usine voisine chevauchait le vent soufflant dans leur direction. M.J résista au besoin de respirer profondément. L'air empoisonné était une parfaite punition : elle n'avait pu empêcher un nouveau meurtre. *Je l'ai laissée mourir.*

Elle se pencha au-dessus de Ruben, toujours accroupi, et ôta un cheveu sur l'épaule de son veston :

– Longue nuit ?

– Ne commence pas avec ça.

M.J. revint à la morte.

– Et ses bras ?

Ruben, un instant surpris par le brusque changement de sujet, eut une hésitation.

– Trace de piqûre intraveineuse... mais elle n'a pas un bras de junkie.

Nicoletti arriva derrière eux :

– Probablement tellement défoncée qu'elle n'a pas su ce qui lui arrivait, pas vrai, Rube ?

M.J. intervint d'une voix sèche :

– Je l'espère pour elle.

– Toutes ces petites hippies. Elles veulent toutes être heureuses. Elles veulent toutes faire l'amour. Ton type, hé, Rubie ?

Ruben bondit sur Nicoletti. Qui le repoussa durement, par réflexe, et Ruben glissa sur la pente caillouteuse. M.J. se jeta entre eux deux. Elle était furieuse :

– Non, mais, vous vous croyez où ? Vous voulez être du journal de six heures ?

En effet, juste au-dessous d'eux, Susan Schiffer et Gominé venaient d'installer leur boutique et interviewaient les jeunes festivaliers.

M.J. se tourna vers son ex-amant.

– Nicoletti, je veux que tu finisses d'interroger les gosses. Tout de suite !

Nikko lança à Ruben un dernier regard noir et descendit la colline.

– Allons-nous-en, dit M.J., attendant que Nikko ait pris de l'avance pour descendre à son tour. Merde, Ruben !

– Écoute, je suis désolé, O.K. ?

– Je devrais le signaler.
– Je suis désolé, mais je ne supporte pas ce salopard.
Comme ils tentaient de contourner rapidement le groupe rassemblé au bas de la pente, Grande Gueule fondit sur eux.
– Qu'est-ce que c'est, cette histoire d'Étrangleur de Boston, M.J. ?
– Désolée, Susan, je n'ai rien à dire. Nous recherchons des preuves. Nous ferons notre déclaration plus tard.
– Inspecteur Monahan, pouvez-vous nous confirmer qu'un tueur imite l'Étrangleur de Boston et que c'est là sa quatrième victime ?
– Nous réexaminerons toutes les preuves que nous avons avant de nous livrer à la moindre conclusion.
M.J. et Ruben avaient atteint leur voiture. Susan tendit le micro à Gominé et courut à sa propre voiture.
M.J. démarra sans un mot. Ruben lui jeta un regard de chien battu. Dans le rétroviseur, M.J. vit la voiture de Susan leur filer le train. Elle aboya, à l'intention de Ruben :
– Mets le gyrophare, tu veux ?
– Pour quoi faire ?
– Fais ce que je te dis, O.K. ? Je n'ai pas envie que Grande Gueule nous suive jusque chez Helen.
– Parce qu'on va chez le Dr Hudson ?
– Moi, oui.
Le gyrophare se mit à lancer des éclairs bleus sur le toit de la voiture. La circulation obligea M.J. à ralentir un peu. Derrière eux, Susan se rapprochait.
Ruben tourna la tête vers M.J. :
– Et moi, je fais quoi ?
– Tu vas au labo. Je veux le plus rapidement possible une première analyse des échantillons de sperme.
– C'est une histoire de confiance ? Parce que s'il y a une chose que tu veux savoir...
– Non, mais il y a en une que, toi, tu dois savoir : ne fricote jamais, jamais, jamais avec quelqu'un impliqué dans une affaire.

– Pardon ? Pardon ? Qu'est-ce que tu...

– Tu ferais bien d'apprendre à contrôler tes instincts. Une femme qui est impliquée dans cette enquête, hein ?

– Elle est une source d'informations, pas une suspecte.

– Quoi, quelqu'un qui est pratiquement une preuve en soi ? C'est en page une du règlement, mec. Page une.

– En page une, il est dit qu'on doit réconforter un témoin qui panique.

– Oh, tu l'as réconfortée ?

– Un peu, que je l'ai fait.

– Ça, j'en doute pas.

La colère de M.J. montait vite et elle fit passer son adrénaline dans le pied qui appuyait sur l'accélérateur.

– Écoute, je te jure qu'il ne s'est rien passé de ce que tu crois...

– N'essaye pas de me mentir, Ruben. Tu n'as jamais su le faire.

– Bon sang, tu es jalouse ! J'arrive pas à y croire. Mon rêve se réalise.

– Jalouse de toi ? Ruben, tu es ton plus grand admirateur. Cette femme est caractérielle. Tu pourrais te retrouver avec une poursuite pour harcèlement sexuel. Ou je ne sais quoi encore. Tu es comme un gosse qui n'a pas encore jeté sa gourme.

– Non, décidément, j'arrive pas à le croire. Nikko croit qu'on couche ensemble. Tu crois que je baise Helen, et je n'ai pas touché une femme depuis des semaines.

– Mets ta ceinture, nom de Dieu !

Ruben se harnacha :

– Et pour qui il se prend, ce con de Nikko ? Il se comporte comme si tu lui appartenais.

– Nikko, c'est mes oignons. Te mêle pas de ça.

– Tu ne pourras jamais avoir de vie sentimentale avec un type qui est comme...

– Comme quoi ?

– Comme... comme un taureau en rut.

M.J. sourit malgré elle :

– Et puis qu'est-ce que t'en as foutre, de ma vie sentimentale, tu peux me le dire ? On parlait de la tienne, d'accord ? Alors laisse la mienne tranquille.

M.J. prit un nouveau virage sur deux roues. Ruben s'accrocha à ce qu'il put. Dans le rétroviseur, elle vit Susan perdre le contrôle de sa voiture, alors qu'elle essayait de suivre. M.J. eut un sourire de triomphe :

– Tous ceux qui regardent la télé connaissent ce virage.

Helen était dans sa salle de bains. Le flacon de pilules tremblait dans sa main. Elle en versa six dans sa paume, en remit deux dans la fiole et avala les quatre autres. À ce moment-là, on sonna à la porte.

– Andy, où diable es-tu ?

Elle savait que sa question était de pure forme. Andy était reparti.

Elle alla ouvrir. M.J. vit tout de suite qu'Helen n'était pas au mieux de sa forme.

– Je sais que vous en avez découvert une autre. C'est la fille qui dansait ?

– Comment le savez-vous ? Ruben vous l'a dit ? Oh, merde.

– Non, ce n'est pas Ruben. Je l'ai appris sur le scanner.

– Puis-je entrer ? J'aurais besoin...

Helen s'écarta :

– Oui, ils veulent que vous les appeliez au bureau, parce que votre radio ne répond pas.

– Je me demande ce que je ferais sans vous.

Helen suivit M.J., qui se dirigeait vers le bureau. Avide de compagnie, elle bavardait compulsivement.

– J'ai allumé ce fichu scanner et puis je l'ai éteint. Je ne peux pas l'écouter, mais je ne peux pas ne pas non plus l'écouter. Alors j'ai demandé à Andy d'écouter à ma place. Mais il n'est plus ici, il avait rendez-vous...

– Vous avez pris des médicaments ? Parce que j'ai besoin que votre cerveau soit en service.

– Je ne suis pas en service et mon cerveau non plus.
M.J. appela son bureau, tout en répondant à Helen :
– C'est un autre type. Elle a été asphyxiée, pas étranglée, et déposée quelque part. Elle a été violée, aussi...
– Alors, ça n'a rien à voir avec DeSalvo.
– Complètement différent.
Elle parlait maintenant au téléphone.
– Monahan. Des messages ?
– Alors, pourquoi êtes-vous ici ? demanda Helen.
– Parce que je ne pense pas ce que je viens de vous dire. Il y a quelque chose d'artificiel, là-dedans. Une mise en scène. Pourquoi se donner la peine de déposer un corps tout en haut d'une colline où il sera découvert par des passants dès le lever du jour ?
– Vous pensez qu'il a changé ses habitudes ? Ça n'arrive jamais.
M.J. fut contrainte d'ignorer Helen pendant un moment ; quelqu'un était en ligne.
– Oui, ici, Monahan.
– Ces types sont des robots, poursuivit Helen. Le meurtre est pour eux comme un rituel. La méthode elle-même fait partie de leur plaisir.
M.J. remarqua que le terminal branché sur Internet était éteint. À côté, celui où elle jouait aux échecs était, lui, allumé. Quant au troisième écran, il diffusait un programme d'animation : des paysages se fondant les uns dans les autres :
– Pourquoi le terminal central est-il éteint ?
– Parce que je l'ai éteint.
– Vous ne pouvez pas faire ça.
– Désolée de vous contredire, mais je le peux. Voulez-vous que je le rallume ?
– Oui, s'il vous plaît.
Puis, au téléphone :
– D'accord, merci.
Helen était devant l'écran qu'elle ralluma avec une précaution infinie, comme si elle maniait un crotale.
M.J. composa un autre numéro :
– Allô, Ruben...

Elle écouta, hocha la tête.

Helen tendit l'oreille au nom de Ruben.

– Dites à l'inspecteur Gœtz que je le remercie d'avoir pris soin de moi la nuit dernière.

Les joues de M.J. trahirent une contraction des mâchoires avant qu'elle ne délivre le message d'un ton neutre.

– Ruben, le Dr Hudson dit qu'elle te remercie d'avoir pris soin d'elle la nuit dernière.

Elle raccrocha.

– J'ai le rapport du labo. Il y a deux spermes différents.

M.J. fronçait les soucils. Quelque chose clochait dans cette histoire, mais quoi ?

– À première vue, donc, il s'agirait d'un viol collectif, dit-elle sans conviction. Merci pour le téléphone.

Elle s'apprêtait à partir, quand Helen tressaillit :

– Deux spermes différents ? L'un est une sécrétion, l'autre ne l'est pas, exact ?

Helen s'installa devant le terminal de gauche et se mit à taper vite, sachant ce qu'elle voulait, ne s'arrêtant que pour attendre l'enregistrement de ses ordres.

– Comment savez-vous ça ? demanda M.J.

– Il y avait des traces de piqûre ? Sur le bras gauche ?

M.J. avait peur, maintenant. L'intuition d'Helen était stupéfiante.

– L'analyse du sang n'a encore rien donné de positif.

– Est-ce que le corps a été retrouvé près d'une pancarte DÉCHARGE INTERDITE ?

– Oui.

– Comme ceci ?

Helen fit pivoter l'écran pour que M.J. puisse mieux voir.

M.J. ne put réprimer un frisson, tandis qu'une image se matérialisait sous ses yeux : le cadavre d'une jeune femme étendue, nue, face contre terre, dans un champ vide. Une pancarte se dressait à côté d'elle : DÉCHARGE INTERDITE.

– J'aurais pu prendre cette photo, ce matin.

– Il est passé de DeSalvo à Bianchi et Buono, les Étrangleurs de la Colline. Deux hommes, donc deux types de sperme. C'est son sens de l'humour !

– Mais vous disiez qu'ils étaient comme des robots. Ce n'est pas logique...

– La logique est le croque-mitaine des petits esprits. Dites-leur de chercher dans le sang les composants chimiques de Windex. C'est un produit pour nettoyer...

– Je connais Windex ! Je nettoie mes vitres avec.

– C'est ce que Bianchi et Buono injectaient dans le sang de leur victimes.

– Pourquoi Bianchi et Buono ? Pourquoi un tel détail ?

– C'est un pefectionniste. Et il commence à s'ennuyer. Il a besoin de faire monter les enchères...

– La nuit dernière, pendant un petit instant, j'ai pensé qu'on aurait peut-être une chance de sauver une vie. De trouver le code, d'épargner à une jeune fille la mort. Maintenant, je ne sais qu'une chose : c'est que je ne sais rien.

Helen restait collée à son ordinateur. Ses doigts volaient sur les touches.

– J'aimerais pouvoir vous donner de meilleures nouvelles, inspecteur. Mais il est très malin. Il aime son travail et il va recommencer.

Elle pivota sur sa chaise pour faire face à M.J., mais celle-ci était partie. Helen haussa les épaules puis, tendant la main, débrancha le terminal Internet.

Chapitre 7

Darryl Lee

« ... vraisemblablement dans une tentative de reconstituer les meurtres commis dans les années 60 par Albert DeSalvo, le tristement célèbre Étrangleur de Boston. En réponse à une inquiétude grandissante dans le public, la police aurait mis sur pied un détachement spécial pour mener la chasse à... »

Peter Foley éteignit avec sa télécommande l'écran de télévision posé sur un bras articulé au-dessus de son terminal. C'était l'heure des infos du soir sur KXBU et il avait entendu tout ce dont il avait besoin. Il sourit à l'image de Susan Schiffer au moment où celle-ci s'éteignait.

Les journalistes étaient pour le moment en retard d'un tueur, mais cela ne le renseignait pas sur ce que savaient les policiers, et notamment Mlle Monahan, qui dirigeait l'enquête. Il pensa qu'ils avaient toutefois compris le concept du changement, le passage d'un modèle de tueur à un autre. Ils ne devaient certainement pas leur déduction à leurs capacités ni même au Dieu qui était de leur côté, et encore moins à l'équipe fédérale de Quantico, à laquelle ils n'avaient, à sa connaissance, pas encore fait appel.

Non, ils le devaient probablement à Helen Hudson, avec laquelle Mlle Monahan avait pris contact. Helen était donc maintenant en parfaite synchronie avec lui. Sans elle, il serait un Pavarotti sans public. Elle était la seule femme à comprendre et à apprécier sa voix.

Et, désormais, il ne voulait plus chanter que pour elle.

Il tapota de la main NOS FILS, NOS TUEURS : PROFIL DU SERIAL KILLER AMÉRICAIN, qu'il gardait toujours à côté de lui, quand il était dans la phase de préparation du meurtre suivant. Helen était sa pierre de touche, son livre était sa Bible. Il était prêt à jouer un jeu qu'elle pourrait suivre. Bien sûr, et là était toute la beauté de la chose, il ajouterait aux règles qu'elle avait établies quelques petits tours de son invention, qu'elle apprécierait, il en était sûr.

« ... Le Dr Hudson, la célèbre criminologue, aide la police dans son enquête. Jim, vous vous souvenez certainement de l'affaire Darryl Callum, il y quelques années, du témoignage du Dr Hudson qui valut à Cullum d'être condamné à mort pour les meurtres de douze femmes, et de l'évasion spectaculaire du même Cullum en plein procès... »

À la Crime, Pachulski, Kerby, Costas et Landis regardaient le « 18 heures », où, avec hystérie, Grande Gueule poursuivait la couverture de l'affaire dont ils s'occupaient. M.J. était assise à l'écart, feuilletant ses dossiers. Son téléphone sonna :

– Monahan à l'appareil.

– Vous m'avez menti !

C'était Helen. En rage. Manifestement, elle regardait elle aussi les informations.

– Je n'y suis pour rien. Susan Schiffer l'a appris et je ne sais ni comment ni par qui.

– Vous m'aviez promis de respecter mon intimité. J'ai fait l'erreur de vous faire confiance. À présent, tous les psychopathes de la ville sont persuadés que je suis dans le coup. Ne revenez plus jamais me demander de vous aider, parce que...

– Helen... Helen... Que voulez-vous que j'y fasse ? La vie est une tartine de merde. Prenez un autre calmant et ça ira mieux, d'accord ?

Sur ce, M.J. raccrocha brutalement. Les hommes

tournèrent un instant la tête vers elle puis reportèrent leur attention à l'écran.

M.J. éprouvait de la honte d'avoir parlé ainsi à Helen. Mais son impuissance à progresser dans son enquête la rongeait et elle avait assez de soucis comme ça pour ne pas s'encombrer en plus des sautes d'humeur de cette névrosée d'Helen Hudson. Merde, on lui a assigné un garde vingt-quatre heures sur vingt-quatre et Ruben est à ses ordres. Non, elle en avait assez fait pour le Dr Hudson. Il y avait des femmes qui mouraient, là, dehors ; pas question d'éprouver une culpabilité toute catholique envers cette agoraphobe branchée.

« ... Cullum fut repris après avoir tué le garde de corps du Dr Hudson. Pour le moment, la police est muette quant aux progrès de l'enquête. La découverte d'une nouvelle victime conduit les citoyens de cette ville à se demander si ladite enquête n'avance pas à reculons. À vous le studio. »

« Merci, Susan, pour... »

Darryl Lee Cullum écrasa sa cigarette et éteignit le petit poste de télé posé sur une étagère au-dessus de son lit. Un cadeau de l'une de ses admiratrices :

– Bravo, Helen, dit-il tout haut.

– Bravo, Darryl Lee.

Darryl Lee ignora le commentaire sarcastique de Joe Dellums dans la cage voisine. Joe continua de rire comme un taré pendant cinq bonnes minutes. Puis il se tut soudain, se demandant pourquoi il s'était mis à rire comme ça. Joe frisait peut-être la débilité, mais il avait réussi à poignarder à mort l'un de ses compagnons de cellule et ce n'était pas une mince tâche à San Quentin où les fouilles étaient constantes. Apparemment, l'idée d'en prendre pour quelques années de plus ne signifiait pas grand-chose pour Joe, qui purgeait trois condamnations à vie pour un assortiment de vols, de viols et de meurtres. Darryl Lee, dont le Q.I. battait celui de Joe d'une bonne cinquantaine de points, gardait prudemment ses distances.

Celui qui croit que l'enfer n'existe qu'après la vie n'a jamais franchi les portes de San Quentin. Le pénitentier, vieux d'un siècle et demi, est situé de l'autre côté de la baie de San Francisco, presque en face du quartier du Fort où réside Helen Hudson. Mais Helen ne craignait plus de voir réapparaître Darryl Lee Cullum.

On ne s'échappe pas plus de San Quentin qu'on ne ressort vivant des flammes de l'enfer. La cour de promenade elle-même est plus dangereuse qu'une jungle. Près de six mille criminels, parmi les plus durs, hantent ses murs et ses couloirs. Gardes et prisonniers y respirent un air de constante vigilance.

Le quartier de sécurité de San Quentin est plus connu sous le nom de « trou ». C'est là que sont gardés les « animaux ». Son pensionnaire le plus célèbre fut le Black Panther George Jackson, qui mena une insurrection en 1971. Elle fit six morts. Jackson fut abattu avant même d'avoir eu le temps de traverser la cour. Personne ne s'est jamais échappé du trou.

Cela faisait maintenant plus d'un an que Darryl Lee Cullum avait fait son nid dans la cellule numéro vingt-trois du bloc nord. Comme la plupart de ceux du trou, Darryl Lee n'était pas considéré comme apte à travailler dans l'un des divers ateliers de la centrale. Il ne sortait du trou qu'à l'occasion des rares visites de son avocat. Il devait alors traverser la grande cour et pouvait voir les bâtiments de l'administration, la tour et les gardes armés. Il marchait le plus lentement possible pour jouir du contact délicieux du soleil sur sa peau. Son teint avait pris une pâleur semblable à celle d'Helen, elle aussi enfermée depuis leur dernière... rencontre.

Darryl ramassa sa Bible et un exemplaire de *Nos fils, nos tueurs : profil du serial killer americain*, du Dr Hudson, qui traînaient sur son lit, les posa sur l'étagère et prit le gros cahier dans lequel il avait écrit son histoire, intitulée : « Darryl Lee, mon histoire : pourquoi j'ai tué. »

Il l'avait écrite laborieusement, avec la seule plume

qu'on lui avait autorisée : un feutre. Écrire, c'était échapper à l'ennui et aux beuglantes de ses compagnons de bloc. C'était tuer le temps. Car, du temps, il n'en manquait pas.

La seule activité permise à San Quentin, en dehors de manger, se laver, chier et dormir, était le cours d'éducation religieuse. Et encore celui-ci avait-il été provisoirement suspendu, après que Harols Hooks eut coupé l'oreille de son nouveau compagnon de cellule avec une lame de sa fabrication dissimulée dans son *Nouveau Testament* : il avait découvert que le compagnon en question était un converti à l'Islam, une affiliation religieuse que Harold ne pouvait accepter dans une cellule honnête.

Une version de « Darryl Lee, mon histoire », diligemment tapée à la machine par une de ses admiratrices, Mlle Sherry Diane Wannemaker, de Sioux City, dans l'Iowa, une étudiante en droit, devait bientôt parvenir à quelqu'un dont l'opinion comptait le plus pour Darryl Lee. Sherry, elle, disait que c'était une œuvre de génie, qui devait être lue par tous les jeunes gens d'Amérique. Elle disait aussi que ça se vendrait mieux que le bouquin d'O.J. Simpson.

Il avait pensé qu'il allait de son devoir de révéler les horreurs de son enfance et de dire comment Satan l'avait poussé à commettre tous ces crimes. Darryl Lee avait toujours eu le sentiment qu'il ne correspondait pas au serial killer classique dont Helen Hudson avait dressé le portrait. Darryl Lee revendiquait une catégorie à lui tout seul. Il n'était pas un de ces refoulés qui, un jour, se mettent à égorger des prostituées, comme ce crétin de Rifkin

Tout à ses réflexions, il se regarda dans le petit miroir, au-dessus du lavabo. Ses cheveux roux étaient épais et ondulés et il les coiffait en banane, à la Elvis. Il aimait le contraste de ses yeux très bleus avec le bleu de sa tenue de prisonnier. Il avait la peau grasse, des dents pourries et des lèvres épaisses. Mais, aussi grotesque que pouvait être son image, Darryl Lee se trouvait beau. Après tout, il n'avait jamais eu de mal à se faire des filles, même si la plupart d'entre elles étaient aussi psychotiques que lui. Son seul problème, c'est qu'il n'avait jamais pu les garder, parce qu'il ne pouvait pas s'empêcher de les découper en morceaux sitôt qu'il commençait à se rapprocher d'elles.

Non, il n'avait jamais pu avoir de liaison durable. Et ça, c'était la faute à ses parents et au triste modèle qu'ils lui avaient donné. Darryl Lee avait quatre ans, quand son père avait été tué au cours d'une rixe dans un bar minable des bayous. De son père il ne gardait guère de souvenirs, hormis celui qu'il battait comme plâtre sa mère et sa grande sœur.

La mère de Darryl Lee l'avait forcé jusqu'à l'âge de onze ans à se laver avec sa sœur, une retardée qui était de trois ans son aînée. Sa mère ne cessait de crier que le sexe était une invention du diable et que Dieu lui avait rendu un fier service en rappelant à lui son mari.

La première fois que Darryl Lee eut une pollution nocturne, sa mère entra en fureur. Elle l'attacha au pied de son lit sans nourriture ni eau pendant trois jours, l'obligeant à faire sur lui. Après cela, elle lui interdit formellement de se masturber. Elle enleva non seulement toutes les clés des portes, mais aussi les poignées des toilettes et de la chambre de Darryl, lui interdisant toute intimité. Il avait une minute pour faire ses besoins, quels qu'ils fussent. La minute passée, elle ouvrait la porte et attendait qu'il finisse.

Bien entendu, l'un des ses grands plaisirs à San Quentin était ses W.-C., bien que dans une prison il n'y eût d'intimité nulle part.

Malheureusement pour les filles de sa paroisse, les fantasmes de meurtre que nourrissait Darryl à l'égard de sa mère furent contrariés le jour où un camion passa sur elle. Darryl avait alors quinze ans et il tourna sa rage et sa confusion sexuelle sur toutes les femmes qui lui tombèrent sous la main, avant d'être enfermé dans un centre de redressement. Il aurait volontiers tué sa sœur, à défaut de sa mère, mais l'État avait pris la décision de la placer dans une institution peu de temps avant que Darryl pète les plombs pour de bon.

L'écriture de son autobiographie avait posé à Darryl Lee un défi de taille. Il avait toujours été un enfant intelligent et, au centre de redressement, avait obtenu son brevet avant d'être libéré. Il avait également appris durant ces premières années d'enfermement à graver le bois, un savoir-faire qu'il avait largement utilisé par la suite en laissant sa « signature » au couteau sur la peau de ses victimes.

Pour écrire, il s'était inspiré en partie de la prose du Dr Hudson et il en voulait à celle-ci de ne lui avoir consacré que six misérables pages à la fin de son dernier ouvrage. Après tout le temps qu'il lui avait donné, répondant aimablement à toutes les questions qu'elle lui posait ! Elle avait prétexté que la parution de son livre avait précédé le procès, procès où elle était citée comme témoin.

Sous la peau du nouveau personnage que Darryl Lee prétendait être devenu, le désir le rongeait de prendre son grand couteau de chasse et de graver quelques jolis dessins sur la peau du bon docteur. Comme il aimerait l'avoir avec lui tout un week-end dans une chambre d'hôtel où il pourrait l'attacher et la bâillonner et lui montrer ce qu'était vraiment un tueur psychotique.

C'était à se taper la tête contre les murs, de s'être fait prendre aussi bêtement à Berkeley. Mais son rêve de revanche lui donnait une raison de vivre : un jour, il réussirait à se faire la belle de San Quentin, et alors il pourrait retrouver la seule femme qui était digne de son génie.

Il baissa les yeux sous la bosse que faisait son pantalon. Merde, il lui suffisait de penser à Helen Hudson pour avoir la trique !

Il était 19 h 30, maintenant. Un étage au-dessus de lui, la femme de Peter Foley et le chien dormaient. Il était à sa station de travail, enveloppé dans un pâle cercle de lumière, dont la source était un bulbe à large spectre, qu'il avait acheté dans un magasin d'accessoires pour photographes, après avoir appris que ce type d'ampoule alliait le mieux luminosité et confort. Le bourdonnement du disque dur d'un de ses ordinateurs se mêlait au chuintement de son scanner. En se concentrant, il était capable de décrire la tonalité et la longueur d'ondes des vibrations de ses différents appareils. Depuis qu'il avait accompli ce qu'il est convenu d'appeler le passage à l'acte, il avait découvert que ses sens s'étaient étonnamment aiguisés. Il percevait avec beaucoup plus d'acuité les couleurs et les sons ; sa peau était devenue extraodinairement sensible au toucher. Le temps avait ralenti.

Il était entre deux meurtres, à présent. Il connaissait ce sentiment de vide *post partum*, un état dépressif qui s'accentuait d'heure en heure, jusqu'à ce qu'il puisse accomplir sa création suivante. Plusieurs semaines s'étaient écoulées entre sa reconstitution de l'Étrangleur de Boston et la seconde. Il avait fortement déprimé avant le deuxième de ses meurtres et s'était juré de ne plus attendre trop longtemps avant de passer de nouveau à l'acte. Aussi avait-il intensifié son activité (la phase 2, selon le Dr Hudson), et trouvé au bout de quelques jours la fille qui joggait. Après sa mort, il avait pensé qu'il était temps de changer un peu de signature. C'était une entreprise audacieuse, car il devait trouver l'endroit où déposer le corps, acquérir les échantillons de sperme, une seringue ; dénicher la victime et faire parvenir quelques images vidéo à Helen, via Internet. Le résultat l'avait enchanté. L'Étrangleur de la Colline. Bianchi et Buono. Deux hommes. Un beau schéma directeur pour une expérience intéressante, même si l'injection de Windex n'avait été qu'une fioriture et avait peu contribué au décès de la fille.

À présent, il n'attendrait pas vingt-quatre heures de plus pour passer au suivant. Il ne dormait que deux à trois heures par nuit ; il y avait tant à faire. Il vérifia une nouvelle fois sa liste : munitions, passer au magasin de disques, note pour Helen, bouteille de gaz. Il avait aussi un peu de route à faire. Et, dans l'immédiat, du courrier électronique à préparer.

Il s'accroupit pour prendre une boîte métallique dans un grand cageot d'oranges, la posa sur sa table de travail et l'ouvrit.

C'était son trésor de guerre.

La boîte, qu'il avait surmnommée Pandora, contenait elle-même plusieurs cartons à chaussures, dans lesquels il conservait des souvenirs de chacune de ses victimes. Il n'aurait jamais eu l'idée de sauvegarder un vêtement ou une mèche de cheveux de chaque morte, mais le Dr Hudson avait intitulé cette pratique « phase totémique ou phase 4 » dans le cycle du serial killer. Peter Foley devait maintenant s'avouer qu'il prenait grand plaisir à choisir un souvenir de chaque femme. Quand le spleen le prenait, entre deux meurtres, il trouvait un certain réconfort à ouvrir Pandora. Il aimait particulièrement la sensation froide d'un bâton de rouge à lèvres et il possédait des boucles d'oreilles ou des barrettes pour les cheveux qu'il pouvait glisser dans sa poche et caresser. Il traitait ces objets avec beaucoup de soin, comme s'ils avaient été d'antiques reliques d'un formidable intérêt archéologique. Et, en vérité, Peter Foley songeait parfois que sa collection serait peut-être un jour dans un musée d'un genre particulier, une aile du Smithsonian Institute réservée aux grands génies criminels de ce monde.

La perle de sa collection était une boîte sur laquelle il avait collé un portrait d'Hélène de Troie découpé dans un livre de mythologie, ainsi qu'un passage du « Festin de la Victoire », poème de Schiller :

L'homme de Sparte se repaît des charmes d'Hélène,
Que le meilleur sang de Grèce a reconquise ;
Ravi, il ceint de ses bras cette blondeur exquise.
La vengeance triomphe de la perfidie et du blasphème !
Car vigiles sont les dieux présidant aux destinées des hommes.
Par Jupiter, que le mal réponde au mal,
Et maudites soient les mains
Qui ont souillé le cœur d'un homme !

Peter Foley avait fait des derniers vers une interprétation qui servait ses desseins. Dans son univers noir comme la nuit et rouge comme le sang, il n'y avait de place que pour la mort et la punition. Il était lui-même le juge et le vengeur, et le fruit de ses combats s'appelait aussi Helen.

Il plongea ses mains dans la boîte d'Helen et en caressa des doigts le contenu. Il y avait là plusieurs photos qu'il avait prises au téléobjectif depuis l'immeuble voisin du loft. Il y avait également une cassette étiquetée « Berkeley », sur laquelle était enregistrée l'une des conférences du Dr Hudson. Enfin, des articles de presse, ainsi que de vieux bulletins de notes datant de son passage à la faculté.

Sa main sentit une étoffe souce et soyeuse. Un instant, il hésita à la sortir. C'était jusqu'ici le seul vêtement de sa collection. Peter ferma les yeux et laissa la pièce de soie le ramener à cette nuit récente, quand il s'était infiltré chez elle, pendant qu'elle éteignait les lumières en bas et fermait les volets.

Elle avait appelé quelqu'un, un homme du nom d'Andy, et il avait dû se faire violence pour ne pas sortir de l'ombre et la prendre dans ses bras. Il désirait tellement glisser ses mains autour de son cou et lui voler sa vie pour l'emporter avec lui.

Pour cela, il devrait attendre et se contenter d'avoir respiré l'air qu'elle respirait, d'avoir touché le lit qui l'accueillait la nuit. Il avait été enthousiasmé en découvrant sa station de travail et son goût pour la technologie. Le même goût que lui. Ils se ressemblaient tellement.

Il avait écouté le bruit de la douche sous laquelle il l'imaginait nue, ruisselante. Il avait dû une fois de plus résister à la tentation d'entrer dans la salle de bains, de toucher sa peau mouillée, d'observer le sang et l'eau se mêler. Au lieu de cela, il avait fouillé la penderie jusqu'à ce qu'il trouve le costume rouge. Il avait raccroché les vêtements qu'elle avait sortis. Puis il s'était laissé pénétrer un moment par l'atmosphère de la chambre, avant de s'approcher d'une chaise où elle avait déposé des vêtements et de s'emparer d'un fin pantalon de soie noire. Il l'avait glissé dans sa poche et avait disparu dans la nuit.

Peter remit en place la relique et, sortant une vieille coupure de presse avec une photo du Dr Hudson, il la passa dans son scanner. Il ne voulait pas utiliser l'une des photos qu'il avait lui-mêmes prises d'Helen ; le moment n'était pas approprié. Il se félicita de son self-control. Le cliché apparut sur l'écran du terminal.

De la boîte numéro quatre, il sortit une photo de la pancarte « DÉCHARGE INTERDITE ». Il la passa également dans le scanner avec une photo d'Andy Friedman, prise à travers l'une des fenêtres de l'appartement d'Helen. Sur le deuxième ordinateur, qui était raccordé au premier, il y avait à l'écran l'image de la fille qui dansait, créée à partir d'une juxtaposition des photos de Jennifer Lyle, morte, et de Randi Salvino, vivante.

Il entreprit ensuite de transférer les images du premier ordinateur sur le second. Il commença par celle d'Helen. Puis, usant d'un stylo électronique, il plaça un point rouge au coin de l'œil gauche de la fille qui dansait. À chaque image transférée, il ajoutait un point rouge. Bientôt l'image à l'écran fut celle d'un collage macabre, parsemé de points rouges. Il travaillait vite, car chaque minute qui passait le rapprochait de sa prochaine aventure et il piaffait d'impatience.

Chapitre 8

Numéro 5

Il roulait dans la nuit depuis une heure et demie. La respiration régulière, le cœur battant lentement. C'était une nuit claire, fraîche. Orion luisait au-dessus de lui à travers des lambeaux de nuages.

Il vit la station-service au coin d'une zone résidentielle. Horgan Street. Il aimait bien ce nom. C'était un de ces quartiers résidentiels où de coquettes maisons individuelles voisinaient avec de petits immeubles d'habitation. Quelques chênes de Californie dressaient leurs masses sombres sur les pelouses.

Il fit deux fois le tour du bloc, la première pour repérer la cabine téléphonique sous un lampadaire, à côté d'une station-service. Au deuxième tour, il se rangea le long du trottoir et gagna la cabine. Quiconque l'aurait observé de la station ou de la rue, à condition toutefois d'avoir une raison de l'observer, aurait vu un homme jeune portant des lunettes et un coupe-vent noir qui utilisait un téléphone public. Il ressortit de la cabine et fit de nouveau le tour du bloc.

Au troisième tour, juste au moment où il tournait le coin de la Seizième et de Horgan, il vit ce qu'il guettait depuis un long moment.

Une jeune femme séduisante, de vingt-six ou vingt-sept ans, disait au revoir à une amie à la porte d'une maison. Les deux femmes s'embrassèrent et celle qui partait noua son foulard de soie rouge autour de son cou, remonta la fermeture Éclair de son blouson de cuir, car la brise était fraîche, et se dirigea vers sa Honda Civic marron, garée non loin de là, perpendiculairement au trottoir.

L'homme caressa le métal noir d'un gros revolver posé sur le siège à côté de lui : un Bulldog .44 Spécial, une arme de poing carrée, lourde, méchante, dont le canon était prolongé d'un silencieux. Il continua d'avancer dans Horgan et se rangea à environ trois mètres de la Honda. Puis il attendit que la fille monte dans sa voiture. Il jeta un coup d'œil des deux côtés de la rue, abaissa la fenêtre du passager et, se calant contre la portière, leva son arme. La fille ne s'était même pas aperçue de sa présence. Elle se glissa derrière le volant. Il tira un premier coup de feu, tressaillit au puissant recul, tira encore. Deux petits claquements trouant fugitivement la nuit. Puis, comme s'il descendait accueillir un ami, il sortit tranquillement de sa voiture, alla à la Honda. Il tenait un petit objet plat dans la main. Il ouvrit la portière, repoussa le corps de la fille pour pouvoir se pencher à l'intérieur. Il ne resta pas plus de vingt secondes, penché ainsi en travers du corps. Puis il se redressa, referma la portière et regagna sa voiture en fourrant dans la poche de son coupe-vent le foulard rouge de sa victime. Il démarra, descendit Horgan en respectant scrupuleusement la vitesse limite.

L'officier Burt Benoit vida le fond de sa tasse de café, jeta un coup d'œil à sa montre et retourna à sa page sportive du *Chronicle*.

La porte de l'appartement à côté de laquelle il avait installé sa chaise pliante s'ouvrit brusquement et le Dr Helen Hudson passa sa tête dans le couloir. La coiffure en bataille, elle avait des yeux qui accusaient salement le cocktail tranquillisants-cognac.

– Je venais voir si vous aviez besoin de quelque chose, officier Benoit. Je vais me coucher.

– Merci, docteur, mais j'ai tout c'qu'y me faut.

Il avait déjà des bourdonnements à cause de ce café

à réveiller un mort qu'elle lui avait servi et il n'y avait rien dans le réfrigérateur de cette femme qui fût de son goût. Burt était un traditionaliste : steak-patates et donuts trempés dans de la lavasse, c'était là son ordinaire.

– Très bien, dit Helen. À demain, alors.

– Ouais, à demain, docteur Hudson. Vous pouvez dormir tranquille. Burt Benoit veille.

Helen dodelina de la tête et referma la porte.

Bon Dieu, elle est raide défoncée. Burt secoua sa tête de flic, repositionna son cul trop gros pour un pliant. La nuit serait longue, mais ce n'était pas mieux de faire le pied de grue devant les débits de spiritueux, ce qui était sa tâche quotidienne quand ils l'avaient affecté à la protection de cette folle.

Il ferma les yeux et essaya d'imaginer Helen Hudson propre et reposée. Puis il regarda l'alliance qui lui enserrait l'annulaire gauche : non, elle était trop maigre, de toute façon. Il reprit son journal et le compte rendu des derniers matches de foot.

Au même moment, dans la rue, un homme garait une Caddy gris métallisé, ouvrait le capot et sortait de la voiture. Entièrement vêtu de noir – de la casquette aux baskets en passant par le pantalon et le coupe-vent –, il se déplaçait avec la souplesse d'un félin.

Il souleva le capot et, à l'aide d'une torche électrique, localisa l'alarme, fit quelques ajustements et referma le capot. Il jeta un coup d'œil autour de lui : la rue était déserte. Il s'approcha du réflecteur de la portière du conducteur et, à l'aide du culot de la torche, en brisa le verre. Aussitôt l'alarme se déclencha, aiguë, lancinante, une vraie torture auditive. L'homme s'éloigna rapidement en direction de l'immeuble d'Helen et disparut dans l'ombre. Il portait sous son bras un objet plat et rectangulaire, de la taille d'un classeur.

Helen ne dormait pas. Elle contemplait le jeu des lumières de la ville sur le plafond de sa chambre. Allongée sur son lit dans une longue robe de soie gris argent, elle écoutait le caquètement du scanner de police. Le vagissement d'une alarme se mit à parasiter la litanie des drames nocturnes que déversait le scanner.

« ... Véhicule suspect se dirigeant vers Bay Bridge, Trois-Charlie-Quinze en poursuite... Coups de feu tirés, demande de renforts... Dispute conjugale au 2216, Castro... Femme tuée par balles dans Horgan Street, demande coroner et brigade criminelle... Roger. Besoin de monde pour contenir les curieux ? Affirmatif... La victime a été trouvée dans sa voiture, une Honda Civic 91, permis de conduire B comme Bravo À comme Adam soixante-treize mille... »

Helen se redressa brusquement dans son lit, se leva et se dirigea vers la commode sur laquelle elle avait placé le scanner. Elle resta un instant immobile devant l'appareil puis courut chercher sur son bureau encombré de papiers le numéro du portable de Ruben.

Au coin de la Seizième et de Horgan, policiers et assistants du coroner se pressaient autour de la Honda Civic. Un technicien de la balistique venait de retirer avec une pince une balle dans la portière, côté passager, et il l'éleva à la lumière du lampadaire.

– J'en ai une, et elle est belle.

L'homme laissa choir le projectile dans un sac en plastique et reprit son inspection. Non loin de là, Ruben et M.J. essayaient de tirer des informations des uniformes arrivés les premiers. Une foule de gens du quartier se tenaient derrière le cordon jaune. L'amie de la victime pleurait dans les bras d'une policière en uniforme. Le Dr Frank Able s'extirpa de la voiture et s'étira.

M.J. le regarda. Pour une fois, cela ne correspondait pas au *modus operandi* du serial killer. Peut-être un de ces crimes d'initiation d'un gang, bien que le quartier ne correspondît pas à ce genre de meurtre.

Le portable de Ruben bippa :

– Allô ? Oh, bonsoir... Non, ça m'a plutôt l'air d'être le fait d'un gang... La victime est dans sa voiture, pas d'agression sexuelle, rien.

Il couvrit le récepteur et murmura à M.J. :

– Helen.

M.J., encore sous le coup de son dernier échange téléphonique avec Helen, roula de grands yeux et poursuivit son inspection de la voiture, tandis que Ruben restait en ligne :

– Écoutez, il faut que je... Quoi ?... Je ne sais pas.

Il appela l'un des policiers en uniforme :

– Ed, est-ce que son lecteur de cassettes jouait quand vous êtes arrivés ?

– Ouais, je l'ai éteint. Ça m'empêchait de penser.

– Oui, en effet, dit-il au téléphone.

Ruben alla à la voiture. M.J. était à l'intérieur. Il se pencha vers elle :

– Tu veux bien mettre la cassette une seconde ? demanda-t-il, l'air embarrassé.

– Tu plaisantes ?

– Helen pense qu'il s'agit du groupe Abba.

M.J. secoua la tête d'un air écœuré, mais tourna quand même la clé de contact pour rallumer le lecteur. Le son du groupe suédois qui était resté longtemps au Top 50 se déversa dans la nuit. M.J. regarda Ruben. Ils commençaient à comprendre où Helen voulait en venir.

À l'autre bout de la ligne, le Dr Helen Hudson était devant son ordinateur, consultant des données, le combiné du téléphone coincé contre son épaule. Lorsqu'elle entendit la musique d'Abba, son visage s'assombrit. Elle ferma les yeux et baissa la tête, comme sous le poids d'une trop grande épreuve. Elle rouvrit les yeux et tapa un ordre d'accès à un certain document. Le visage d'un homme apparut sur l'écran.

Helen se souvint que Ruben était toujours en ligne :

– Oh, Ruben... ne raccrochez pas ! Est-ce que vous êtes près d'une station-service ? Avec une cabine téléphonique devant ?

– M.J., prends le téléphone, il faut que j'aille à la cabine, là-bas, dit Ruben, en tendant son portable à M.J. et en partant au pas de course.

M.J. prit l'appareil sans poser de questions. Elle

réfléchissait et les souvenirs d'un autre crime lui revenaient par bribes.

Elle demanda à Helen :

– C'est Berkowitz, c'est ça ? Il copie le Fils de Sam.

Helen ne répondit pas tout de suite. Elle contemplait le portrait de David Berkowitz devant elle. Elle demanda l'accès au reste du dossier. Une série de photos de crimes défila à l'écran, tous portant la signature du Fils de Sam. Elle répondit enfin à M.J. :

– L'une de ses victimes écoutait Abba dans une voiture garée quand elle a été tuée avec un Bulldog .44.

M.J. appela le technicien de la balistique, qui avait retrouvé l'une des balles.

– Tony, fais-moi voir cette balle.

Puis un son dans le récepteur du portable attira son attention.

– Qu'est-ce que c'est, ce bruit qu'on entend ?

– Oh, une des alarmes de voitures qui réveillent tout le monde sauf la personne à qui appartient la voiture, répondit Helen.

– Ouais, faudrait interdire ces saloperies. De toute façon, elles se déclenchent quand le voleur est déjà parti.

Tony tendit le sac à M.J. Elle examina le projectile :

– Elle est écrasée, mais elle est plus grosse qu'une balle de .38. Peut-être du .44.

Pendant que les deux femmes étaient en communication, Ruben fouilla la cabine. Sous le téléphone, sur une étagère au-dessus de laquelle pendait, suspendu à une chaîne, un annuaire écorné, Ruben trouva un mot manuscrit. Il enfila une paire de gants en latex, prit le papier par un coin, l'examina rapidement et repartit.

Comme il arrivait à la voiture, il cria aux uniformes d'aller entourer la cabine d'un cordon jaune. L'un des techniciens courut aussitôt relever les empreintes.

Un élément dans le dossier du Fils de Sam revint en mémoire à Helen :

– M.J., cherchez dans la foule. Berkowitz aimait se mêler aux badauds et regarder les flics au travail.

M.J. se tourna vers Bernie, le photographe, et le prit

par le bras. Ils se mêlèrent à la foule, qui commença à se disperser dès que Bernie se mit à mitrailler. M.J. vit un homme jeune qui courait. Elle se lança à sa poursuite, lui ordonnant de s'arrêter. L'homme obéit, se retourna, mais ce n'était qu'un joggeur nocturne passant par là.

M.J. retourna auprès de Ruben. Elle était toujours en ligne avec Helen. Elle vit Ruben qui tenait une feuille de papier dans sa main.

– Nous avons trouvé un mot, annonça-t-elle à Helen.

Ruben prit le portable et lut à Helen :

« Police, laissez-moi vous dire une chose, je reviendrai. »

Puis Ruben tendit le mot à M.J. et plaça son index sur la bouche pour lui faire comprendre de ne rien dire à Helen jusqu'à ce qu'elle ait fini de lire. Le mot commençait par : « À Helen ».

Un pli soucieux barrait le front de M.J. quand elle reprit le portable des mains de Ruben et, s'efforçant de prendre le ton le plus nonchalant possible, elle dit :

– Helen? Je sais qu'il est tard, mais Ruben va s'arrêter chez vous pour vous poser une ou deux questions... Oui, il faut que j'y aille, maintenant. Au revoir.

Elle raccrocha et lança aussitôt un ordre au policier le plus proche :

– Il me faut des hommes au quai Fort Mason. De toute urgence. Code d'approche ligne 2. Qu'ils foncent là-bas et attendent mes instructions. Et voyez si vous pouvez réveiller le tordu qui est en mission de protection là-bas.

Pendant qu'Helen était au téléphone avec les détectives, Burt en eut bientôt assez de cette sirène d'alarme. Il se leva une fois de plus et alla voir à la fenêtre du couloir. Des voisins, tout aussi agacés que lui, étaient sortis de chez eux et essayaient en vain de mettre fin à la nuisance.

Burt jeta un regard à la porte d'Helen comme pour

lui demander la permission, jeta son journal sur sa chaise et s'en fut dehors au trot pour étrangler une fois pour toutes cette sirène.

Quand son *beeper* sonna à son ceinturon, Burt avait la tête enfouie sous le capot de la Cadillac, qui faisait toujours autant de vacarme. Au même moment, l'homme en noir, le visage et les cheveux dissimulés sous une cagoule, arriva devant l'appartement d'Helen et sortit un passe de sa poche. Il ouvrit la porte en moins de deux, se glissa à l'intérieur et plaça une petite cale entre le battant et le chambranle, pour empêcher la fermeture.

Dans sa salle de bains, Helen se maquillait pour accueillir Ruben. Divers sentiments et sensations se bousculaient en elle. Le génie criminel du tueur l'inquiétait. Toutes ces dernières nuits blanches prélevaient leur dû sur sa capacité de concentration. Le Xanax et le cognac aussi pesaient lourd. Elle éprouvait cependant une tension érotique, inspirée par Ruben, et un sentiment de vie qu'elle n'avait pas ressenti depuis une éternité. Quelque chose bougeait en elle, quelque chose qu'elle ne comprenait pas encore complètement.

Comme elle se penchait vers le miroir pour se farder les yeux, elle perçut un bruit. Elle sortit de la salle de bains et, se penchant au balcon, regarda en direction du vestibule et remarqua la mince fente de lumière à la porte d'entrée.

Dans le salon plongé dans l'obscurité, l'homme en noir souleva le combiné d'un téléphone et le posa sans bruit sur la table. Il portait des gants de cuir noir très fin.

Helen gagna la cuisine où elle s'arma d'un couteau à découper. Puis elle se glissa jusqu'au vestibule, ouvrit la porte légèrement entrebâillée. Burt n'était plus là. Elle décrocha le téléphone dans l'entrée. Pas de sonnerie.

Elle regagna le living et, entendant de nouveau un bruit, se cacha derrière un canapé. Elle vit alors pour la première fois l'homme en noir. Il passa devant elle, s'arrêta au milieu de la pièce, regarda autour de lui et se dirigea vers les marches menant au balcon.

Helen repartit à quatre pattes vers l'entrée. Elle était à mi-chemin du vestibule quand elle bouscula un meuble sur lequel trônait une antique lampe Tiffany. La chaîne d'allumage de la lampe tintinnabula contre le pied en céramique. La silhouette dans l'escalier se figea et tourna la tête en direction du bruit. Puis, comme le silence revenait, elle reprit son ascension.

Helen rampa de nouveau sur les mains et les genoux jusqu'à la porte, s'agrippa à la poignée pour se remettre debout. Sa robe de nuit était trempée de sueur. Elle tremblait et cherchait son souffle. Elle ouvrit la porte, fit quelques pas dans le couloir et s'arrêta. Elle haletait. Sa vision se troublait. Elle avait l'impression que les murs ondulaient, se contractaient comme la gorge de quelque monstrueux reptile. Elle s'affaissa et sentit avec effroi monter les signes avant-coureurs d'une crise d'agoraphobie.

L'homme en noir ressortit de la chambre d'Helen et, comme il reprenait l'escalier, il perçut les halètements d'Helen qui se répercutaient à travers l'appartement. Il descendit rapidement les marches, traversa le salon et atteignit la porte d'entrée.

Il risqua un coup d'œil dans le couloir.

Vide.

Profitant de l'obscurité, Helen avait réussi à regagner l'appartement et à se cacher derrière le canapé du living. Comme le rôdeur était dans l'entrée, elle quitta sa cachette pour se réfugier dans le bureau. Elle tenait le couteau devant elle, comme un glaive et un bouclier à la fois. Tandis qu'elle avançait à tâtons, elle ne vit pas la bouteille de cognac et le verre posés sur sa table de travail. Bouteille et verre s'écrasèrent par terre avec fracas.

L'homme en noir pivota vers la source du bruit. Helen se précipita dans le living pour prendre la télécommande des stores et se mettre à actionner l'ouverture et la fermeture des grands panneaux muraux couvrant la baie vitrée : sa version à elle des signaux de détresse.

Dans la rue, Burt et les voisins ne prêtaient aucune

attention aux mouvements des volets au-dessus d'eux, accaparés qu'ils étaient par cette alarme rebelle.

Ce fut seulement quand la voiture de Ruben s'arrêta dans un hurlement de pneus que Burt leva enfin les yeux. Il vit Ruben se précipiter dans l'immeuble et, abandonnant la Cadillac, il courut après lui.

L'homme en noir allait quitter l'appartement d'Helen quand il se trouva nez à nez avec Ruben à la porte. Il tenta de passer en force, mais Ruben le repoussa violemment à l'intérieur et, lui sautant dessus, lui arracha sa cagoule.

L'intrus avait une quarantaine d'années, un visage marqué de cicatrices, héritage d'anciennes bagarres au couteau, et une peau fanée qui attestait de nombreuses années passées en prison.

– Bouge pas. Police.

Ruben le retourna sans ménagement et lui passa les menottes.

– Doucement, mec ! J'suis pas armé !

Burt venait d'arriver et se tenait sur le seuil.

Ruben cria :

– Helen ! Ça va ?

L'instant d'après, Helen émergeait de l'obscurité, confuse et désorientée. Elle sourit faiblement :

– Ouais, ça va.

Puis elle se dirigea vers la salle de bains.

– Hé, mec, vous vous gourez, j'avais pas l'intention de lui faire du mal.

– Bien sûr, t'es juste venu livrer une pizza.

Derrière Ruben, Burt se manifesta enfin :

– J'suis là, dit-il. Qu'est-ce qui s'passe, ici ?

Ruben lui jeta un regard méprisant :

– Faites de la lumière, vous voulez ?

Burt tira sur la chaîne de la lampe Tiffany puis, cherchant autour de lui les interrupteurs, s'efforça de se rendre utile, tout en pensant au rapport dont il écoperait. Merde, il aurait une sacrée chance s'ils le renvoyaient à la surveillance des débits de boissons.

Ruben reporta son attention sur son prisonnier.

– Ton nom ?

– Chow... Conrad Chow.

Ruben considéra d'un air incrédule le visage européen et secoua violemment l'homme :

– Me raconte pas de conneries !

– Je le jure devant Dieu ! Conrad Chow !

– Pourquoi t'es entré chez la dame, Conrad ?

– J'ai pas cassé la porte, elle était ouverte.

Ruben lui planta un genou dans les reins et l'homme grimaça de douleur. Au même moment, les policiers demandés en renfort par M.J. faisaient leur apparition.

– J'avais rien contre elle, je le jure. Je venais pour déposer quelque chose, c'est tout.

– Faudra que tu trouves autre chose, Conrad.

– Je vous le dis, c'est un bouquin. Je l'ai posé dans sa chambre, sur son oreiller. Allez-y voir, si vous me croyez pas.

Ruben se tourna vers Burt et lui ordonna d'aller voir. Burt détala en direction de la chambre.

– C'est un pote à moi qui m'a chargé de lui remettre le bouquin.

– Un pote à toi ? Il s'appelle comment ?

– Darryl Lee Cullum. Je l'ai connu au ballon. Il a écrit comment il a tué toutes ces filles, son histoire, quoi. Il voulait que cette dame ait une copie. Mais là-bas, à la prison, ils ont pas voulu qu'il l'expédie par la poste, alors comme, moi, j'étais libéré...

Burt revenait de la chambre d'Helen avec le manuscrit. Ruben retourna Conrad Show sur le dos :

– C'était juste pour rendre service à ton pote, hein ?

– Rien d'autre.

– T'es un homme de parole, dis donc, Conrad.

Ruben se tourna vers Burt :

– Qu'on consigne le bouquin comme preuve.

– Hé, il est pour la dame !

– Elle n'en veut pas.

Ruben se releva et, s'adressant aux uniformes :

– Emmenez-le.

Tandis que les flics remettaient Conrad debout et le poussaient devant eux, Ruben partit à la recherche d'Helen.

Il trouva la porte de la salle de bains fermée à clé :

– Helen ? Ouvrez, je vous prie. Ce type n'est rien qu'un petit voleur.

Pas de réponse.

– S'il vous plaît, Helen, ouvrez.

La réponse, étouffée, lui parvint à travers le battant :

– Vous n'avez qu'à tirer dans la serrure.

Puis elle se mit à rire. Un rire pénible, le son de l'hystérie sur le point d'éclater. S'armant de patience, Ruben attendit. Enfin, elle ouvrit.

Ses jambes la soutenaient à peine. Elle se laissa choir sur le carrelage, les genoux ramenés contre sa poitrine, et se mit à se balancer d'avant en arrière. Elle tremblait et pleurait, son maquillage ravagé par les larmes. Ruben la souleva et la posa sur la tablette de marbre du lavabo, comme il l'aurait fait d'un enfant de quatre ans venant de s'écorcher le genou. Il prit une serviette de toilette, la mouilla et essuya délicatement le visage d'Helen.

– Il était chez moi ! Chez moi !

– Je sais.

Puis, sans avertissement, elle le repoussa et se précipita hors de la salle de bains en se cognant contre les murs. Ruben essaya de la rattraper, mais elle lui échappait chaque fois qu'il allait s'en saisir. Finalement, il parvint à la coincer dans un coin du living.

– Où suis-je en sécurité ? s'écria-t-elle. Où ?

– Tout va bien... Je suis là.

Il la fit asseoir avec lui sur un fauteuil et, la tenant dans ses bras, lui caressa les cheveux et lui massa la nuque, comme s'il essayait une fois de plus d'apaiser un enfant venant d'affronter l'un des ces événements majeurs qui nous dépouille de l'innocence et nous laisse un temps le cœur brisé. Il lui murmura doucement à l'oreille :

– Quand j'étais petit et que j'avais un gros chagrin, mon père me tenait comme ça contre lui jusqu'à ce que je me calme.

Elle se dégagea soudain de lui et le frappa au visage :

– Vous vous prenez pour mon père ?

Elle se dressait de toute sa taille, plus d'un mètre quatre-vingts de défi et d'énergie pure contenue dans sa robe de soie moulante.

Pour la première fois depuis qu'il la connaissait, il la voyait dans toute sa puissance, amazone prête au combat. Elle était belle, vivante, enragée. Ruben la regardait avec stupeur et admiration. Elle lui apparaissait soudain tellement provocante, tellement désirable, qu'il se leva et l'embrassa. Elle lui rendit sauvagement son baiser et se laissa choir de nouveau en sanglotant.

Le nez de Ruben saignait un peu, résultat de sa lutte avec Conrad et de la méchante baffe qu'il venait d'encaisser. Les larmes d'Helen se mêlaient au sang. Le mélange avait un goût riche, salé. Il sourit. C'était finalement arrivé. Le contact s'était établi. Après cette longue tension, le lien venait de se nouer entre eux :

– Helen... il faut que j'y aille.

Il se baissa et, relevant le bas de son pantalon, tira d'un holster de cheville un petit revolver. Pas une arme réglementaire, mais une de réserve, de celles qui, un jour, vous sauvent la vie.

– Savez-vous vous en servir ?

– On vise et on tire.

– Faut relever le cran de sûreté. Comme ça.

Il lui montra. Clic. Clic.

Elle lui fit signe de la tête qu'elle avait pigé et prit le revolver.

– Tenez bon, Helen.

Il l'embrassa sur le front et s'en alla.

« Alors, quoi, maintenant ? » dit-elle à haute voix à l'appartement vide. Elle aurait aimé partir, le suivre, mais elle savait qu'elle n'en était pas encore capable.

Elle regarda l'arme dans sa main. D'une main experte, elle en extraya les cartouches. Le Dr Hudson connaissait les armes à feu et savait parfaitement s'en servir. Elle avait aussi vu un de ses amis se tuer accidentellement avec l'arme qu'il maniait. Elle ouvrit le tiroir d'une commode dans sa salle de bains et, repoussant des pots de crèmes de beauté, elle y rangea le petit revolver. Puis elle s'en fut dans sa chambre et sombra rapidement dans un profond sommeil.

Après qu'il eut tué la fille dans la Honda, Peter Foley se gara dans la Douzième Rue et remonta à pied jusqu'à la Seizième. Il traversait la Quinzième quand il entendit les sirènes. Il s'arrêta sous le porche d'un immeuble voisin et regarda les voitures de police arriver.

Il attendit que la foule des curieux soit assez nombreuse pour s'y mêler et écouter les conversations autour de lui.

Il vit Ruben trouver son mot dans la cabine téléphonique. Puis il se retira discrètement de l'attroupement, avant que le photographe de la Criminelle n'entreprenne, sur l'ordre de M.J., de tirer les portraits des badauds.

Il regagna sa voiture. Son corps vibrait de plaisir. Il avait l'esprit clair, aussi clair que du cristal. Il roula jusqu'à l'aube puis rentra chez lui et dormit pendant deux heures sur le canapé du salon.

Chapitre 9

Un cœur de pierre

Une fois que tu as décidé de tuer, tu dois d'abord faire de ton cœur une pierre. Et quand tes mains frémiront d'impatience, fais de l'assassinat l'un des beaux-arts...

Les détectives Monahan, Gœtz, Nicoletti, Pachulski, Kerby, Kostas et Landis étaient rassemblés autour d'une table dans la salle de briefing. Ils écoutaient un disque des années 8O : « Murders by Numbers », chanté par Sting, leader du défunt groupe Police. Derrière eux, sur le mur, était projeté sur un grand écran le mot laissé par le tueur. Les mots, tapés avec différents types de caractères, dans différentes tailles, témoignaient du soin méticuleux que le meurtrier avait pris à composer son message, qui associait un texte personnel aux paroles de la chanson :

« À présent, tu peux rejoindre les rangs des illustres,
Dans le Panthéon noir des tueurs les plus ingénieux,
Du moins ceux dont on connaît le nom.

Le lieutenant Quinn entra en compagnie du commissioner Victor Petrillo. Les détectives se levèrent aussitôt de leurs chaises, quelque peu tendus par l'arrivée inopinée du patron de la brigade.

Petrillo aurait pu avoir cinquante ans ou moins. La vanité et l'ambition l'avaient conservé beau, d'une manière bureaucratique. Il portait un élégant pardessus gris et des chaussures italiennes. Quinn avait l'air d'une cloche à côté de lui, dans son complet de tweed de médiocre confection.

À force de naviguer dans les eaux troubles de la politique locale, Petrillo n'incarnait plus les vertus policières, mais il avait acquis la capacité de mentir, de manipuler et de menacer quand il le fallait. Et tous les flics présents dans la pièce savaient à quoi était due la présence du patron parmi eux : le commissioner perdait de plus en plus la face, à mesure que l'enquête piétinait.

M.J., consciente de son rôle de leader, éteignit le lecteur de compacts et regarda Petrillo :

– Bonjour, Sir.

Petrillo lui fit signe de la main avec une feinte humilité : que, surtout, elle ne s'interrompe pas pour lui et poursuive.

Elle poursuivit donc :

– Nous écoutions « Murders by Numbers », du groupe Police. Le tueur nous a invités à l'écouter, pour des raisons autres que la musique.

Elle s'adressa ensuite aux hommes réunis autour de la table. « Ses » hommes :

– Il y a certainement un message dans les paroles. Un message que le meurtrier nous invite à déchiffrer. Alors, écoutez et écoutez encore et essayez de découvrir ce qu'il peut y avoir derrière. Quoi d'autre ?

Ce fut Pachulski qui répondit :

– Nous avons mis Helen Hudson sur écoute. Nous pouvons dès maintenant enregistrer tous les appels sur son téléphone et sur son modem.

– C'est tout ? demanda M.J. en jetant un regard autour de la table.

Puis, se tournant vers Petrillo, elle ajouta :

– Des questions, commissioner ?

– Le lieutenant Quinn m'a déjà fait un rapport sur l'enquête, aussi je serai bref.

Soucieux de son effet, il se tut et se mit à marcher de long en large, la tête inclinée, les mains derrière le dos.

– Je n'ai pas besoin de vous dire que les médias

font leur beurre de cette affaire. Aussi, la ville a non seulement un serial killer qui se balade en toute impunité dans les rues mais encore une presse épouvantable à travers le pays. Veillez à ne pas rien divulguer de l'enquête. À personne. Je sais que vous êtes une équipe formidable et que vous faites un travail du tonnerre. Alors, épinglez-moi ce salaud le plus vite possible.

Il ponctua ses derniers mots en brandissant un poing fermé, qu'il laissa suspendu un instant dans l'air, avant d'abaisser de nouveau le bras et de fourrer sa main dans la poche, manifestement rassuré par ses propres paroles et persuadé qu'après cela, l'enquête allait faire un grand bond en avant.

La réunion était terminée. Les détectives ramassèrent leurs notes. Quinn raccompagna le commissioner à l'ascenseur et les deux hommes s'entretinrent à voix basse pendant quelques instants. M.J. sortit de la salle de réunion, les bras chargés de dossiers. Elle comprit que le lieutenant était sur la sellette, à la façon dont Petrillo le tapota sur l'épaule.

Quinn rattrapa M.J., qui se hâtait vers son bureau :

– Il veut que le FBI se mêle de l'affaire. Je crois que je peux dire adieu à mon bureau.

M.J. s'abstint de tout commentaire. Personnelllement, elle aurait aimé que les cracks de l'institut fédéral du comportement jettent un coup d'œil au mot laissé par le tueur. Jusqu'ici, les gars du service anthropométrique n'avaient rien trouvé d'intéressant. Elle savait le moment mal venu de suggérer à Quinn une demande d'aide aux fédéraux, et sentait que le lieutenant s'apprêtait à lui faire part d'une nouvelle qu'elle n'avait pas envie d'entendre.

Des craintes qui trouvèrent confirmation dans la seconde :

– Je vais mettre Ruben avec Nikko sur le coup de Chinatown, demain.

Elle s'arrêta et le regarda :

– Sir, je ne peux vraiment pas me séparer de Ruben en ce moment. Nous en sommes à un point critique et...

– M.J. (Il la poussa dans son bureau.) Vous n'avez rien. Vous le savez et je le sais. Pis, Petrillo le sait.

– Écoutez, si vous avez l'intention de me retirer l'affaire, pourquoi ne pas me le dire en face, une bonne fois pour toutes ?

Il l'ignora, détournant malgré lui le regard.

– Autre chose...

– Quoi ?

– Cette tordue de Hudson.

– Eh bien ?

– Le commissioner pense, et je suis d'accord avec lui, qu'elle fuit comme un bidon troué. Elle cherche probablement une suite à son bouquin. De toute façon, on ne peut pas compter sur elle. Surtout après le dîner.

– Elle prend les calmants que lui prescrit son médecin.

– Et qui lui prescrit le cognac ?

– Sir, elle est la seule personne qui nous ait été utile jusqu'ici.

– Je vous interdis de discuter de cette affaire avec elle. Est-ce que je me fais bien comprendre, inspecteur ?

– Parfaitement, Sir. Et si je ne suis pas d'accord ?

– Mary Jane. Votre père était le meilleur flic que j'aie jamais eu. Vous serez meilleure que lui. Mais vous n'y arriverez pas si vous ne jouez pas selon les règles.

Dans la salle de la brigade, les hommes regagnaient leurs tables de travail, se préparant à une nouvelle et longue et fastidieuse journée de coups de téléphone, de vérifications et contre-vérifications, bref au labeur de base de toute enquête. Les gars plaisantaient un peu pour se défaire de la tension consécutive à la visite de Petrillo. Quelqu'un balança une blague cochonne, auquel un autre fit écho. Ruben grogna, feignant le dégoût, et soudain Quinn fut devant lui :

– Gœtz, dans mon bureau.

Il disparut comme il était venu :

– Qu'est-ce qu'il y a encore ? demanda Ruben à M.J.

– Tu vas le savoir.

Elle se pencha par-dessus l'épaule de Ruben pour regarder le document qu'il était en train de consulter :

– Alors ?

– C'est le rapport des analyses de la drogue injectée dans les veines de la petite Salvino. C'était bien du Windex.

Elle regarda Ruben. Il était le seul de toute la pièce à savoir comme elle qu'ils avaient accès à la seule personne capable de comprendre les actes et l'esprit du tueur. M.J. gagna son box en gardant en travers de la gorge le bref échange qu'elle venait d'avoir avec Quinn.

Elle regarda la photo encadrée de son père sur sa table de travail. Il entourait de ses bras la mère de M.J., sa sœur et elle-même. Il y avait une autre photo encadrée, à côté : son père et elle, dans son premier uniforme, le jour où elle avait été diplômée de l'école de police. Mick Monahan aussi était en uniforme, pour la circonstance seulement, car il avait depuis longtemps raccroché la tenue pour le complet et la cravate des détectives en civil. Il avait son bras autour des épaules de sa fille qui, petite boule de feu et d'ambition, regardait droit dans l'objectif. Cela faisait cinq ans que Mick les avait quittés.

As-tu toujours agi selon les règles, papa ? Elle se souvenait d'avoir entendu quelqu'un – elle ne savait plus qui – dire que les règles étaient faites pour être transgressées, quand elles ne coïncidaient plus avec ce qui était juste. Elle savait aussi qu'elle ne serait jamais devenue flic si tout le monde autour d'elle avait appliqué le règlement. Elle décrocha son téléphone et appela Helen Hudson.

Le Dr Helen Hudson et l'inspecteur principal Mary Jane Monahan étaient assises l'une en face de l'autre dans l'élégant salon du loft de Fort Mason. Il pleuvait dehors, une sale pluie incessante et froide, qui masquait toutes choses derrière un rideau de perles grises.

Helen, sur le canapé, avait à la main une copie de la lettre du tueur. Elle la tourna et la retourna pour vérifier que c'était bien à elle que la missive était adressée, puis la reposa sur la table, pour prendre son verre de cognac :

– Désolée, mais je...

– Ça vous aide ?

M.J. faisait référence au cognac. Elle était incapable de contenir son mépris pour ce refuge qu'Helen cherchait dans l'alcool. Il y avait des femmes en danger de mort dans San Francisco et cette femme, privilégiée, douée, qui détenait la clé pouvant les sauver, vivait enfermée dans une cage dorée sur une mer de drogues et d'alcool. M.J. avait des réserves de compassion, mais elle les gardait pour les victimes. Elle espérait par ailleurs qu'un comportement sans concession envers Helen remettrait celle-ci sur les rails.

Helen eut un sourire ironique.

– Vous n'éprouvez jamais de peur, n'est-ce pas ? Vous êtes probablement de ces gens qui pensent que rien n'arrive sans raison et que nous sommes tous des enfants de Dieu. Grand bien vous fasse.

Elle vida son verre, plus pour appuyer ses paroles que pour étancher sa soif, et reprit :

– Mais, en vérité, c'est la terreur qui mène le monde. Comment pouvez-vous être flic et ne pas savoir cela ?

– J'ai parlé de vous à une amie médecin.

– Ah oui ? Et...

– Tranquillisez-vous, je n'ai pas prononcé votre nom. Selon elle, il y aurait des agoraphobes permanents et des cas comme le vôtre. Une espèce d'agoraphobie temporaire.

– C'est rassurant.

– Ce que vous avez, ce sont des crises de panique. Et je me demande...

– Ecoutez, épargnez-moi les analyses de comptoir...

– Ce que je me demande, c'est pourquoi vous vous sentez mal, au point de vous être vous-même assignée à résidence ?

– C'est quoi, votre conclusion ? Que je peux sortir de chez moi si je le veux ?

M.J. ignora le sarcasme :

– Est-ce à cause de la mort de ce flic ?

– Brillant, mon cher Holmes !

– Parce que Darryl Lee a pressé la détente ?

– J'aurais pu le faire à sa place.

– Et vous pensez que les gens vous en veulent pour ça ?

– Un peu, qu'ils m'en veulent, et ils ne se gênent pas pour me le dire.

– Moi, je suis flic, et je ne vous en veux pas.

– Alors vous devez être l'exception qui confirme la règle.

– Écoutez, j'ai risqué la peau de mes fesses pour vous apporter cette lettre. Aussi j'attends que vous me disiez ce qu'elle signifie.

Helen prit une profonde respiration. Elle ramassa la feuille avec autant de dégoût que si celle-ci avait baigné dans une solution mortelle.

Au début, elle parla si bas, avec tant d'hésitation, que M.J. dut se pencher en avant pour l'entendre :

– *Helen, ne perdez pas la tête.* Il écrit comme s'il me connaissait. Pense-t-il qu'il est mon égal ? Est-ce une menace ? A-t-il l'intention de me trancher la tête ? Dahmer coupait les têtes... Qui d'autre ? Kemper. Rifkin ? Est-ce que Rifkin...

Elle se tut, soudain désorientée, et, froissant le papier dans ses mains, regarda M.J. d'un air perdu :

– C'est très difficile, vous savez.

– Prenez votre temps.

– *Tu dois d'abord faire de ton cœur une pierre.* Ça, c'est le fondement psychopathologique du serial killer. La dissociation, le premier pas.

Comme elle étudiait le court poème en prose, sa voix se fit plus forte, plus assurée.

– Dans l'histoire d'un serial killer, il y a d'abord un enfant à qui l'on a fait du mal, et un mal qui va le prédisposer à faire mal à son tour.

Elle lissa la feuille de sa main et respira fortement

de nouveau, ferma les yeux. M.J., qui l'observait intensément, la vit s'absenter, disparaître pendant un instant, perdue dans les méandres de l'esprit d'un tueur. M.J. réalisa alors combien elle s'était trompée au sujet d'Helen. *J'avais tort. Elle est extraordinairement courageuse.* En vérité, c'était cette étonnante capacité à pénétrer la pathologie des criminels qui contraignait Helen à s'enfermer dans sa coquille. Elle pouvait partager leurs démons, ne faire qu'un avec eux.

Helen sortit de sa transe :

– Son père battait Gacy pour le plaisir. Mme Kemper enfermait son fils adolescent dans une cave, sous le prétexte qu'il embêtait ses sœurs. Je suis sûre que notre tueur imitateur a eu sa part de souffrances. Qu'est-ce qui a provoqué en lui cette volonté de faire de « son cœur une pierre » ? Le rejet, l'humiliation, je suppose. Un enfant qui s'efforce de regagner le contrôle emploie les moyens qu'il a à sa disposition... pipi au lit, tentatives d'incendie, cruauté envers les animaux. Rage et contrôle, contrôle et rage.

– On dirait que vous cherchez des excuses à ce type.

– Non, j'essaye seulement d'établir les causes et les effets. Il faut d'abord considérer l'enfant battu pour pouvoir considérer l'homme derrière le monstre.

M.J. observait le visage d'Helen reprendre des couleurs sous l'intensité du travail :

– *Une fois que tu as décidé de tuer...* Est-ce que ce sont là ses premiers meurtres ? Oui, je le pense. Mais cela doit faire longtemps qu'il les imagine. Il s'en prend à ce qu'il ne peut avoir ou qu'il croit ne pas pouvoir avoir. Ce qui lui semble hors de portée. Kemper disait que, pour rencontrer une femme, il devait d'abord la tuer. Alors seulement, il avait le sentiment d'avoir le contrôle sur elle.

Elle leva les yeux de la feuille pour regarder M.J. :

– Vous voulez que je continue ?

– Oui, s'il vous plaît.

– *Et quand tes mains frémiront d'impatience, fais de l'assassinat l'un des beaux-arts.* L'art. Pourquoi veut-il faire passer ce qu'il fait pour un art ? Selon moi, nous sommes en présence d'un homme cherchant désespérément une approbation. Il a certainement eu une scolarité médiocre et doit avoir un emploi sans grand intérêt. Peut-être sa profession le met-elle en contact avec des femmes. Sa vie est dominée par la colère, une colère dirigée uniquement contre le sexe féminin. Toute femme doit être pour lui l'image d'une mère cruelle et haïe. Dans ses fantasmes, il veut avoir le pouvoir de vie et de mort sur les femmes. Et ce pouvoir, il l'a en les tuant.

M.J. écoutait, fascinée, l'analyse que faisait Helen. Elle avait l'impression d'assister au déchiffrement d'une espèce de code secret donnant accès aux mystères de la psyché.

– *Grisé par ton premier succès, tu dois essayer un doublé, voire un triplé, avant que ta conscience ne t'embarrasse trop...* Un doublé ? Deux le même jour ? Qui a fait ça ? Kemper a tué deux étudiantes. L'Éventreur de Gainsville l'a fait il y a quelques années. Et Bundy a tué trois pensionnaires d'un foyer de Chi Omega. *À présent, tu peux rejoindre les rangs des illustres, dans le Panthéon noir des tueurs les plus ingénieux.* Ma foi, il veut être un héros. Il veut être célèbre.

– Peut-être dresse-t-il le Panthéon des tueurs. L'Étrangleur de Boston, l'Étrangleur de Hillside, le Fils de Sam. Helen, est-ce que l'ordre aurait un sens quelconque ?

– Il ne respecte pas la chronologie. Le Fils de Sam a précédé Hillside.

– Il vous envoie des lettres. Il nous défie.

– S'il veut être célèbre, il doit se faire arrêter.

– Comme ça, vous pourriez écrire un livre dont il serait le héros. C'est peut-être ce qu'il attend de vous.

– Le plus triste, c'est qu'il le sera, célèbre. Il aura sa gueule imprimée sur des T-shirts, tout comme Charles Manson et les autres ordures de ce genre. Quand on ne peut pas être une star du foot ou du rock ou du cinéma, on devient serial killer. Après avoir tué huit femmes,

Ramirez recevait des centaines de demandes en mariage par mois.

Quelque chose dans cette dernière remarque souleva M.J. de son fauteuil. Elle alla à la fenêtre. La pluie avait cessé. Au loin, le mont Tamalpais se dégageait des nuages et fendait le ciel en deux pans bleus. M.J. contemplait l'horizon comme si elle en attendait une révélation.

– Que font les gens quand ils idolâtrent quelqu'un ?

– Ils demandent des autographes.

– Oui. Ou ils écrivent.

– Pensez-vous qu'il écrit aux tueurs qui l'ont précédé ?

– Ça vaudrait la peine de le vérifier, en tout cas.

Le Dr Helen Hudson comprenait ce qui avait créé Peter Foley, même si elle n'avait que ses connaissances, son instinct et son imagination pour reconstituer la vie du tueur. Elle savait fort bien qu'il appartenait à cette catégorie d'hommes étrangers à toute compassion. Peter Foley descendait d'êtres chez qui la douleur et le manque d'amour constituaient le seul héritage que les générations se transmettaient entre elles.

Quand Sandra, la mère de Peter, était très jeune, elle avait cherché l'amour de son père, comme le font toutes les petites filles. Au lieu de la tendresse espérée, elle fut violée et garda sur elle l'odeur de sueur, mêlée de relents de bière, qu'exhalait son père. Une odeur qui ne partit pas quand sa mère la baigna, détournant les yeux des cuisses couvertes d'ecchymoses et de sang séché.

La petite Sandra apprit très tôt à haïr cette mère qui ne bougeait pas de son lit, la nuit, quand le père entrait dans la chambre de Sandra.

Elle apprit aussi autre chose : à s'absenter d'elle-même. Elle entrait dans un état d'absence de pensées, de sentiments... un lieu sans âme où elle se réfugia de plus en plus fréquemment. Elle ne ressentait plus rien.

Quand elle eut à son tour un mari, elle retrouvait son désert intérieur, chaque fois qu'il se couchait sur elle et la pénétrait.

Il n'en naquit pas moins un fils, Peter. Un beau garçon, avec de grands yeux pleins d'interrogation. Intelligent, avec ça, et de caractère enjoué, en dépit de la colère perpétuelle de sa mère.

Peter inspira rapidement à son père une fierté légitime et cela lui valut la haine de sa mère. Quand il eut trois ans, quelque chose se déclencha chez Sandra. En elle était plantée une graine de malheur et de haine, et cette graine venait maintenant d'éclore – véritable fleur du mal qui empoisonnerait la génération suivante.

Dès lors, chaque fois que son mari témoignait de l'affection à son fils, Sandra attendait que le premier soit parti pour se venger sur le second, ses punitions se faisant de plus en plus cruelles, de plus en plus perverses.

Peter aima Sandra, au début ; après tout, elle était « maman ». Elle avait une peau laiteuse et des cheveux de jais. Elle le battait ou l'enfermait dans un placard pendant des heures et, ensuite, le serrait contre elle, l'embrassait, lui donnait du lait et des biscuits et séchait les larmes du bambin en lui jurant qu'elle irait le perdre dans les bois, si jamais il racontait à son père ce qu'elle lui avait fait.

Le père ne tarda pas à remarquer une altération dans le comportement de son fils. Peter était maussade, agité. Il jouait seul dehors pendant des heures.

Un dimanche, son père emmena Peter à la pêche et le pressa de lui dire ce qui n'allait pas.

« Maman me hait », lui répondit Peter.

Ce fut tout ce qu'il put dire à son père, mais cela suffit à ce dernier pour le convaincre de divorcer et de demander la garde de l'enfant. Ce soir-là, en rentrant, il fit part de sa décision à sa femme.

Sandra encaissa la nouvelle sans broncher, mais elle aussi prit une décision dans la nuit. Avait-elle besoin d'un mari ? Que préférait-elle : un homme dans son lit ou un enfant avec lequel elle pourrait se livrer à ces jeux sadiques qui lui donnaient tant de plaisir ?

Le lundi, mettant à profit l'absence de son mari, qui était à son travail, elle s'enfuit avec Peter. Traversa le pays d'est en ouest. Changea de nom.

Peter ne revit jamais son père. Battu et enfermé régulièrement, il finit par croire Sandra, qui prétendait que son père les avait abandonnés. Elle commença aussi de lui apprendre que le sexe était une chose dangereuse et dégoûtante et qu'il n'y avait rien de pire que l'union charnelle d'un homme et d'une femme. Bientôt Peter ne se souvint même plus du nom de son père. Il se savait triste, perdu et une grande colère couvait en lui.

Cette colère, il ne tarda pas à la soulager. Il aimait aller dans les bois, armé d'un bâton, et tuer les insectes et les petits animaux qu'il pouvait trouver. Cela lui faisait du bien. Mais ce n'était pas assez.

Un jour, il se rendit chez Mme Harvey, une voisine, et trouva la chatte de celle-ci avec les chatons qu'elle venait de mettre bas. Il en emmena trois dans les bois et s'amusa avec eux comme sa mère le faisait avec lui. Les chatons moururent, l'un de peur, les deux autres sous la torture. Peter y découvrit un certain plaisir et du soulagement, une chose qu'il n'avait pas ressentie depuis des années. Il avait alors six ans.

Il découvrit les allumettes. Sandra fumait et laissait traîner ses allumettes et ses cigarettes. Peter allait dans le jardin et mettait le feu à des petits tas de feuilles, dans lesquels il jetait des insectes.

Le stade suivant fut la chasse. Il traquait les petits animaux des voisins et les capturait. Il décidait alors d'une mort particulière pour chaque sujet, une mort lente et douloureuse le plus souvent. Il adorait observer le processus de mort et, parfois, disséquait l'animal. L'étrangeté de Peter finit par causer des problèmes à Sandra ; les enfants du voisinage avaient peur de lui. Mais elle préférait que les autres familles interdisent leur maison à son fils, car ainsi leur monde privé restait intact et inviolé. Les soupçons dont Peter faisait l'objet, après les morts violentes et suspectes d'animaux de compagnie, les obligèrent à plusieurs reprises à déménager.

En grandissant, sa passion pour le feu s'accrut. Un jour, parce qu'il avait une fois de plus mouillé son lit, sa mère l'enferma dans un placard sous l'escalier, alors qu'il avait sur lui une boîte d'allumettes. Il trouva de vieux journaux et y mit le feu. Le réduit prit soudain feu et les cris de Peter alarmèrent sa mère. Après cela, elle dut le garder à la maison pendant des semaines, pour soigner ses brûlures.

Quand Peter entra dans l'adolescence, sa mère cessa de le frapper. Il était plus grand qu'elle, à présent, et elle était forcée de changer de tactique.

Elle passa donc à la torture psychologique. Il arrêta de mettre le feu. Arrêta de torturer les animaux. Il devint calme, studieux. Il passait tout le temps qu'il pouvait dans sa chambre, s'efforçant de fuir sa mère dans l'étude. Il lui arrivait aussi de déambuler sous les arcades regardant les bandes de jeunes affairés autour des jeux électroniques. Il n'amenait jamais de camarade à la maison.

Peter était plutôt beau garçon mais sa timidité et son incapacité à parler aux filles le faisaient passer pour un nigaud. Il se lia cependant d'amitié avec un ou deux garçons, complexés comme lui.

Il aimait les mathématiques, la biologie et la chimie. Il aimait tout ce qui était précis, ordonné, contrôlable comme les chiffres. Et, bien sûr, il aimait disséquer. Malheureusement, sa créativité et son imagination avaient été étouffées par la peur et un terrible manque de confiance en soi. Il voulait plaire à ses professeurs, mais n'osait ni ne savait attirer leur attention. Il se disait que cela changerait un jour.

À l'école, Peter apprit une chose : à paraître normal, inoffensif. Il commença à comprendre la conformité et ses avantages. Si l'on porte un masque, personne ne vous ennuie. Vous pouvez penser des horreurs, personne ne s'en doute.

Quand il eut dix-sept ans, il amena une fille à la maison. Elle était un peu forte et aussi timide que Peter, mais très intelligente. Sandra se montra d'abord gentille envers elle, puis lui demanda pourquoi elle fréquentait un débile comme son fils. Elle ne voyait donc pas qu'il était comme son père, et probablement aussi nul que lui au lit ?

La fille prit peur et rentra chez elle. Après son départ, Sandra s'en prit à son fils. Il ne s'était donc pas aperçu que cette mocheté était une putain ?

Peter n'invita plus jamais de fille à la maison. Au lieu de cela, il commença à fantasmer. Il avait envie de se venger de sa mère. Il se livrait à d'étranges rêveries, où il faisait subir aux filles du lycée les mêmes supplices qu'aux animaux, quand il était petit. Après cela, il se sentait étonnamment calme et apaisé. Ces fantasmes l'excitaient au point qu'il en éjaculait parfois.

Toutefois, il ne comprenait pas pourquoi il ne parvenait pas à inclure Sandra dans ses rêveries morbides, alors qu'il haïssait sa mère, qui avait toujours été la source de sa douleur. Il n'empêche, il ne pouvait la tuer, fût-ce en pensée.

Il parvint à entrer à Berkeley. L'université n'était pas très éloignée de l'endroit où il habitait avec sa mère et il pouvait passer les week-ends avec elle. Il était toujours aussi incapable d'aborder les filles, et il trouvait refuge dans l'étude. Les étudiantes qu'il côtoyait étaient belles, intelligentes et sûres de leur pouvoir sur les garçons. Elles étaient pour lui comme quelque langue ancienne, incompréhensible. Que personne ne lui ait appris à comprendre et parler cette langue le rendait fou de rage.

Il décida de préparer une licence de psychologie et exprima un intérêt très vif pour la pathologie criminelle. Un domaine dans lequel il était sûr d'exceller. Il travailla dur, la première année, mais ses notes restèrent médiocres.

Le passage en deuxième année lui fut refusé. Sans bourse, sans argent, il dut abandonner. Entre-temps, sa mère était tombée gravement malade. Cancer du poumon. Il retourna à Oakland et s'occupa de Sandra jusqu'à ce qu'elle meure.

Peter revint alors à Berkeley, où il trouva un emploi subalterne dans un laboratoire de biologie. Un jour, il rencontra l'une des secrétaires, Georgette, une femme excentrique et fragile, de dix ans son aînée. Il perdit son pucelage avec elle. Mais le sexe n'intéressait pas Georgette. La conversation non plus. Elle n'avait qu'une passion : les feuilletons télévisés et les romans à l'eau de rose.

Georgette perdit son emploi à Berkeley et ils s'installèrent à Dale City, où ils purent louer une maison pour un prix modique. Peter trouva un nouvel emploi dans une clinique, près de San Francisco. Ils s'installèrent dans une existence très petite-bourgeoise. Deux petits cœurs de pierre dans un nid kitch. Il se mit à épargner le plus possible pour s'offrir la panoplie du parfait informaticien amateur.

Il flottait le plus souvent dans un monde de rêve dominé par le sadisme. À l'heure du déjeuner, il épiait les étudiantes courant en bikinis sur la plage et les garçons musclés jouant au frisbee. Il rêvait qu'il était le maître de leur monde, qu'ils venaient à quatre pattes dans son palais des plaisirs, et qu'il broyait leurs vies de ses mains nues : il leur ravirait leur force et leur jeunesse ; il deviendrait plus grand, plus fort, un monument de pierre.

Mais ce n'étaient que des rêves, jusqu'au jour où quelqu'un qu'il avait une fois admiré plus que tout au monde vint faire une conférence dans son université. Il avait su, alors, que la réapparition de cette femme était un présage et que les paroles qu'elle était venue transmettre à son public seraient le texte même de la légende qu'il allait bâtir de ses mains.

Chapitre 10

Compagnons de Plume

– Le Dr Hudson voudrait lui parler.

Dans le bureau, à côté d'Helen, Andy appelait Charles Mendoza, sous-directeur du pénitencier de l'État de Floride, ancien foyer du défunt Ted Bundy et actuelle résidence d'autres criminels illustres, tel Danny Harold Rollings, surnommé l'Éventreur de Gainesville par les médias de Floride.

La station de travail d'Helen était en pleine effervescence. Les trois ordinateurs étaient en action. Deux d'entre eux étaient en communication avec les terminaux des centres de détention de tout le pays, le troisième récoltant les informations reçues. Deux fax opéraient en même temps, l'un pour la correspondance sortante, l'autre pour celle qui entrait. Le premier délivrait un listing sans fin qu'Helen transférait au troisième terminal dont le dossier s'intitulait : « Banque de données du Fan Club des serial killers. »

Andy fit signe à Helen. Mendoza était en ligne. Elle prit le combiné :

– Comment ça va, Helen ? Ça fait un bail.

– C'est vrai. Comment vous portez-vous, Charles ? Vous avez reçu mon fax ?

– Oui. Mais nous ne gardons que les lettres contenant des menaces ou la correspondance de nature illégale. Comme ce type qui a récemment envoyé à Dahmer des biscuits empoisonnés. Ce que je vous envoie n'est qu'une liste partielle, mais elle fait quand même une quarantaine de pages.

– Merci.

De l'autre côté de la ville, à la brigade criminelle, l'inspecteur Mary Jane Monahan consultait, de son côté, la liste de tous les grands criminels et des prisons dans lesquelles ils purgeaient leur peine. Elle avait divisé cette liste avec Helen, laissant celle-ci appeler les directeurs de sa connaissance, et ils étaient nombreux. Il n'y avait pas un seul centre de détention abritant des tueurs psychopathes qu'Helen ne connût pas.

Gigi déposa une nouvelle et longue liste sur le bureau de M.J. :

– Les nombreux admirateurs et admiratrices de M. Rifkin.

Jusqu'à ces deux dernières années, Joel Rifkin avait été un garçon doux, qui vivait encore chez ses parents dans son vieux quartier. Les voisins aimaient à raconter qu'ils avaient toujours été rassurés de rentrer seuls chez eux le soir, car ils savaient que Joel était toujours en train de bricoler dans son garage.

Un beau jour d'été, une voiture de patrouille lui fit signe de s'arrêter parce que sa plaque d'immatriculation menaçait de se décrocher. Au lieu d'obtempérer, Joel accéléra. Au terme d'une poursuite d'une vingtaine de minutes, la police réussit à l'intercepter. C'est alors qu'un des policiers s'aperçut de l'odeur épouvantable qui se dégageait du coffre de la voiture de Joel.

Ils venaient de mettre la main sur l'un des tueurs de prostituées les plus actifs de toute l'histoire de l'état de New York. Joel était tellement soulagé d'être pris qu'il emmena les policiers sur les tombes de ses dix-sept victimes.

Comme Peter Foley, Joel était un grand timide avec les femmes. Il n'avait jamais eu d'autres amours que tarifés. Des amours qu'il faisait payer lui-même d'une mort le plus souvent atroce.

Bien entendu, il recevait un abondant courrier de ces légions de pervers qu'on ne trouve qu'aux États-Unis – une espèce particulière de cœurs solitaires qui aiment écrire aux hommes en prison. Et plus les crimes de ces derniers sont horribles, plus ils exercent d'attirance sur leurs compagnons de plume.

M.J. attendait au téléphone qu'on lui passe le directeur qui avait Richard Ramirez pour pensionnaire. Elle fit une croix sur la liste de Rifkin et fit signe à Gigi de ranger celle-ci avec les autres.

Il était cinq heures trente de l'après-midi et Helen était toujours au travail, l'éternel ballon de cognac à portée de la main et un sandwich au saumon fumé à moitié entamé sur un coin de la table, à côté d'un cendrier débordant de mégots.

– Au revoir, amour !

Andy apparut à l'entrée du bureau en compagnie de son ami Hal, qui était noir, grand et beau, vêtu d'un costume indien de toile blanche, ses cheveux crépus coiffés en tresses alourdies de perles. Une espèce de look hippy bien anachronique. Andy aussi s'était sapé ringard, avec une incroyable veste en patchwork de rectangles et de cercles aux couleurs criardes et les tifs également enperlés.

Helen était scotchée à ses écrans, mais Andy était déterminé à la sortir un instant de son obsession :

– Dis au revoir à Hal, ma chérie.

Elle finit par tourner la tête et eut une mimique de stupeur :

– Tu ne vas pas sortir habillé comme ça ?

– C'est le Festival de l'Amour, man. Le pouvoir au peuple et tout le bataclan.

Ils lui firent le signe de la paix :

– Alors, amusez-vous bien. Je dirai une petite prière pour que la police du bon goût ne vous tombe pas dessus.

Ils la laissèrent seule avec son Fan-Club des serial killers. M.J. venait de faxer une liste de noms et Helen la parcourait d'un regard avide. Elle était sur les nerfs, car elle sentait au fond d'elle-même que leur traque était sur le point d'aboutir. Elle alluma une Marlboro.

Elle parcourut le programme rassemblant les noms de tous les correspondants qui avaient écrit à plus d'un prisonnier. Élimina de cette liste toutes les femmes. Les colonnes se reformèrent. Elle passa en revue les noms restants. Quand elle parvint à la lettre « K », un nom retint son attention : PETER KURTEN. Elle secoua la tête et marmonna :

– Pour l'amour du ciel.

Puis elle décrocha son téléphone et appela M.J.

M.J. était chez Helen vingt minutes après le coup de fil :

– Le choix du nom – Kurten – indique que c'est lui. Il a trouvé un nouveau jeu.

– Mais pourquoi prendre le nom d'un tueur allemand des années 30 ?

– Peut-être parce que Kurten, lui aussi, changeait souvent son *modus operandi*. Juste pour déconcerter la police. Il tuait principalement des femmes, mais ne dédaignait ni les hommes, ni les enfants, ni les animaux.

– Une âme douce.

– Ce n'est pas pour rien qu'on l'a surnommé le Monstre de Düsseldorf.

M.J. désigna l'écran :

– Est-ce qu'on peut savoir à qui Kurten a écrit et combien de fois ?

Helen sourit de l'inexpérience de M.J. en informatique. La glace était rompue entre les deux femmes. Elle tapa :

« PRISONNIERS RECEVANT DU COURRIER DE PETER KURTEN »

Presque instantanément une nouvelle liste apparut à l'écran.

CULLUM 5
DAHMER 1
GACY 2
MANSON 1
RIFKIN 2

Elles contemplaient toutes deux le premier nom et ce fut M.J. qui formula la première ce qu'elles se demandaient toutes deux.

– J'aimerais bien savoir pourquoi Darryl Lee Cullum et Kurten sont d'aussi fidèles compagnons de plume.

Helen eut une grimace involontaire.

– Non, ça, c'est au-dessus de mes forces.

– C'est moi qui lui parlerai.

Il fallut du temps et pas mal d'efforts pour obtenir le feu vert de l'administration pénitentiaire, mais, à vingt heures, ce même soir, rendez-vous fut pris avec Cullum : il serait interviewé en direct de la prison, via une caméra vidéo connectée au terminal d'Helen.

Helen s'était depuis longtemps équipée d'un matériel de telécommunication audiovisuelle. Elle ne l'avait cependant que fort peu utilisé ces derniers mois, en raison de la baisse de son activité professionnelle. L'interview de Darryl Lee serait la première du genre, car l'image ne serait pas réciproque : M.J. et elle pourraient voir Darryl Lee, mais lui ne les verrait pas et devrait se contenter d'entendre la voix de l'inspecteur Monahan.

Helen entendait bien rester en retrait et laisser parler M.J., en dépit du désir morbide qu'elle ressentait à l'idée d'avoir de nouveau Darryl Lee en observation sous son microscope.

Helen et M.J. étaient assises côte à côte devant l'ordinateur central, dont l'écran diffusait l'image fixe d'une salle de sécurité, quelque part dans la prison de San Quentin. La salle était vide. Helen fumait cigarette sur cigarette, sa jambe n'était plus qu'un balancier nerveux. Il émanait du micro branché un très léger chuintement. Leur conversation serait enregistrée sur bandes vidéo et magnétique.

Soudain éclata un brouhaha de voix, au milieu desquelles se détachait l'accent traînant de Darryl Lee. La moitié d'un homme, vêtu de la veste de toile grise des détenus, les chaînes aux poignets et aux chevilles, apparut, flanqué de deux gardes. Et, comme l'homme prenait place sur une chaise, le visage de Darryl Lee occupa tout l'écran.

Une voix off ordonna à Darryl Lee de regarder la caméra. Darryl pencha la tête de droite et de gauche et sourit à l'objectif. Il avait les cheveux aplatis en arrière par un fixateur qu'il avait emprunté à l'un de ses compagnons du cours de Bible. Il voulait être beau pour Helen.

– Elle peut me voir ? Cool ! Hey, doc, comment ça va ?

– Ici, l'inspecteur Monahan. Le Dr Hudson m'a demandé de parler à sa place.

– J'marche pas. J'parle pas aux flics.

Il se pencha de côté pour s'adresser à l'un de ses gardiens.

– Hé, mec, tu m'as menti. Tu disais...

M.J. l'interrompit.

– Peter Kurten, ça vous dit quelque chose ?

– Sûr. Mais c'est tout ce qu'je dirai si ma dame à moi parle pas au téléphone.

M.J. regarda Helen. Elle n'avait pas besoin de la prier d'intervenir. Helen savait que, en refusant de coopérer, elle se comporterait comme une enfant égoïste. Elle respira un grand coup et prit la parole :

– Bonsoir, Darryl Lee.

– Hé, doc. Dites, d'auteur à auteur, comment vous avez trouvé mon bouquin ?

– Quel bouquin ?

Darryl eut une expression indignée. Il pensa qu'elle l'insultait :

– Mais mon bouquin. Celui qu'j'ai écrit. J'vous l'ai envoyé par porteur spécial. Vous l'avez pas eu ?

M.J. se pencha vers Helen et lui murmura qu'elle lui expliquerait plus tard, au sujet du livre.

Darryl continuait sa propre promotion.

– C'est vachement bien écrit. Vous devriez le lire. Vous êtes dedans.

– Je le lirai, mais, maintenant, je voudrais qu'on parle un peu de ce Peter Kurten.

– Pourquoi, il vous ennuie ?

– En quelque sorte. J'aimerais entrer en contact avec lui. Vous avez une idée, Darryl Lee ?

Darryl Lee éprouvait une certaine jalousie à l'égard de Peter Kurten. Mais il était aussi sincèrement émoustillé à l'idée qu'Helen fasse appel à ses services et il avait bien l'intention de faire durer le plus longtemps possible cet entretien, qui, rompant avec la routine opprimante de San Quentin, lui apportait un regain de gloire dans son bloc.

– Écoutez, vous voulez un conseil ? Laissez tomber ce mec. C'est un dingue ! Il me dit qu'il me donnera cinq cents dollars pour un peu de mon... (il hésita, puis jeta un regard à son entrejambes)... de mon esprit, quoi. Il me dit qu'il peut me rendre immortel s'il a un peu de mon... esprit. Vous voyez de quoi j'parle ? Ça me gênerait, de le dire tout haut.

– Je devine ce à quoi vous faites allusion. Et qu'avez-vous fait ?

– Vous savez, les tordus, je les renifle à un kilomètre. C'que j'ai fait, je lui ai envoyé un peu de savon liquide dans un papier cellophane avec un message de Jésus pour l'aider. Vous savez que j'ai trouvé Jésus sur ma route ?

– Et à quelle adresse avez-vous envoyé votre... colis ?

– Non, pas d'adresse. Vous savez, le type qui doit vous apporter le bouquin, Conrad ? Eh ben, il doit aussi voir Kurten et lui remettre mon petit paquet.

À la mention de Conrad, M.J. alla décrocher le téléphone dans le living et appela la brigade. Conrad Chow était toujours détenu ; personne n'avait versé de caution pour le libérer et il n'était pas encore passé devant le juge.

Darryl Lee continuait de bavarder.

– Alors, doc, comment va la vie ? Venez me voir, on causera. Je pense à vous tout le temps. Je m'inquiète pour vous. Vous savez, vous êtes bénie par Jésus.

M.J. raccrocha et fit signe à Helen de couper la communication avec Darryl Lee. Mais le docteur avait pris le relais en Helen. Elle observait, fascinée, l'homme à l'écran, tout en prenant des notes d'une main aveugle sur un grand carnet.

M.J. haussa les épaules, rassembla ses affaires et sortit.

– C'est pour ça qu'il faut venir me parler, parce que Jésus vous a protégée. Satan était dans mon cœur et levait mon bras pour que je vous frappe, mais Jésus a pris ma main pour que je vous épargne. Je suis la mort et la vie pour vous, doc. La mort et la vie...

Helen resta en contact avec Darryl Lee pendant dix minutes encore, puis l'un des gardes coupa la communication.

Darryl Lee fut ramené dans sa cellule sous les ricanements de ses compagnons. Il aurait aimé prolonger le plus longtemps possible ces instants sous les projecteurs, mais ses gardiens étaient insensibles au récit de ses exploits.

Son voisin de cellule avait réussi à se faire envoyer en observation à la clinique psychiatrique pour avoir hurlé pendant douze heures et s'être gratté jusqu'au sang les bras et les jambes. Il avait remplacé Conrad Chow, qui avait été un type à la coule et un pote. Aussi Darryl Lee devrait-il célébrer seul sa performance audiovisuelle, car il ne fallait pas compter sur cet abruti de Joe Dellums, à côté. Joe était occupé à se curer les ongles des pieds avec un bout d'allumette, nettoyant d'un coup de langue la crasse recueillie.

Darryl Lee prit sa Bible et le livre d'Helen, ses deux éternels réconforts. Il caressa du plat de la main la couverture lisse et retourna le livre pour contempler le portrait d'Helen. Il la trouvait tellement belle, et cela l'excitait si profondément qu'elle lui prête encore autant d'attention... Il jeta un regard du côté des barreaux de sa cage pour voir s'il n'y avait pas de garde et ôta la jaquette, à l'intérieur de laquelle il avait dissimulé la lettre de Peter Kurten. Depuis l'incident au couteau au cours de Bible, ils avaient fouillé sa Bible régulièrement, mais prêté peu d'attention à ses autres lectures. Il avait jeté les premières lettres de Kurten, pensant que le type était un fumiste, mais les dernières missives lui avaient paru intéressantes. Celle qu'il avait entre les mains était la plus récente. Elle avait été tapée sur un ordinateur dans un centre public d'Oakland.

Cher Monsieur Cullum,

Merci de votre brève lettre et de votre compréhension envers un esprit confraternel. Vous ne pourrez pas répondre à la présente, car j'ai interrompu ma boîte postale.

J'apprécie et admire de plus en plus votre travail. Vous avez eu la chance d'être en relation avec une femme extraordinaire. Je dois vous avouer que je vous envie d'avoir su établir avec elle un contact qui, personnellement, ne m'a pas été possible jusqu'ici.

J'ai lu et relu les pages 246 à 252 dans la Bible. Pardonnez-moi ma franchise, mais je crois savoir où vous conduisait votre travail, avant votre arrestation.

Je dois maintenant aborder un sujet délicat dont je vous ai déjà parlé. Si vous pouviez me faire parvenir un exemplaire de votre semence, je vous le paierais volontiers mille dollars, la moitié d'avance. Je ne peux vous dire quel usage j'en ferai, mais je vous assure que vous me remercierez quand vous l'apprendrez. En tout cas, je puis vous assurer que ce n'est pas à des fins de fertilisation.

Si ma proposition vous intéresse, quelqu'un peut me contacter les lundi, mercredi et jeudi de la semaine prochaine entre 13 h 30 et 13 h 50 au numéro suivant : (415) 822-7603. Passé ces dates et ces heures, ce ne sera pas possible. Sachez seulement que vous serez pleinement satisfait du résultat, même si je ne peux rien vous en dire, maintenant.

Pourriez-vous détruire ce mot comme vous l'avez fait des autres ?

Je ne vous remercierai jamais assez pour ce que vous avez fait pour moi et ce que je vous demande par la présente. Pardonnez-moi de ne pas être plus explicite, mais je sais que vous me comprendrez quand vous saurez.

Sincèrement vôtre,
Peter Kurten.

Darryl aimait que ce Peter Kurten lui donne encore du « Monsieur Cullum » à la cinquième lettre. Il appréciait aussi la flatterie et le fait que Peter avait lu le passage le concernant dans le livre d'Helen. Il se disait aussi que le gars Kurten devait être pas mal cultivé pour écrire avec tant de manières.

Le fait que Peter Kurten fût manifestement un tordu ne l'avait pas inquiété une seconde, en dépit de ce qu'il en avait dit à Helen. Il y avait autre chose. Darryl avait l'intuition que le bonhomme courait après un titre de gloire qui n'appartenait qu'à lui, Darryl Lee Cullum. Il ne savait pas au juste ce qu'allait faire Kurten, mais il en avait une petite idée. Si Peter voulait faire le con et attirer l'attention d'Helen, ce qu'il avait apparemment déjà essayé de faire, il pouvait toujours se toucher lui-même : jamais il n'aurait la semence sacrée de « Monsieur » Cullum.

Darryl Lee pensait que Kurten devait être impuissant.

Il considéra la lettre une seconde de plus et entreprit de la déchirer en menus morceaux, dont il se débarrasserait par petites quantités chaque fois qu'il irait aux chiottes.

Le numéro de téléphone mentionné dans la lettre était celui d'une cabine publique dans Ghirardelli Square, un numéro que Peter avait déniché à travers dix autres cabines pour aboutir à trois autres, une pour chaque jour mentionné, situées sur le campus de San Francisco, près de la clinique où il travaillait. Une procédure complexe, qui nécessitait le piratage du système téléphonique international, une chose que Peter avait apprise dans un magazine underground pour pirates informaticiens. Si un gardien et, conséquemment, la police découvrait la lettre sur Darryl Lee, il lui serait impossible de remonter jusqu'à l'autre bout de la ligne avant que la conversation ne soit terminée.

Le mercredi suivant l'envoi de la missive à Darryl Lee, l'homme qui se faisait appeler Peter Kurten reçut à 13 h 45 un appel d'un dénommé Conrad Chow.

Chapitre 11

Chinatown

Un cargo en provenance de la Chine pénétrait de nuit dans la baie de San Francisco. Parvenu à quelques encablures du port, il stoppait ses machines. Des hommes des tongs et des triades, pour une fois unis dans la même et sale besogne, faisaient monter sur le pont leur chargement de clandestins et les balançaient à la mer comme de vulgaires sacs de poisson séché. Les plus vigoureux ou les plus chanceux parvenaient à gagner le rivage. Les plus faibles suffoquaient, s'épuisaient rapidement et coulaient dans les eaux sombres et froides.

C'était toujours ainsi que débarquaient les clandestins chinois.

Le temps que le bateau en provenance de Hong Kong pénètre dans le port, Nicoletti avait rassemblé son équipe d'intervention. Son indic, Kwok Tung, l'avait informé la veille que l'opération aurait lieu cette nuit.

Ruben, dans son coupe-vent noir au sigle du San Francisco Police Department, essayait de se fondre parmi les autres flics, soldat parmi les soldats. Il n'avait nulle envie d'être auprès de Nikko. Il se souvenait de l'histoire de David et de Bethsabée. David, convoitant Bethsabée, envoya Urie, le mari de celle-ci, se battre aux avant-postes et y trouver la mort. Nikko grogna quand Ruben passa devant lui et il lui désigna l'un des vans. Ils ne monteraient pas dans le même véhicule. Les autres flics s'entassèrent dans des conduites intérieures. Puis ils prirent Market Street et la direction de Stockton.

Ironiquement, le point de rendez-vous, le lieu où les clandestins qui auraient survécu à leur bain de minuit devaient se retrouver, était le nouveau temple bouddhique élevé dans Ross Alley, l'une des artères du quartier chinois dévolues au commerce du tissu et à la fabrication des *fortune cookies* [1], y compris ceux classés X.

Le temple, situé au troisième étage d'un entrepôt, n'en présentait pas moins tous les signes extérieurs de la foi, y compris son grand prêtre en robe safran psalmodiant des prières à la gloire des généreux donateurs de Hong Kong qui avaient permis la fondation d'un nouveau lieu saint. En vérité, le Nouveau Temple bouddhique était complètement contrôlé par la triade Wo Hop To, qui ne détestait pas avoir les bons esprits de son côté. Dans le Sud-Est asiatique, nombre de temples et d'ashrams n'existent que grâce à l'argent de la drogue.

Le gang local des fraternités tongs avait ainsi rassemblé les clandestins dans le temple, où ils s'étaient vu distribuer des vêtements secs ainsi qu'un repas chaud. Certains avaient même reçu, en fonction de ce qu'ils avaient payé pour leur passage au pays de la liberté et des grandes illusions, une conséquente somme d'argent en dollars. Quelques-uns avaient des parents qui étaient venus les chercher. D'autres seraient emmenés dans les cuisines des restaurants contrôlés par les tongs, où ils seraient employés aux tâches ingrates pour un salaire de misère. Mais la plupart passeraient la nuit au temple jusqu'à ce qu'on les place çà et là.

Les deux garçons issus de la triade de Hong Kong furent les derniers à arriver. Pas de plongeon dans les eaux noires, pour eux. Ils avaient débarqué quand le bateau était arrivé à quai. Ils avaient des visas en règle et aucun d'eux ne faisait l'objet d'une fiche Interpol.

Le prêtre s'agenouilla devant un Bouddha placide et se mit en devoir de prier.

Dans la rue, les voitures de police arrivèrent tous feux éteints et les hommes eurent tôt fait de neutraliser les gardes tongs postés dans la ruelle. L'un d'eux, toutefois, parvint à s'échapper et à donner l'alerte. Il y eut un bref

1. Beignets chinois renfermant un horoscope ou une devise.

échange de coups de feu, mais personne ne fut touché. Personne, parmi les Chinois, ne s'évada non plus.

L'équipe de Nicoletti envahit la brigade avec sa prise de guerre, bouleversant la relative tranquillité de secrétaires comme Gigi. Les uniformes qui travaillaient là étaient habitués à voir défiler toutes sortes de victimes et de pauvres hères jetés à un moment de leur vie sur les rivages policiers, mais ils n'étaient pas préparés à cette horde hagarde et blême des clandestins.

Épuisés par le voyage, leur nage désespérée vers la terre ferme et l'émotion de leur capture, ils tenaient à peine sur leurs jambes et tremblaient de peur. Pas un ne comprenait un seul mot d'anglais. Il n'y avait dans toute la brigade qu'un ou deux officiers parlant chinois. La grande salle prit des allures de tour de Babel.

Les gangsters tongs et les très jeunes hommes de main de la triade contrastaient scandaleusement avec la troupe apeurée des clandestins. Bien nourris, bien habillés, ils n'avaient que mépris pour tout ce qui les entourait. Parmi eux se trouvaient les deux jeunes gens récemment intronisés dans la Wo Hop To ; ils se taisaient et se tenaient à distance des petits durs des gangs demandant déjà à téléphoner à leur avocats, riant fort et, bravaches, esquissant à l'adresse des flics des mouvements de kung fu.

M.J. joua des coudes dans la foule mouvante pour rejoindre Ruben qui retenait par le bras le sergent Ng, d'origine chinoise, et tentait de le convaincre de servir d'interprète.

– Impossible, mon frère. Je parle mandarin. Ces types sont cantonais.

– Et comment je vais prendre leurs dépositions ?

– J'aimerais pouvoir t'aider.

Ng écarta la main de Ruben de son bras et s'éloigna, tandis que M.J. devait hurler pour se faire entendre par-dessus le brouhaha.

– J'ai besoin de toi en bas. Tu peux venir ?

– Oui, si Quinn me libère des griffes de Fu Manchu, je ferai tout ce que tu veux.

– Tout ce que je veux ?

Il rit et la regarda s'éloigner à travers la cohue. Il pensa qu'il avait bien de la chance. Les deux femmes les plus sexy qu'il connaissait étaient, d'une certaine façon, à portée de ses mains.

Ruben empoigna l'un des jeunes tongs :

– Par ici, toi.

Alors qu'elle se rendait chez Quinn, M.J. passa devant le box de Nicoletti, en train de ranger son arme dans le tiroir de son bureau. Il chercha dans sa poche la clé du tiroir, tout en gardant l'œil sur le jeune Chinois assis à côté de lui. Le gosse portait un chandail à col roulé en mohair blanc et un costume gris qui n'était pas de confection. Ses épais cheveux noirs étaient coiffés en arrière, à la rocker. C'était l'un des deux nouveaux Quarante-Neuf de la Wo Hop To, celui qui avait déjà passé cinq ans à Los Angeles.

– Tu parles anglais ? An-glais ?

Le jeune dur lui jeta un regard méprisant et garda le silence.

– Eh bien, va te faire mettre, nuoc man.

M.J. secoua la tête d'un air navré et s'arrêta sur le seuil du bureau de Quinn. Le lieutenant était en conversation téléphonique avec Petrillo :

– Je ne voulais pas ces putains de clandestins ! Je voulais juste les salauds qui les jettent dans la baie !

Il leva les yeux vers M.J. et lui fit signe d'entrer.

– Écoutez, Sir, dites à ces petits merdeux de l'Immigration de rappliquer ici en quatrième vitesse, d'accord ? Attendez une seconde, Sir...

Quinn se leva en même temps que M.J. pour regarder dans la grande salle où un incident venait d'éclater. L'un des meneurs tongs, une sale tronche à la coiffure rasta et aux lunettes noires, que Ruben interrogeait, avait décidé de jouer les méchants. Repoussant Ruben, il savata l'uniforme le plus proche qui, sous le coup, tomba à la renverse dans le box de Nikko et fit tomber de sa chaise le jeune au chandail blanc. Nikko se leva pour aider à maîtriser le forcené.

Quand Ruben sortit de la mêlée, il releva sans ménagement le tout nouveau Wo Hop To, tombé par terre, qui le gênait pour passer et le repoussa contre le bureau de Nikko. Le gosse, qui se retrouva de dos contre la table, ouvrit le tiroir et, les poignets menottés, tâtonna à l'intérieur, sentit sous ses doigts le métal froid du pistolet et referma le tiroir pour se rasseoir tranquillement. Personne ne l'avait vu opérer.

Quand Quinn sentit que le calme était revenu, il retourna dans son bureau avec M.J. et avala deux aspirines.

– Il me faut Ruben, dit-elle.

Soudain, Quinn se souvint de son interlocuteur à l'autre bout de la ligne.

– Allô, Sir ? Non... tout va bien...

Quand il se tourna vers M.J., elle était déjà partie. Juste avant de sortir de la salle, elle cria par-dessus le tumulte :

– Ruben ! Je suis en bas dans les cages avec le gars Chow. Descend dès que tu peux, d'accord ?

– Tu as faim ?

– Toujours.

– Je t'apporterai quelque chose.

Il régnait un étrange silence dans les entrailles de la station, comparé au tumulte d'en haut. C'était le silence de l'attente. Les murs étaient sales et couverts de graffitis. Une odeur d'urine, de vomi et de crasse saisit M.J. à la gorge. Elle ne se ferait jamais à cette puanteur.

Elle gagna la cellule où Conrad Chow, recouvert d'une couverture marron, était assis sur un bat-flanc. L'un des gardiens l'avait enchaîné pour que M.J. puisse entrer dans la cage. Elle déambula lentement devant lui sans rien dire.

Il la regarda et finit par lâcher d'un ton indigné :

– Code 415, numéro 347-6868.

– C'est très bien, Conrad. Vous allez appeler Kurten et lui proposer un rendez-vous. Je serai à l'écoute...

– Non, c'est vous qui allez appeler. Mike Katz. 347-6868.

M.J. partit à rire :

– Un avocat ? Vous n'en avez pas besoin, Chow. J'ai vu votre casier. Qu'un juge découvre vos antécédents, et vous plongez. Et je m'assurerai que vous écopiez du maximum.

– J'ai jamais frappé personne, jamais porté une arme...

– Fermez-la, Chow. Vous...

– J'ai jamais frappé personne...

– Vous avez un casier long comme le bras. Je me demande même comment vous n'êtes encore jamais tombé sur moi. Vous avez accumulé les vols avec effraction et les escroqueries...

– J'ai jamais porté une arme !

M.J. céda soudain à l'un de ces mouvements de colère qu'elle parvenait toujours à contrôler, même en présence des criminels les plus antipathiques auxquels elle se trouvait parfois confrontée. Elle gifla Conrad.

Il la regarda avec stupeur, puis coula un regard furtif dans le couloir pour vérifier si quelqu'un avait vu la gifle. Apparemment, personne n'avait rien remarqué et il secoua la tête en pensant qu'après toutes ces années de guerre contre la police, jamais un seul flic n'avait porté la main sur lui, encore moins un bout de femme qui ne faisait pas un mètre cinquante au garrot.

– Vous ne m'écoutez pas, Conrad. Votre visite chez le Dr Hudson, c'est un délit. Violation de domicile. Punie de trois ans, et vous en avez déjà seize en sursis sur le paletot. Faites le calcul, c'est dix-neuf ans que vous risquez, Chow. À moins que vous ne me donniez une bonne raison d'oublier votre petite incursion chez Helen Hudson.

Il la considéra attentivement. Son intuition, qui ne lui avait jamais fait défaut depuis la maison de redressement jusqu'à San Quentin, lui disait qu'elle ne le giflerait pas de nouveau. Il la joua au bluff :

– 347-6868.

M.J. se détourna de lui et, regagnant la porte, pressa le bouton d'appel du gardien. Tendue à bloc, elle résista à la tentation de se retourner. Enfin, elle l'entendit qui disait :

– La porte du Dr Hudson était déjà ouverte.

– Pas celle de l'immeuble. Celle-là, vous l'avez ouverte avec un passe-partout.

– Je voudrais qu'on me lise mes droits.

– Vous les avez.

– Vous n'avez pas le pouvoir de traiter avec moi.

– Vous n'avez rien à traiter, Chow.

– Je veux parler à un responsable.

– Personne ne vous parlera, Chow. À part moi. Faudrait vous y habituer.

– 347-6868. Parlez à Katz. Il vous le dira, lui, que j'ai jamais frappé personne. Jamais porté une arme.

– Vous vous répétez trop, Chow.

Le gardien arriva et déverrouilla la porte.

– Qu'on me laisse sortir et je parlerai ! plaida Conrad Chow.

M.J. sortit :

– Je ne travaille pas comme ça. Je vous ai donné une chance, Chow. À présent, allez vous faire foutre.

Elle s'éloigna. Il lui cria :

– Le type doit me filer cinq cents dollars. Je pourrai les garder ?

M.J. se retourna :

– Vous l'avez déjà appelé ?

– J'ai rendez-vous avec lui à dix heures du soir, vendredi, sur les quais, à Danver's Meatpacking.

– Quel vendredi ?

– Quel jour on est ? En prison, on perd le compte. Vendredi de cette semaine.

M.J. s'en fut en courant. Il était 21 h 45 à sa montre.

– Hé ! m'oubliez pas ! Je vous ai dit ce que vous vouliez. M'oubliez pas !

Gigi tendit à Ruben une petite boîte de donuts et un gobelet de café fumant.

– Ah, Gigi, t'es un ange.

Il prit la boîte de donuts et se pencha par-dessus le jeune au chandail blanc, assis tranquillement, regardant droit devant lui. Le dos de sa chaise était toujours appuyé contre le tiroir non fermé de Nikko. Ruben lui ôta les menottes et lui offrit un donut. Le gosse eut une grimace de dégoût.

– Tiens-toi bien. Si tu refuses mon hospitalité, je vais te remettre au lit.

Ruben le prit par le bras et le mit debout. Le jeune se dégagea et ouvrit à la volée le tiroir de Nikko. Le tiroir tomba par terre avec fracas, mais le jeune s'était saisi de l'arme. Rapide comme l'éclair, il se glissa derrière Ruben et passa son bras en travers de la gorge du détective.

Ruben avait encore à la main gauche la boîte de donuts. Dans la confusion qui continuait de régner dans la grande salle, il fallut un moment aux autres pour découvrir ce qui se passait. Finalement un grand silence tomba. Ruben, malgré le bras qui lui pressait la gorge, parvint à articuler :

– Doucement, petit. Personne ne te fera de mal. Repose l'arme doucement sur le bureau et tout ira bien.

L'inspecteur Ng traduisit les paroles de Ruben en chinois. Et le gosse parla pour la première fois. En anglais :

– Dégagez la porte !

Et, tenant toujours le canon du pistolet contre la tempe de Ruben, il entreprit de gagner la sortie. Ses yeux balayaient la pièce comme un radar affolé. À l'adrénaline se mêlaient les effets des amphétamines qu'il avait avalées plus tôt dans la soirée.

À travers la porte en verre à deux battants opposée à celle vers laquelle le jeune truand le poussait, Ruben vit M.J. arriver en courant dans le couloir. Elle s'immobilisa soudain en réalisant ce qui se passait.

Elle tira son arme et se mit en position de tir, les bras tendus devant elle. Elle réalisa qu'elle devrait se rapprocher lentement et prit vers la droite pour avoir une meilleure vue du gosse. Ruben était dans sa ligne de tir, ainsi que d'autres flics dans la salle. Ces derniers, comprenant les intentions de leur collègue, s'écartèrent subrepticement du chemin, mais elle n'avait toujours pas une bonne visée.

Ruben et le jeune Wo Hop To continuaient de reculer en direction de la porte de sortie. Le ganster n'avait pas encore repéré la présence de M.J. Elle hurla à travers la salle :

– Hé, toi !

Le gosse se retourna, exposant son flanc droit. M.J. eut une vue précise de la tête, du cou et de la partie supérieure du torse. Elle tira, toucha l'épaule droite. Le nerf brachial. Les donuts volèrent dans toutes les directions. L'impact projeta le jeune en arrière. Il tomba derrière Ruben, hors de vue de M.J. Elle ne pouvait tirer de nouveau. Le gosse avait lâché le pistolet, mais celui-ci s'en vint glisser jusqu'à portée de sa main droite. Il s'en saisit, tandis que Ruben portait la main à sa cheville, mais son arme n'y était plus. Il l'avait donnée à Helen. Le Wo Hop To tira dans le dos de Ruben avec le pistolet de Nikko. La balle traversa sa poitrine en laissant une rosette rouge sur la chemise blanche. Ruben se plia sous l'impact puis s'abattit, face contre terre.

Le gosse jeta immédiatement son arme et se tint, les bras en l'air en signe de reddition, le visage fendu d'un sourire de dément. Une tache rouge maculait son chandail de luxe et le revers de son costume de soie grise. Plusieurs flics se jetèrent sur lui et l'aplatirent sur le sol, tandis que la petite frappe se mettait à crier :

– J'suis mineur ! J'suis mineur !

Quinn et M.J. se précipitèrent auprès de Ruben. Quinn lui prit le pouls. Ruben était mort sur le coup, les poumons et le cœur transpercés par la balle. Le sang coulait de sa blessure. M.J. s'agenouilla dans le sang qui se répandait maintenant sur le sol et serra la tête de son ami et collègue contre elle :

– Oh Dieu, pourquoi je ne l'ai pas tué ? Pourquoi je ne l'ai pas tué ?

Quinn lui enleva doucement le pistolet qu'elle serrait encore dans la main. Nikko se tenait non loin de là, figé par la stupeur, trop ému pour mesurer la terrible culpabilité et l'énorme tristesse qui l'écraseraient bientôt. Il se pencha et, prenant M.J. par les épaules, il la releva doucement pour que les hommes du coroner puissent accomplir leur tâche, aussi vaine fût-elle. Puis il l'emmena dans le bureau de Quinn, où il la fit asseoir, tandis qu'on emmenait le jeune tueur.

M.J. resta sans bouger, comme paralysée, pendant plusieurs minutes. Gigi vint auprès d'elle, mais elle ne s'en aperçut même pas. On lui tendit un verre d'eau et deux comprimés. Elle but et avala sans s'en rendre compte. Elle éprouvait une formidable envie de dormir.

Puis le flic en elle refit surface et, avec lui, le désir de combattre. Le rideau de tristesse s'écarta, une petite voix se fraya un chemin jusqu'à sa conscience, elle se rappela le rendez-vous avec Peter Kurten. Elle se força à se lever, à faire quelques pas dans la salle de la brigade et appela Gigi :

– Message à toutes les voitures. J'ai besoin de tout le monde disponible pour ratisser la zone autour de Danver's Meatpacking, China Basin, tout de suite ! Recherche d'un homme adulte, race blanche, entre vingt et trente-cinq ans. Porte le faux nom de Peter Kurten.

Il était vingt-deux heures trente.

À l'intérieur d'un entrepôt sombre et désert, Peter Foley attendait Conrad Chow, porteur de l'« esprit » de Darryl Lee Cullum. De temps à autre, il sortait de sa cachette pour faire quelques pas sur le quai devant l'immense porte du hangar et, après avoir regardé de droite et de gauche, disparaissait de nouveau dans l'ombre.

Il portait un manteau beige par-dessus son pantalon et sa chemise. Il avait les cheveux lissés en arrière dans une vague tentative de paraître « chic ». Cette nuit, il irait danser.

Il avait déjà choisi sa boîte. C'était un club gay au cœur du quartier de Castro, la Sound Factory. Il y était déjà passé, car il y avait là-bas quelqu'un pour qui il nourrissait un intérêt particulier. Peter les avait vus entrer, cette personne et son ami. Il était alors 21 h 15, et Peter avait quitté la Sound Factory pour rejoindre les quais et se garer au nord de l'Embarcadère. Puis il s'était rendu à pied au China Basin.

Attendant sur le quai, il regardait le brouillard tomber sur Treasure Island. Les signaux rouges de la base clignotaient à travers la brume, comme les lumières d'un gigantesque sapin de Noël. Des milliers de véhicules parcouraient, telles des fourmis fluorescentes, l'Interstate 80 et le pont reliant Oakland et Berkeley. Il pensait à tous ces anonymes, à l'intérieur de leurs voitures. Il avait été l'un d'eux, allant et s'en revenant du travail. C'était terminé. Cette fois, tous les ponts étaient rompus. Tous les liens brisés.

Il y avait un peu plus d'une heure, pas très loin de l'endroit où il se tenait, des dizaines de Chinois, hommes et femmes, avaient barboté désespérément dans les eaux froides et boueuses pour atteindre la jetée.

Aujourd'hui, il avait brûlé sa blouse de laborantin dans la cave. La fumée avait manqué faire sortir Georgette de son lit. Elle lui avait crié que la maison était en feu. Il avait dû remonter pour la rassurer : il brûlait seulement quelques vieux papiers. Il était redescendu et avait achevé la destruction rituelle de sa blouse et de deux ou trois autres objets appartenant à ce qui était désormais le passé. Après qu'il eut dispersé la fumée au ventilateur, il avait rebranché l'alarme d'incendie.

Il ne retournerait plus jamais à son travail, dénué de tout sens à l'orée de sa nouvelle vie et de l'importante tâche qu'il allait accomplir. Il ne regretterait pas les vapeurs de nitrite qui pouvaient lui brûler les mains. Celui qui avait emmagasiné les fioles de sperme laiteux n'existait plus. Une clinique de fertilisation. Ne pouvaient-ils concevoir l'absurdité d'une telle entreprise ? Il était devenu aberrant de continuer de procréer. Le temps était venu d'ôter la vie, non de la donner. Le sperme ne pouvait plus être qu'un symbole.

C'est pourquoi il ne répandait jamais le sien. Il le gardait en lui. Son sperme était la source où il puisait son énergie et il n'irait pas le gaspiller dans le corps d'une femme. Darryl Lee Cullum ferait ce sacrifice. Puis Peter terminerait le travail que Darryl Lee avait laissé inachevé.

Il consulta sa montre. 22 h 25. Où était Conrad Chow ? Les pensées de Peter revinrent à Darryl Lee. Peut-être n'a-t-il pas deviné l'importance de ce que je vais faire. Ou peut-être est-il arrivé quelque chose à Conrad. Peter jeta un nouveau coup d'œil à sa montre. Il n'aimait pas ça. Quelque chose n'allait pas. S'il attendait plus longtemps, il risquait de gâcher l'important projet qu'il compter mener à bien cette nuit.

Il se glissa hors de l'ombre et reprit le chemin de l'embarcadère où il avait garé sa voiture. Il était déjà loin de l'entrepôt quand il entendit les sirènes. Elles se dirigeaient vers China Basin. Il sourit, satisfait de sa perspicacité et assuré qu'ils ne le trouveraient pas cette nuit.

Non. Ils l'arrêteraient quand lui-même en aurait décidé ainsi.

Ils étaient dans une des salles d'interrogatoire. Il y avait des barreaux aux fenêtres et les murs étaient jaunis par la fumée de cigarette. Leurs mains reposaient sur le bois de la table, marqué de taches d'encre. Deux gobelets de café refroidissaient devant eux.

Ici, défilaient les suspects et se succédaient interrogatoires et contre-interrogatoires.

M.J. ne put regarder son ancien amant dans les yeux quand elle parla :

– Quinn sera là dans une minute. Qu'est-ce que tu vas lui dire ?

– C' que je vais lui dire ? Que j'ai oublié de fermer ce putain de tiroir ! On passe vingt ans à se dire qu'un de ces quatre, on se fera dessouder par un voyou ou qu'on se plantera en bagnole. Et qu'est-ce qui se passe ? On se flingue soi-même.

Il eut un rire étranglé :

– Tu peux pas savoir, chaque fois que j' vous voyais rigoler tous les deux de j'sais pas quelle connerie, combien je souhaitais sa mort. Mais tu veux savoir autre chose ? Je donnerais ma vie pour qu'il revienne parmi nous.

– Tu es dans une merde terrible, Nikko.

Il se mit à verser des larmes silencieuses :

– Personne n'en a rien à foutre.

– Moi, j'en ai à foutre, Nikko.

Elle tenta bien de contenir son envie de pleurer, mais celle-ci fut la plus forte :

– Depuis toutes ces années que je te connais, je ne t'ai jamais vu verser une seule larme, dit-il.

Il la regardait fixement et elle finit par lever les yeux vers lui.

– Tu l'aimais ? demanda-t-il.

– Qu'est-ce que ça peut faire ?

Quinn entra à cet instant et trouva ses deux officiers en pleurs :

– Nikko. Dans mon bureau ? M.J., je te verrai après.

Niko se leva et suivit Quinn. M.J. alla à la fenêtre et regarda dans la rue, juste au moment où l'ambulance emportant le corps de Ruben sortait des locaux de la police et s'éloignait dans la brume nocturne.

Elle ferma les yeux et se remémora l'action, depuis l'instant où elle s'était arrêtée dans le couloir jusqu'à celui où elle s'était agenouillée à côté de Ruben. Elle se punissait en revivant ainsi chaque seconde, comme si elle était attachée à une chaise et forcée de voir torturer ceux qu'elle aimait. Elle voulait savoir pourquoi son instinct l'avait trompée. Certes, un bon flic tire pour neutraliser et sauver des vies, non pour tuer. Mais elle réalisait qu'elle s'était en quelque sorte programmée dans un geste devenu réflexe, un geste qui avait annihilé son intuition. Et ça, ce n'était pas le fait d'un bon flic. Sa réaction vertueuse, idéologique, à la situation avait coûté la vie à son partenaire et sauvé celle d'une petite ordure qui ne méritait pas de vivre.

À présent, elle savait ce que Berryl Ann avait dû éprouver et son cœur se serrait de compassion pour son ancienne amie, une compassion qu'elle ne pouvait étendre à elle-même. De nouveau, elle se repassa le film. *Oh, Ruben, pardonne-moi. Je vous salue, Marie pleine de grâce...*

L'arrivée de Quinn interrompit la prière silencieuse.

Elle le suivit dans son bureau. Quinn suivit le regard de M.J. L'arme et la plaque de Nikko gisaient sur la table :

– Il est radié. J'ai convaincu le commissioner de lui laisser sa prime d'ancienneté.

M.J. sortit sa propre plaque et la déposa sur le bureau, à côté de celle de Nikko :

– Si vous prenez sa plaque, prenez la mienne aussi.

– Vous voulez que je perde trois bons flics ?

– Sir, j'ai essayé de contrôler la situation. J'ai essayé de la contrôler...

Elle s'interrompit une seconde pour refouler ses larmes :

– J'ai fait un choix et ç'a été un mauvais choix. Un officier est mort.

– Mary Jane. Vous avez pris une décision et c'était une bonne et juste décision. C'est le résultat qui n'a pas été bon. Maintenant, faites comme moi, allez vous soûler.

M.J. regagna son bureau et enleva ses vêtements tachés de sang pour enfiler un pantalon et une chemise qu'elle gardait accrochés derrière sa porte. Puis elle se rendit chez Helen pour lui annoncer la catastrophe :

– Nous l'avons raté, dit-elle quand Helen lui ouvrit.

– Merde, je n'y crois pas. Qu'est-ce que vous avez fabriqué ?

– C'est ma faute. Je suis impardonnable. Nous avons eu des problèmes au quartier général. Une petite frappe s'est emparée d'une arme et... et a tué Ruben.

– Quoi ! Oh, mon Dieu ! Mais entrez, entrez.

Un nouvel ange gardien, du nom de Mike, qui remplaçait Burt, s'écarta quand M.J. entra et laissa aussitôt les deux femmes, sentant qu'elles avaient besoin d'intimité. M.J. faisait une courageuse tentative de stoïcisme :

– J'ai pensé qu'il valait mieux que je vous en informe avant que vous l'appreniez au journal télévisé. Je sais que vous et lui... que vous aviez quelque chose...

Des larmes ruisselèrent sur son visage. Elle les effaça

d'une main rageuse. Helen la regarda tendrement, sachant que M.J. reconnaissait enfin son attachement pour Ruben, un attachement resté longtemps dans le non-dit, voire le refoulé. Helen savait que M.J. aimait et avait besoin de Ruben bien plus profondément qu'elle-même.

– Ruben et moi ? Oh, je crois que je lui faisais de la peine. Il me laissait flirter avec lui et il était assez gentil pour me rendre la pareille. C'était un homme de cœur.

– Je le prenais pour un petit garçon. Noël dernier a été le plus heureux de mes Noël depuis six ans. Vous savez pourquoi ? Parce que c'était le premier Noël où je n'étais pas amoureuse.

Elle se mit à déambuler dans le living en parlant de choses qu'elle n'avait jamais confiées à personne :

– Salopards d'hommes mariés ! Je me demande parfois s'ils ne se marient pas pour mieux tromper leur femme. Mais votre téléphone sonne. je vais vous laisser.

Elle se tourna vers la porte ; elle préférait partir avant de s'effondrer complètement devant Helen. Le répondeur se mit en marche dans le bureau. Le message, dit par Andy, commença de résonner dans tout l'appartement, tandis qu'Helen faisait asseoir M.J. et lui offrait un verre de cognac.

Helen demanda :

– Qui était l'homme marié ?

« Parlez au bip », disait la voix d'Andy.

La machine bippa. Le correspondant commença de laisser son message.

– Oh, quelle importance ? répondit M.J. Répondez au téléphone.

Soudain, un enregistrement du Village People chantant « YMCA » interrompit les deux femmes. Elles se regardèrent. C'était tellement absurde, en cet instant. Puis, par-dessus le chœur, la voix d'Helen se fit entendre, claire et forte :

« Voyons, les filles, qu'avons-nous là ? Quelques beaux garçons. Si l'un d'eux vous invitait à boire une bière, vous accepteriez peut-être. Vous diriez peut-être oui à une invitation à dîner ou à danser ou même à un week-end cochon à Big Sur... Quatre-vingt-dix pour cent des serial killers sont des hommes blancs, âgés de vingt à trente-cinq ans, exactement comme ceux qui sont dans cette salle... Savez-vous si l'un de ces jolis garçons a le goût du sang ? Y a-t-il quoi que ce soit sur leurs visages qui le fasse soupçonner ? »

Pendant que le message résonnait à travers le loft, Helen et M.J. se dirigèrent vers sa source. D'abord en marchant, puis en courant. Quand elles entrèrent dans le bureau, la voix d'Helen continuait de parler :

« Albert DeSalvo, Bianchi et Buono, Berkowitz, Dahmer... Ted Bundy. C'étaient des hommes tranquilles, voire gentils. Ils avaient un travail, entretenaient de bonnes relations avec leur voisinage. Leurs victimes leur faisaient confiance. »

Helen décrocha le téléphone :

– Peter Kurten ?

Peter Foley raccrocha dès qu'il entendit la voix d'Helen. Il glissa le petit walkman dans la poche de sa veste puis tourna les talons pour regagner la salle.

Une masse d'hommes, vêtus à la mode des années 60 ou 70, ondulait aux derniers accents de Village People. Parmi eux, on comptait quelques femmes et de rares couples de lesbiennes.

Au-dessus de la piste éclairée par des lumières stromboscopiques, tournait une énorme boule de verre aux multiples facettes. Le disc-jockey enchaîna avec « Walk on the Wild Side » de Lou Reed.

Peter se dirigea vers le bar et commanda deux cocktails, un martini-gin et une piña colada. Avant de rejoindre ses nouveaux amis, Hal et Andy, assis à une table dans le fond, il s'arrêta à un petit guéridon dans un coin et, tournant le dos à la foule, versa une petite quantité de poudre dans la piña colada.

Le martini était pour Hal, la piña pour Andy. Celui-ci, déjà passablement éméché, vida son verre d'un trait. Puis Peter lui lança un regard aguichant et tendit la main. Andy enleva sa veste de clown avec force fioritures et la déposa avec solennité sur les genoux de Hal, avant de suivre Peter sur la piste de danse. Hal resta assis, maternant son verre et regardant son ami se déhancher en compagnie du mignon étranger.

M.J. appela le QG dès que Peter eut raccroché. Et, pendant qu'elle essayait d'obtenir le service des écoutes, Helen repassait le message puis allait s'asseoir à son terminal et commençait à balancer ses ordres sur le clavier :

– Ici, l'inspecteur Monahan. Vérifiez l'écoute sur le téléphone du Dr Hudson et voyez si on peut remonter l'appel qu'elle vient de recevoir il n'y a pas une minute.

Elle consulta sa montre :

– Oui. Une minute. Ne discutez pas, faite-le, tout de suite !

– Vous aviez raison, disait Helen. J'ai dû l'avoir comme étudiant.

– Où aviez-vous donné cette conférence ?

– Je l'ai donnée des dizaines de fois. Dans tout le pays. C'était pendant ma tournée, après le succès de mon livre.

– Quand l'avez-vous donnée pour la dernière fois à San Francisco ?

– À Berkeley, l'an passé. Juste avant...

Helen se tut, distraite par une soudaine pensée. Elle sélectionna la litanie des tueurs qu'elle avait cités lors de sa conférence.

– Ça y est, nous l'avons, l'ordre des meurtres. C'est moi qui le lui ai fourni : DeSalvo, Bianchi et Buono, Berkowitz et Dahmer... Dahmer est le suivant. Ce qui veut dire qu'il va tuer un homme. Et, après cela...

– Bundy. C'est le dernier nom de votre liste...

Elle avait le téléphone collé à son oreille et son visage prit soudain une expression d'intense attention. Le service des écoutes avait fait diligence.

– La Sound Factory ! Parfait. Non, je sais où c'est. J'y fonce, envoyez-moi du renfort.

Elle raccrocha :

– Bon Dieu, Helen. Peut-être, peut-être...

Sur ce, M.J. courut à la porte, tandis qu'Helen, rivée à son terminal, ouvrait son dossier d'enseignante et commençait de chercher parmi les documents contenant les cours qu'elle avait donnés à Berkeley.

M.J. s'arrêta dans un crissement de pneus devant la Sound Factory et bondit hors de sa voiture. Comme elle courait vers la porte, elle vit que l'établissement venait juste de fermer. Par la vitre, elle pouvait voir les serveurs nettoyer la salle.

Elle cogna à la porte en brandissant sa plaque sous le nez du gérant venu lui ouvrir.

– Vous pouvez pas nous laisser en paix ?

– Où sont vos téléphones ?

Elle n'attendit pas de réponse car elle vit l'indication « Toilettes pour hommes – Téléphone » au fond de la salle. Elle fonça. Et trouva une fille au téléphone, en train de se disputer avec sa petite amie. M.J. n'alla pas plus loin. Ses épaules s'affaissèrent. Il avait gagné, de nouveau ; le service anthropométrique pourrait toujours passer la cabine au peigne fin, il ne trouverait pas une seule empreinte exploitable.

Elle s'en retournait vers sa voiture, quand les renforts arrivèrent. Elle secoua la tête. Ils ne savaient pas ce qu'ils devaient faire au juste. Elle leur dit d'envoyer quelqu'un relever les empreintes sur le téléphone, bien qu'elle sût l'inutilité de cette démarche.

Elle ne se souvint pas d'être rentrée chez elle ni même de s'être déshabillée. Quand la sonnerie du téléphone la réveilla à 6 h 40, elle était en train de rêver de Ruben.

Chapitre 12

Feu

C'était un petit matin d'été indien dans la baie de Sausalito. Le brouillard de la nuit s'était dissipé aux premières lueurs de l'aube. Le soleil qui se levait effleurait la cime des arbres d'Angel Island.

Les habitués du Sarah's Bay-Side – une gargote au bord de l'eau – et les pêcheurs de l'embarcadère eurent un fichu lever de soleil. Quand ils découvrirent le corps, il n'y avait plus que le vieux Tommy encore attablé au comptoir devant un hamburger graisseux commandé à 5 h 45.

Il avait balancé un paquet de ketchup et de moutarde sur ses oignons huileux et, avec toute cette lubrification, c'était miracle que le bout de viande n'ait pas été éjecté de ses tranches de pain jusqu'au gril de Sarah. Il en était à la moitié de sa dégustation quand il vit l'attroupement sur la rive. Il reposa son burger et s'en fut voir. Probable qu'une de ces saloperies de requins s'était encore échouée avec une jambe dans la gueule. Quand il vit de quoi il retournait, il ne remonta jamais terminer son petit dèj.

Carl Woods était debout dans sa barcasse pourrie, la gaffe à la main. Et ce qu'il tirait n'était pas un grand poisson, mais le corps d'un homme vêtu de la veste la plus extravagante qu'ont ait jamais vue sur ce bord de la baie. Personne à Sausalito ne se ferait jamais surprendre par la mort, fringué comme ça. Devait être de la ville, le type.

Tommy rejoignit les potes et y alla de son commentaire.

– Hé, normal qu'il ait plus de tête. Sapé comme ça, il voulait pas qu'on le reconnaisse.

– Mets une sourdine, Tommy.

Après l'appel téléphonique, M.J. regretta de ne pas avoir forcé Quinn à accepter sa démission. Elle avait passé la nuit la plus atroce de toute sa carrière et il lui restait maintenant à annoncer la nouvelle à Helen.

Ils avaient retrouvé le portefeuille d'Andy ainsi qu'une pièce d'identité dans la veste du mort à la tête tranchée. Le tueur avait tué comme Dahmer et il l'avait fait de manière à atteindre particulièrement Helen. Tous les agissements de l'Imitateur se ramenaient en vérité à Helen.

Il l'avait traquée sur le réseau Internet et avait réussi à obtenir son adresse et son numéro de téléphone. C'était à elle qu'était adressé le mot libellé à la manière du Fils de Sam. Il avait assisté à sa conférence. Il tuait en suivant l'énumération qu'Helen avait faite des tueurs les plus célèbres. À présent, il avait choisi de détruire quelqu'un qu'elle aimait.

En l'espace de vingt-quatre heures, les deux femmes avaient perdu un homme qu'elles chérissaient. Cette affaire était-elle maudite ? M.J. chassa aussitôt cette pensée. La superstition n'avait pas plus de place ici qu'ailleurs. Mais elle ne pouvait s'empêcher de penser à Ruben. Elle refoulait son chagrin, sachant qu'elle devrait attendre pour le laisser enfin éclater. Attendre que l'enquête soit achevée. Alors seulement, elle parlerait à l'âme de Ruben, lui dirait ce qu'elle n'avait pas su ou osé lui dire.

Elle regarda le plafond pendant une minute puis se redressa dans son lit. L'envie de se replonger sous les couvertures était presque irrésistible. Pendant un moment, elle regretta de ne plus être une enfant et de ne pouvoir se blottir contre sa mère, comme elle le faisait quand elle était malade. Sa mère la serrait contre elle et lui disait de se souvenir qu'on avait tous un ange gardien. Le sien était très petit mais très fort. Elle l'imaginait avec de longues boucles blondes et de jolies ailes blanches.

Elle regarda de nouveau le plafond. *J'ai besoin de toi, Ruben. S'il te plaît, reste dans les parages encore un petit peu. J'ai besoin d'un ange gardien.*

Elle se leva enfin, se doucha rapidement, s'habilla encore plus vite, prenant seulement son temps pour sangler son holster, puis courut prendre sa voiture pour se rendre chez Helen Hudson.

Helen sanglotait, le visage enfoui dans ses mains, luttant pour ne pas s'effondrer complètement. M.J. tenait à la main le flacon de Xanax :

– Helen...

– Je ne veux pas en parler.

– Combien de pilules vous faut-il pour dormir? Dormir un grand coup ? Je déteste vous laisser comme ça, mais je dois m'en aller. Helen ?

Helen leva lentement les yeux vers M.J. :

– Il va passer à Ted Bundy. Bundy était le dernier de ma liste, dit-elle, s'efforçant de fournir le maximum d'informations à M.J. Et il choisira le meurtre le plus horrible de Bundy. La chanson parlait de trois personnes. Bundy a tué trois filles en une nuit dans un foyer de jeunes filles Chi Omega, si ma mémoire est bonne. Bundy feignait d'être handicapé, il portait un bras dans le plâtre ou des béquilles et demandait de l'aide aux filles. Il avait une voiture originale. C'était une... Oh, je n'arrive même pas à me rappeler...

Helen se frotta le front. Le choc consécutif à la mort d'Andy et à celle de Ruben lui obscurcissait l'esprit. Et une forte migraine s'alliait maintenant au chagrin et à la culpabilité. Elle se leva de son fauteuil et fit signe à M.J. de la suivre dans son bureau.

Elle tapa sur son clavier pendant quelques secondes et ouvrit le dossier Bundy qu'elle avait parachevé la veille.

Exécuté en 1989, Bundy était soupçonné d'avoir tué au moins cinquante femmes de tous âges dans une demi-douzaine d'États pendant les années 70. Helen avait rassemblé tous les éléments du *modus operandi* de Bundy, ainsi que les descriptions de ses victimes, des lieux de ses crimes, etc. M.J. regarda, emplie d'une reconnaissance muette, Helen donner l'ordre d'impression. Une minute plus tard, l'imprimante sortait le dossier Bundy. Elles n'échangèrent pas une parole jusqu'à ce que M.J. prenne congé. Toutes deux ressentaient un désir viscéral de s'étreindre et de se réconforter, comme toutes les femmes l'avaient fait à travers les âges, quand elles perdaient un être cher à la guerre.

Mais elles étaient des soldats, à présent. Elles ne se touchèrent pas. M.J. s'en alla, serrant dans sa main le tas de feuilles dont elle espérait qu'il leur donnerait la clé.

– Nous recherchons une Coccinelle Volkswagen de couleur or. Nous contacterons le service des cartes grises. Je veux une vérification de chaque propriétaire possédant une VW de couleur or ou jaune.

L'inspecteur Mary Jane Monahan briefait toute une assemblée d'inspecteurs de la Criminelle et de policiers en uniformes. Il y avait également des gens de la presse et deux agents fédéraux venus se joindre au détachement spécial créé par Quinn en attendant l'arrivée des grosses pointures de Virginie.

M.J. se tenait devant l'écran. Elle portait une veste marron sur une jupe assortie et avait relevé ses longs cheveux noirs en chignon derrière la nuque. En dépit de sa jeunesse, de sa féminité et de sa silhouette gracile, il se dégageait d'elle une puissance et une énergie que magnifiaient la colère et la détermination. Intelligence et sens du commandement :

– Au cas où la voiture serait louée, obtenez les noms et adresses de tous ceux qui en ont loué une au cours des six derniers mois. Contactez les services de sécurité de tous les campus et collèges dans un rayon de quatre-vingts kilomètres.

Le lieutenant Quinn se tenait dans le fond de la salle de briefing et observait M.J. À mesure qu'elle détaillait son plan, elle ne manquait jamais de regarder dans les yeux celui auquel elle confiait une mission particulière. Tous les hommes présents étaient sensibles à la clarté de son exposé et à l'intensité avec laquelle elle le menait.

Tous savaient également ce qui s'était passé la veille, et la terrible perte qu'elle avait eue à subir. Chaque flic avait une relation privilégiée avec son partenaire, car le partenaire était celui ou celle dont sa vie dépendait chaque jour, à chaque mission. Le partenaire était le sang de sa vie.

Durant les dernières vingt-quatre heures, la plupart de ceux qui occupaient les premiers rangs dans la salle étaient passés, un par un, présenter leurs condoléances à M.J. Ceux qui avaient été témoins de son intervention lui avaient dit qu'elle avait fait de son mieux, qu'elle n'avait absolument rien à se reprocher. C'était un pur hasard, et une terrible malchance pour Ruben, si le flingue avait glissé pratiquement dans la main de cette petite ordure.

– Que les services de sécurité des campus mettent en garde toutes les étudiantes, particulièrement celles portant de longs cheveux noirs coiffés avec la raie au milieu – ce sont elles que Bundy prisait. Qu'elles se méfient de tout homme apparemment handicapé – plâtre, béquille, boiterie – qui leur demanderait de l'aider à porter quelque chose – des livres ou des provisions, n'importe quoi – jusqu'à sa voiture.

Quinn la regardait et pensait qu'il avait vu juste en lui confiant la direction de l'enquête. Elle n'avait pas besoin de Nikko. Elle le dépassait de plusieurs longueurs. Cette fille... cette femme avait un cran et une intelligence qu'il n'avait vus que chez quelques flics pendant sa longue carrière, et l'un deux était le père de Mary Jane. Il avait besoin de savoir cela parce qu'il venait de passer une bonne heure à calmer les clowns de la police des polices, qui tenaient à fourrer leur nez dans la fusillade de la veille. Il avait fini par leur abandonner Nikko, sachant que c'était inévitable. Il ne pouvait pas se permettre de détacher M.J. de l'enquête en cours, car il avait l'intuition qu'ils approchaient de la solution.

– Il nous faut organiser une conférence de presse pour que le message passe à la radio et à la télé, surtout dans les stations universitaires. Contactez aussi tous les foyers de jeunes filles, les Chi Omega en particulier ; qu'ils postent des vigiles. Il y a fort à parier qu'il tente son coup dans un foyer.

Quinn savait aussi qu'elle avait désobéi à ses ordres concernant Helen Hudson. Mais il devait reconnaître qu'une fois de plus, M.J. avait eu raison. Il n'empêche, il devrait s'expliquer avec elle sur ce point.

Quinn resta à l'observer jusqu'à ce que le briefing s'achève. Seuls restèrent Pachulski, Kerby et Landis, pour lesquels M.J. avait des recommandations particulières. Ces trois-là rappelaient à Quinn les trois Stooges. Ils étaient de bons flics, mais ils n'avaient pas inventé la poudre.

M.J. voulait qu'ils continuent de s'occuper du meurtre d'Andy Friedman. Kerby et Landis retourneraient à la Sound Factory pour y interroger le personnel. Elle donna ordre à Pachulski d'enquêter sur le copain d'Andy. Ils l'écoutaient sans perdre un seul mot.

Le respect. Un flic ne montera jamais les échelons s'il n'inspire pas le respect, pensa Quinn. Il donnait à M.J. cinq années de plus avant qu'elle le remplace à la tête de la brigade. Il savait que, si elle était un homme, elle aurait moins longtemps à attendre.

Un instant, il rencontra son regard. Il lui sourit. Un sourire qui trahissait sa fierté de l'avoir sous ses ordres. Elle enregistra le signal et retourna à sa tâche.

Le Dr Helen Hudson était devant ses terminaux. Elle donna un nouvel ordre et une douzaine d'icones envahirent l'écran. Tous représentaient des logiciels ou des disques CD-ROM. Elle roula sa souris vers un icone représentant un appareil-photo et cliqua.

Elle avait rarement utilisé ce logiciel graphique. Elle avait en tête l'image abstraite d'un homme qui se faisait appeler Peter Kurten et était l'incarnation contemporaine d'une aberration. Lui aussi possédait une station de travail comparable à la sienne. C'était par le canal informatique qu'il lui avait envoyé ses cartes de la Saint-Valentin. Il était temps qu'elle lui en adresse une de son invention.

Elle fit défiler les centaines d'images graphiques mémorisées dans son système, sachant exactement laquelle elle cherchait.

La photo d'une miniature envahit l'écran : un couple de mariés, elle en grande robe blanche, lui en smoking noir, juchés au sommet d'une pièce montée. Puis une tête de mort se matérialisa juste au-dessus d'eux tel un sombre présage.

Elle se tourna vers le terminal à sa droite, celui connecté à un modem et à Internet. Elle l'alluma et tapa :

PETER KURTEN, JE SUIS PRETE.

HELEN HUDSON.

Elle enfonça quelques touches et envoya son invitation de mariage sur tous les tableaux d'affichage du réseau.

Elle était là, contemplant le collage en silence, quand elle entendit la porte d'entrée s'ouvrir et un bruit de pas se rapprocher.

S'efforçant de faire le moins de bruit possible et de maîtriser une sensation bien connue d'oppression respiratoire, elle balaya des yeux son bureau. Elle aperçut le manche d'un coupe-papier à la lame aiguisée dépassant d'une chemise et s'en empara.

Elle se leva de son fauteuil et, s'approchant de la porte sur la pointe des pieds, attendit, le stylet levé.

Le bruit de pas se rapprochait, un pas lourd, un pas d'homme.

Puis, comme il pénétrait dans le bureau, elle se jeta sur lui. Il s'en fallut de peu qu'elle ne le frappe à la nuque. Au lieu de cela, elle lâcha sa lame et poussa un hurlement qui n'était pas de panique :

– Andy !

Et elle se remit à crier et à crier :

– Andy ! Andy !

Il dut hurler pour se faire entendre :

– Mais arrête de gueuler comme ça !

Elle se jeta de nouveau sur lui, mais pour le couvrir de baisers, cette fois.

– Pour l'amour du ciel, arrête ! Ma pauvre tête ! J'ai la plus grande gueule de bois de ma vie. Aussi, pas de klaxon en zone hospitalière, s'il te plaît.

Mais elle continua de s'accrocher à lui :

– Où étais-tu ? Je te croyais mort. Ils sont venus m'annoncer la nouvelle de ta mort. Et... et te voilà !

– Non, je ne suis pas mort. Je suis rentré chez moi à trois plombes du mat. J'étais malade comme un chien et soûl comme un cochon et j'ai passé plus de vingt-quatre heures dans le coltar le plus total.

Il parut prendre enfin conscience de ce qu'elle lui disait :

– Mais qu'est-ce que tu me racontes ? Tu croyais que j'étais mort ? Pourquoi aurais-je fait une chose pareille ? Je compte bien rester en vie encore de longues années.

Helen venait de comprendre quelque chose :

– Mon Dieu, Andy, tu as des nouvelles de Hal ?

Il la regarda et elle lut une peur soudaine dans les yeux de son ami. Il se mit à parler rapidement, expliquant que Hal était parti avec un beau mec avec lequel il avait dansé toute la soirée. Andy s'avoua un peu jaloux. Ce qu'il ne comprenait pas, toutefois, c'était pourquoi Hal ne lui avait pas redonné sa veste avant de filer avec l'autre mignon. Andy avait attendu dans la voiture de Hal, mais celui-ci n'était pas revenu.

Helen leva une main pour endiguer le flot de paroles et lui annonça la découverte du corps décapité, vêtu de la veste d'Andy, avec son portefeuille encore à l'intérieur. Cela correspondait au crime de Dahmer, mais ils étaient arrivés trop tard pour l'empêcher.

Cette fois, ce fut au tour d'Helen de consoler Andy, le payant en retour pour toutes les fois où il l'avait tenue dans ses bras. Agenouillé, la tête sur les genoux d'Helen, Andy pleura son ami mort.

Helen attendit quelques minutes puis, se penchant vers lui, elle lui dit doucement :

– Tu l'as vu, Andy. Tu l'as rencontré, tu lui as parlé. Il faut que tu ailles à la police, maintenant.

Il la regarda et hocha la tête. Elle se mit debout et lui tendit la main pour l'aider à se relever.

– Alors il m'a filé cette piña colada et j'ai commencé à me sentir vraiment bizarre... complètement défoncé. Puis j'ai eu la nausée. Une terrible nausée. J'ai dû courir aux toilettes. Je suis allergique aux calmants et aux somnifères en général. J'étais horriblement malade. Je n'arrêtais pas de vomir.

Le lieutenant Quinn était assis sur une chaise devant Andy et M.J. se tenait debout derrière lui. Ils étaient dans la petite salle de réunion et écoutaient, attentifs et tendus, l'histoire d'Andy. À une table voisine, Pachulski s'occupait d'enregistrer leur conversation.

– Vous étiez aux toilettes, malade. Et eux, que faisaient-ils ?

– Attendez, je vais vous le dire.

Andy marqua une pause pour signifier qu'il entendait mener son récit à sa manière et reprit :

– Je suis resté très longtemps aux chiottes. Je ne saurais vous dire pendant combien de temps, mais, quand je suis sorti, ils étaient partis. Et Hal avait embarqué ma veste, que je lui avais donnée à garder quand je suis allé danser. Hal était mon...

Il baissa la tête et étouffa un sanglot. Comment expliquer à deux officiers de police hétéros jusqu'à la moelle l'amitié particulière qui l'avait lié à Hal ?

Une amitié qui s'était forgée à ce feu qui décimait tant d'homosexuels autour d'eux depuis des années.

– Je pourrais avoir un verre d'eau ? demanda-t-il.

Sur ces entrefaites, Gigi arriva avec un tas de photocopies de permis de conduire et leurs photos d'identité.

– Ce sont tous ceux qui ont loué une VW or métallisé pendant les six derniers mois.

M.J. les tendit à Andy. Il dut en feuilleter une bonne vingtaine avant de tomber sur la photo de Peter Foley.

– C'est lui.

Quinn bondit :

– C'est bon, on y va. Patch, appelle les SWAT [1], tu veux. Avec une saloperie pareille, pas question de prendre de risques.

Tout le monde se préparait pour le raid. Alors qu'elle regagnait la grande salle, M.J. dit à Gigi :

– Appelle Helen Hudson et dis-lui qu'on est sur sa piste, cette fois.

M.J. décrocha de la patère son gilet pare-balles. Nicoletti vidait son bureau. Ils étaient seuls. Elle entra dans son box, ôta sa chemise blanche pour enfiler le gilet, remit sa chemise, en rentra les pans dans son pantalon noir et ressortit.

Elle jeta un regard à Nikko. Il semblait soudain étranger au lieu et vulnérable dans son costume civil.

Elle le regarda.

– Ce gilet n'est pas vraiment un Wonderbra, mais qui s'en soucie ?

– Je viens d'apprendre que l'hallali est donné. Bravo, lui dit-il.

– Coup de chance.

– Je ne pense pas. Prends pas de risques, d'accord ?

– Je n'en prends jamais.

Il s'approcha d'elle :

– Je t'aime, tu sais.

– Je sais.

Il la laissa. Seule dans la salle, avec l'écho de la voix de Nikko, la rage d'avoir perdu Ruben la reprit. Malgré l'urgence qui l'appelait dehors, elle se força à ne pas bouger. Elle voulait être sûre que Nikko serait parti quand elle sortirait prendre sa voiture.

Sur la côte, au sud de San Francisco, juste après Lake Merced, s'étend une petite agglomération appe-

1. *Special Weapons and Tactics*, unité d'intervention spéciale, équivalent du RAID.

lée Dale City. Peter et Georgette Foley louaient une vieille maison en bois sise sur une pente douce, dans un agréable quartier à population de classe moyenne, entouré de chênes verts et d'eucalyptus.

La maison des Foley présentait une façade quelque peu décrépite, comparée aux habitations coquettes qui l'avoisinaient, mais ni Peter ni Georgette n'en avaient cure, étrangers qu'ils étaient devenus aux apparences extérieures.

Filant pédale au plancher sur la 80, M.J. se demandait quelle espèce de maison ils allaient trouver. Comme elle débouchait de John Daly Boulevard pour prendre la rue grimpant vers la demeure des Foley, elle s'étonna de la tranquillité du quartier. C'était tout à fait le genre d'endroit qu'elle choisirait d'habiter, si jamais elle rencontrait un garçon avec lequel s'établir.

Elle suivit le bus des SWAT, le regarda se garer puis continua pour se ranger plus haut, le plus loin possible de ce qui allait être un fameux chambardement. C'était un tour que son père lui avait appris quand elle était bleue. Si tu participes à une action susceptible de rameuter tous les journalistes de la ville, gare-toi loin de la mêlée. Comme ça, tu pourras te tirer plus facilement.

Elle descendit de voiture et se hâta de rejoindre le gros des forces. Les portes du bus des SWAT venaient de s'ouvrir et, un par un, les hommes en jaillissaient, courant se mettre en position comme des Indiens sur le sentier de la guerre.

Ils étaient tous en noir, lourdement armés, carapaçonnés de combinaisons pare-balles. L'entraînement de ces garçons avait coûté trop cher à l'État pour qu'on ne fasse pas tout pour les protéger contre les balles ennemies. Plusieurs d'entre eux portaient des casques équipés de lampes, ce qui leur donnait des allures de mineurs de fond.

Ils prirent position sans le moindre bruit tout autour de la maison.

Quand le bus des SWAT se fut vidé de ses occupants, M.J. grimpa à l'intérieur où elle trouva

Quinn devant l'écran de surveillance infrarouge. On pouvait y distinguer les silhouettes rougies des SWAT. La radio voisine grésillait des ordres chuchotés.

M.J. crut voir la silhouette d'un homme derrière le soupirail de la cave, tandis que l'un des SWAT passait devant pour aller se fondre dans un bosquet d'arbres voisin. Elle indiqua à Quinn le soupirail, juste au moment où la lumière dans la cave s'éteignait.

Dehors, près de la maison, le SWAT placé le plus près de la cave entendit des gémissements. Puis il vit vaguement un homme prendre ce qui ressemblait à un pistolet. Tout cela, il le murmura dans le micro sans fil de sa vareuse. Le commandant des SWAT prit son haut-parleur :

– Peter Foley, vous êtes encerclé. Sortez par la porte de devant, les mains levées au-dessus de la tête !

Dans la cave, ce que le SWAT avait pris pour un pistolet était un chalumeau au butane, qui lâcha soudain une longue flamme. Une alarme d'incendie se déclencha. Des flammes s'élevèrent dans la cave.

Le commandant donna l'ordre de l'assaut. M.J. observa sur l'écran les ombres des SWAT enfoncer portes et fenêtres et bondir à l'intérieur de la maison.

Les éclairages aux porches des maisons voisines s'allumaient les uns après les autres. Et quelques résidents commençaient de se rassembler frileusement à quelque distance dans la rue.

La maison s'emplissait rapidement de fumée. Elle était plongée dans l'obscurité et les lampes des casques y découpaient de mouvants faisceaux. Des rayons infra-rouges zigzaguaient dans les pièces que fouillaient les SWAT. Une puissante odeur d'essence imprégnait l'atmosphère et trois rapports radio se succédèrent, en provenance de différents points de la maison : les meubles et les tapis étaient trempés d'essence.

M.J. regarda Quinn.

La maison était une bombe qui attendait sa mise à feu.

Deux des SWAT atteignirent la chambre. Georgette était dans son lit, son plateau télé sur ses genoux, la télévision en marche, une rosette rouge au front, par où la balle était entrée. Une giclée de sang avait maculé le précieux papier rose pâle derrière le lit.

L'un des commandos poussa la porte de la salle de bains du canon de son fusil d'assaut. Sweetie était pendu par les pattes au pommeau de la douche, son poil roux devenu pourpre.

Le feu se propageait rapidement et les hommes à l'étage reçurent l'ordre de se retirer.

En redescendant par la cuisine, ils entendirent des cris en provenance de la cave, la source de la fumée. N'écoutant que son courage, l'un des SWAT défonça la porte d'un coup de pied et se pencha vers le mur de flammes. Soudain, comme surgi de l'enfer, un homme en feu de la tête aux pieds se précipita dans l'escalier en hurlant.

Il était à mi-hauteur des marches quand l'escalier s'effondra sous lui, et il retomba dans la fournaise. Le regain de chaleur dégagé par l'écroulement de l'escalier vida l'air de la cuisine et le SWAT aurait été littéralement aspiré dans la cave si deux de ses camarades ne l'avaient retenu *in extremis*. Après ça, ils se précipitèrent dehors.

Les flammes léchaient maintenant les fenêtres. M.J. entendit l'ordre d'évacuation immédiate. Quinn la regarda. Penchée vers l'écran, elle donnait l'impression d'être au bord de l'explosion, tout comme la maison. Elle se redressa subitement et, avant que Quinn ne puisse l'en empêcher, elle sortit.

Les hommes revenaient en toussant comme des malades. Les sirènes de plusieurs voitures de pompiers déchiraient la nuit. Alors, la maison que Peter et Georgette louaient depuis leur lune de miel explosa en une énorme boule de feu. M.J. regarda son enquête partir en fumée.

Elle resta debout dans la rue, regardant les pompiers arriver et les hommes des SWAT se regrouper. Elle n'éprouvait rien d'autre qu'un engourdissement, comme si elle trempait dans un bain d'anesthésiques. Quinn vint vers elle et lui tapota l'épaule :

– Bon travail, petite. Le cauchemar est terminé.

Pachulski, Kerby et Landis s'approchèrent d'elle pour lui donner chacun l'accolade :

– Bravo, chef.

Quelqu'un mentionna Ruben, mais elle n'entendit pas vraiment.

Elle avait tellement attendu une arrestation. Elle aurait aimé le voir, le regarder dans les yeux, face à face, comme il avait dû regarder ces pauvres filles ligotées et sans défense. Elle aurait aimé lui faire sentir ce qu'il était pour elle. Elle aurait aimé qu'Helen aussi soit là. Et Ruben, comme elle aurait voulu qu'il soit en cet instant à côté d'elle.

Au lieu de cela, le salopard s'était immolé par le feu et avait fait sauter la baraque et son contenu.

Le van de KXBU arriva et Grande Gueule en descendit, impeccablement fringuée. Elle avait tout son staff avec elle. D'autres chaînes locales commençaient d'arriver. La nouvelle ferait la une de tous les journaux télévisés.

Susan Schiffer était d'excellente humeur. Elle maternait cette affaire depuis le début et elle fondit sur Quinn avant les autres vautours. Elle ignora volontairement M.J., en représailles au mur de silence que lui avait opposé l'inspecteur principal. M.J. lui en était reconnaissante ; elle préférait rester seule avec ses pensées.

– Je suis ici avec le lieutenant Quinn de la brigade criminelle. Pouvez-vous nous dire ce qui s'est passé ?

Quinn était plus qu'heureux de lui répondre, après toute la pression qu'il avait endurée depuis le commencement de l'affaire. Ça faisait des jours et des jours qu'il ne tenait qu'à coups d'aspirine et de pansements gastriques. Et il tenait là un moment de gloire qu'il n'avait jamais osé espérer.

– Le Département de police de San Francisco a découvert que le tueur, surnommé l'Imitateur, était un individu du nom de Peter Foley et qu'il résidait dans cette maison. (Il eut un geste en direction de l'incendie que les pompiers tentaient de circonscrire.) Peter Foley n'a pas répondu à nos sommations de sortir les mains en l'air, il a préféré mettre le feu à sa résidence et a péri dans les flammes. Peut-être a-t-il agi ainsi pour détruire les preuves du meurtre d'une autre femme, probablement son épouse, retrouvée morte par balle.

M.J. vit le commissioner arriver. Venu donner la conférence de presse, le clown. Bien sûr, ils attendaient qu'elle vienne se tenir aux côtés du commandant des SWAT et reçoive sa part de félicitations.

Mais elle ne désirait rien d'autre qu'éprouver, ne fût-ce qu'un instant, le sentiment de délivrance qu'elle avait légitimement attendu. Or elle se ressentait rien de la sorte :

– Hé, Patch ?

M.J. s'approcha de Pachulski, occupé à bavarder avec l'un des SWAT, qui avait été son compagnon de classe à l'école de police :

– Tu diras à Quinn que je suis partie.

– Mais où tu vas, Mary Jane ? C'est ton heure de gloire.

– Dis-lui que je suis allée à Dysneyland.

Sur ce, elle remonta la rue où elle avait garé sa voiture. On se serait cru à Noël : toutes les maisons étaient éclairées. Un hélicoptère tournait au-dessus de la scène. M.J. n'avait qu'une hâte : fuir cette cacophonie ; le grondement de l'incendie, les cris des pompiers combattant le feu, les appels au porte-voix que les flics adressaient aux curieux, leur ordonnant de reculer, et le caquètement des reporters.

Une fumée noire aux relents âcres obscurcissait l'air et, comme M.J. atteignait sa voiture, une pluie de cendres poivre et sel commença de chuter. Un Viêtnam urbain.

Quand elle eut refermé la portière, elle apprécia un instant le silence relatif et l'odeur familière des sièges en vinyle. Elle se sentait encore fiévreuse, tendue... comme si elle avait du mal à croire que tout était fini. Elle alluma la radio. La conférence de presse avait commencé, diffusée en direct sur les ondes, et Petrillo avait pris sa voix des grands jours, toute vibrante de fermeté :

– M. Foley se trouvait dans la cave quand l'incendie a éclaté. Nos hommes ont tenté en vain de lui porter secours et nous avons toutes les raisons de croire que Foley a péri dans les...

M.J. ne put en supporter davantage et elle enclencha la cassette que Ruben et elle avaient l'habitude de passer quand ils roulaient. Marvin Gaye et Tammi Terrell. Ma « musique visage pâle », disait Ruben, faisant référence à la peur que lui inspirait la conduite à fond les manettes de M.J.

You're all I need to get by furent les premières paroles qu'elle entendit.

Elle tapa soudain du poing sur le tableau de bord et coupa le son. Toute cette histoire était louche : cet incendie, la présence de ce cadavre calciné dans la cave. L'Imitateur avait désiré un apogée dont Helen Hudson devait être la diva. Et c'était ça, le chaînon manquant. M.J. ferma les yeux et porta la main à son ventre, lieu de toutes ses intuitions. Elle savait ce qu'elle avait à faire. Elle décrocha le téléphone cellulaire et composa le numéro d'Helen.

Helen Hudson avait couru devant le premier poste de télé, sitôt qu'elle avait appris les derniers événements sur son scanner de police. Elle zappait maintenant chaîne après chaîne, essayant d'engranger le maximum d'informations et la meilleure couverture possible de la conférence de presse donnée à Dale City.

Elle s'attarda sur Susan Schiffer interviewant le lieutenant Quinn. Derrière eux, les pompiers braquaient leurs lances sur les restes fumants de la maison. Quinn parlait avec l'assurance d'un homme enfin libéré d'un grand poids, sauvé par la fructueuse coopération d'un mort.

« Nombre de témoins ont vu M. Foley dans la maison en feu, mais leur tentatives pour le sauver n'ont pu aboutir. Nous avons la certitude qu'il a péri... »

– Imbéciles ! tonna Helen dans le loft vide.

Il fallait qu'elle contacte M.J., qui, elle aussi, devait se douter que l'Imitateur n'était pas mort. Qu'il n'était pas mort parce qu'il n'en avait pas fini avec Helen Hudson.

À cet instant, on sonna à la porte d'entrée. Dégoûtée de ce qu'elle entendait à la télévision, elle éteignit le poste et s'en fut répondre. Regardant par l'œil de porte, elle devina, plus qu'elle ne le vit clairement, le policier de garde, Mike.

– Mike ?

À travers l'œilleton de verre, elle distinguait un autre homme derrière Mike. Un flic en uniforme. Sa plaque brillait sur sa poitrine et le haut de son visage était obscurci par la visière de sa casquette.

Helen colla encore un instant son œil au judas. Il lui semblait que les deux hommes bavardaient tranquillement, mais leur conversation lui parvenait étouffée et brouillée à travers l'épais battant de chêne.

Elle déverrouilla la porte juste au moment où le téléphone se mettait à sonner dans l'appartement. Distraite par la sonnerie, elle tourna la tête en direction du living, alors que la porte s'ouvrait, et dit aux policiers par-dessus son épaule :

– Je viens d'écouter les infos. Dites à vos collègues qu'ils se trompent...

Elle se tut abruptement, littéralement douchée par un jet de liquide tiède. Elle baissa les yeux sur ses vêtements : elle était couverte de sang. Elle recula en hurlant et vit Mike s'affaisser sur ses jambes, une fontaine pourpre jaillissant de sa gorge tranchée.

L'autre flic sauta par-dessus le corps, un coutelas sanglant à la main.

Helen tenta de fuir, mais l'homme lui sauta dessus et l'aplatit sur le sol. Elle se débattit avec la fureur d'un animal pris au piège et il la frappa brutalemant au visage, par trois fois pour faire bonne mesure. Elle cligna les yeux, le nez en sang, et tenta de reprendre ses esprits. Dans le bureau, le répondeur venait de s'enclencher et Helen perçut la voix de M.J. à travers le voile de sa stupeur et le bruit de sa respiration saccadée.

« M.J. à l'appareil. Je suis sûre que vous l'avez appris sur le scanner. Mais je n'y crois pas ; ça ne colle pas. Je sais qu'il est tard, mais je passe vous voir. Il faut qu'on en parle. »

Comme M.J. raccrochait, Peter Foley sourit à Helen Hudson. Elle roula de grands yeux effrayés à la vue de la longue seringue qu'il tenait à la main.

– Nous allons avoir de la compagnie, lui murmura-t-il.

Et il lui enfonça l'aiguille dans le gras de l'épaule. Elle hurla de douleur. L'instant d'après, elle sombrait dans un néant de glace noire.

Chapitre 13

Phase finale

M.J. arriva devant l'immeuble d'Helen et se rangea à côté de la voiture de patrouille noire et blanche de Mike. Elle jeta en passant un coup d'œil à l'intérieur ; un gobelet de café à moitié bu reposait au-dessus du tableau de bord.

Elle entra dans l'immeuble, mais à peine était-elle dans l'escalier qu'elle éprouva un sentiment de danger :

– Mike ? appela-t-elle.

Pas de réponse.

Elle continua de monter et, soudain, se figea. Des taches de sang séché maculaient les marches. Elle dégrafa son holster et, s'aplatissant contre le mur, porta son regard en direction du palier, écoutant attentivement.

Pas d'autre bruit que celui des battements de son cœur. Elle sortit son arme et grimpa rapidement le reste des marches.

Un véritable tapis de sang menait jusqu'à la porte d'Helen. « Putain », murmura-t-elle en pensant au jeune Mike.

Refoulant sa peur, elle se mit à avancer lentement en direction de la porte, le dos au mur, son revolver pointé devant elle. Au pied de la porte, il y avait une mare de sang, source de la traînée tapissant le couloir.

Elle enjamba la flaque, la colère le disputant en elle à la peur. Quelque chose lui disait qu'Helen était encore en vie et cette pensée lui donnait la force d'agir.

Elle plongea dans l'appartement, balayant tout l'espace de son arme. Tout était pénombre et silence.

Elle jeta un coup d'œil sur le sol. Partout des empreintes sanglantes. Quelqu'un avait marqué du sang de Mike tout l'appartement. Elle suivit les traces, s'immobilisant de temps à autre pour écouter, tous les sens en alerte.

Elle repéra un mouvement du coin de l'œil, pivota, prête à tirer, et se trouva devant sa propre image, reflétée par un écran de télé. Elle resta ainsi en position de tir face à elle-même, s'apercevant avec stupeur que son image n'était pas un reflet, mais celle projetée en direct par un caméscope positionné sur le poste de télé.

De l'endroit où elle était, elle pouvait déchiffrer une note sur une étiquette collée au caméscope :

APPUYEZ SUR PLAY.

Elle hésita, fouillant la pénombre, le revolver suivant son regard, ne prenant aucun risque, clignant fortement des yeux pour en chasser la sueur. Elle décrocha de sa main gauche le talkie-walkie à son ceinturon et le porta à sa bouche :

– Monahan. Soutien urgent à Pier One Fort Mason. Agent de faction chez Helen Hudson porté disparu.

– Appel reçu. Envoyons renforts, grésilla une voix dans l'appareil.

M.J. s'approcha du caméscope et enclencha PLAY. Une image apparut sur l'écran. Helen gisait inconsciente sur une chaise, vêtue du tailleur rouge qu'elle avait porté le jour de sa dernière conférence à Berkeley et de ce qui avait suivi.

Une silhouette sombre apparut dans le champ de l'objectif ; l'homme chantonnait tandis qu'il redressait le corps d'Helen sur le siège.

Fascinée, M.J. coula un regard en direction de la même chaise, à présent vide, à quelque pas de là. Elle revint à l'écran, où la silhouette reculait maintenant vers la caméra puis, se retournant brusquement, se baissait et regardait directement dans l'objectif.

L'autofocus restitua à l'écran l'image agrandie et déformée de ce visage. Peter Foley, l'Imitateur, avait créé cette petite représentation à l'intention exclusive de M.J. :

– Salut, inspecteur Monahan. Heureux de vous accueillir dans notre programme.

Il recula un peu, son visage se fit plus net, et demanda :

– Vous en avez pas marre d'être toujours en retard d'un train ?

Peter se plaça derrière Helen, se pencha et commença de déboutonner le chemisier blanc.

– Alors, Monahan, qu'en pensez-vous ? Je lui tranche la gorge tout de suite ? Vous avez tous cru que j'allais passer à Ted Bundy, hein ? Et, grâce à cette vieille Coccinelle dorée, vous avez cru me tenir.

Il acheva de déboutonner le chemisier d'Helen puis actionna la télécommande du caméscope de façon à ce que son visage apparaisse à côté de celui d'Helen.

– Alors, que fait-on ? On en finit ? Que dirait Helen, si elle pouvait parler ? Quelle serait son opinion professionnelle ?

Peter tapota Helen, toujours inconsciente, sur l'épaule et lissa le tissu de sa veste de tailleur :

– Elle dirait probablement : Non, Peter a un autre projet. Et elle ferait tout un baratin sur mon profond besoin d'attention et sur l'enfant maltraité que j'ai été. Vous savez, je connais la musique, j'ai lu tous ses bouquins.

Il se tourna de nouveau vers le caméscope, comme s'il interrogeait M.J. avant de poursuivre :

– Mais quel serait l'autre projet ? Laisser tomber Ted Bundy et passer à la grande finale ? Finir le travail commencé par quelqu'un d'autre, peut-être ? Est-ce que ça vous va comme ça ?

Il se redressa, agrandit l'angle avec sa télécommande :

– Mais qui suis-je, pour discuter avec une dame comme elle ? D'accord, un rapide aperçu de ce que pourrait être la suite...

Il tira un coutelas de chasse de son ceinturon, poussa un cri de rebelle et dit avec l'accent traînant du Sud :

– Ya-ooouuu ! Cette dame et moi, on va s'en payer une bonne tranche bien saignante !

Il se tut, comme s'il attendait une réaction d'un public imaginaire. Comme seul le silence lui répondait, il haussa les épaules :

– D'accord, je ne suis peut-être pas encore prêt pour Las Vegas...

Il approcha son visage de l'objectif et ajouta d'un ton confidentiel :

– Je crois que vous avez deviné, pas vrai ? Si vous êtes intelligente, vous viendrez seule, mais si... si vous débarquez avec la troupe, alors cette dame ici présente aura une mort très, très, très douloureuse, vous pouvez m'en croire.

Et, brandissant la télécommande, il coupa l'émission. Sur l'écran, l'image mourut et M.J. fut laissée seule à sa propre image, toujours enregistrée par le caméscope.

Elle s'arracha au poste de télé et, retraversant l'appartement au pas de course, sauta par-dessus la flaque de sang qui s'étalait devant l'entrée et dévala l'escalier pour sauter dans sa voiture.

Elle avait déjà brûlé trois feux rouges avant de coller son gyrophare sur le toit et de lancer sa Chevy bleue banalisée en direction de la 80 et de Bay Bridge.

Le volant dans une main et le cellulaire dans l'autre, elle dut passer par trois opérateurs de la police avant de tomber enfin sur Quinn, toujours à Dale City à pérorer de la victoire des forces de l'ordre sur celles du mal.

– Vous n'y allez pas seule ! beugla-t-il, quand elle lui eut exposé brièvement la situation. Vous entendez ? Vous attendrez l'arrivée des renforts !

– Assurez-vous seulement que toutes les unités répondent sur code deux.

– Je peux déjà vous assurer que vous avez intérêt à ne pas me désobéir une fois de plus ! Vous attendrez dehors l'arrivée des renforts ! Vous entendez, Mary Jane ? Vous entendez ?

– Ouais, ouais.

Et elle franchit, pied au plancher, un nouveau carrefour. L'entrée du pont de la baie n'était plus très loin.

Helen se réveilla dans l'obscurité. Comme elle reprenait ses esprits, un sentiment de claustrophobie la prit à la gorge : elle avait la tête encapuchonnée sous une toile noire qui lui collait à la peau et l'empêchait de respirer. Elle voulut ouvrir la bouche, mais ne put seulement décoller les lèvres scellées par un large ruban adhésif.

Elle souhaita être morte, ce qui eût été certainement préférable à ce qui l'attendait. Ceux capables d'anticiper et de comprendre les rituels complexes d'un serial killer se comptaient sur les doigts de la main dans son pays, et Peter Foley était probablement l'un des exprits les plus élaborés et les plus brillants qu'elle eût jamais rencontrés. Elle en déduisait qu'il avait dû beaucoup souffrir et qu'elle était devenue la dépositaire de toutes les cruautés, de toutes les souffrances et de toute la haine qu'il avait dû accumuler depuis l'enfance.

Helen savait qu'elle était en quelque sorte le symbole de tout ce qu'il avait enduré. Elle savait aussi qu'il allait déverser sur elle toutes les horreurs qui avaient assombri sa vie. Il serait alors, d'une certaine manière, libéré et il pourrait mourir, car rien ne compterait plus vraiment, une fois ce seuil franchi.

Quand Peter Foley ôta la cagoule noire qui couvrait la tête d'Helen, celle-ci comprit qu'une mort atroce l'attendait, une mort qu'aucun être humain, quelles que fussent sa cruauté et sa faute, ne pouvait mériter.

Elle feignit d'être toujours inconsciente, ce qui n'était pas difficile après la forte dose de somnifère qu'il lui avait administrée. Il s'accroupit et brisa une petite fiole d'amoniaque sous le nez d'Helen. Elle tressaillit violemment et détourna la tête de l'insupportable odeur.

Prenant un ton de voix faussement doux et rassurant, il lui murmura :

– Doucement, Helen. Vous êtes encore sous le choc. Mais ça va aller.

Il se releva et la laissa. Helen cligna des yeux, mobilisant toutes ses forces pour retrouver ses esprits et voir où elle se trouvait.

Tout était blanc, froid, dur. Elle était enfermée dans un espace étroit, délimité par des parois métalliques. Le souvenir du lieu déferla comme une vague et elle cria. Un affreux gémissement piégé dans sa gorge par l'adhésif qui lui scellait la bouche.

Elle ferma les yeux et vit Darryl Lee qui se riait d'elle. Sa voix la pénétra, forte et vulgaire. C'est pas encore terminé, Helen. Ce petit baiseur a des projets pour toi. Et moi, j'suis dans sa tête, j'tire les ficelles. Puis elle revit la terrible lame du coutelas trancher la gorge de Joe.

À l'instant même où, réalisant où elle se trouvait, elle revivait les horribles minutes qu'elle y avait vécues, une boucle de fil de fer lui tomba sur la tête et, se resserrant autour de son cou, la tira vers le haut. Comme elle portait les mains à son cou, deux poignes de fer se saisirent de ses poignets pour les lier avec le même fil de fer et nouer ce dernier à celui du nœud coulant, de telle sorte qu'Helen se retrouva pendue par le cou et les poignets et fut ainsi hissée, suffocante. Ses pieds raclèrent les parois du box jusqu'à ce qu'ils trouvent un appui sur le siège des toilettes.

De son nouveau point de vue surélevé, elle vit le corps de Mike gisant contre le mur en face d'elle, exactement comme Darryl Lee avait laissé Joe Shields. Peter avait même pensé à recréer la traînée sanglante sur les carreaux de faïence du mur.

Après avoir enroulé les fils de fer qui la ligotaient à la robinetterie, au-dessus d'elle, Peter ressortit du box voisin et vint contempler son œuvre. Il sourit, satisfait, mais son expression changea soudain. Il prit l'air contrarié d'un parent venant de surprendre son enfant alors qu'il transgresse un interdit :

– Non, ça ne va pas.

Il entra dans le box et Helen gémit de terreur. Il lui ôta la chaussure droite et la laissa tomber à terre, comme cela s'était effectivement passé il y a un peu plus d'un an. Comment avait-il appris ce détail infime, se demanda Helen. On aurait dit que Darryl Lee avait recomposé à l'adresse de Peter le plan exact de ce qui avait été son Waterloo. Mais avait-il écrit aussi la fin ?

Peter recula d'un pas, examinant sa composition :

– C'est mieux, dit-il.

Puis il se détourna pour se déplacer vers l'un des lavabos où un caméscope attendait sur un tripode. Il ôta le bouchon de protection de l'objectif et colla son œil au viseur, fit rapidement le point :

– Vous avez une idée de ce que vaudra cette bande ? Du hard à cent pour cent. Merde, les gens se tueront entre eux pour avoir cette cassette.

Il prit le premier box dans le champ et jeta un coup d'œil à Helen :

– Souriez, Helen. Vous allez être la victime la plus célèbre de tous les temps.

Il pressa le bouton RECORD et un voyant rouge s'alluma. Il prit sur la tablette, à côté du lavabo, ce qui ressemblait à une trousse à outils dans une enveloppe de feutre noir et revint vers Helen.

– Et moi, qu'est-ce que je serai ? Si c'était une compétition olympique, je décrocherais la médaille d'or. Si c'était du football, je remporterais la coupe des coupes.

Il pénétra dans le box en poursuivant son discours.

– Savez-vous qu'on a écrit plus de livres sur Jack l'Éventreur que sur Abraham Lincoln ?

Il mit un genou par terre, comme par galanterie, et lentement, cérémonieusement, déplia la trousse, révélant tout un assortiment d'instruments chirurgicaux... lames et pointes brillantes, destinées à charcuter la chair humaine de mille façons. Peter leva vers Helen un regard où se mêlait du désir et du défi :

– On vit dans un putain de monde, pas vrai ?

Les manières de Peter avaient changé, ces dernières semaines. Malgré les besoins morbides et la cruauté sadique qui ravageaient son âme depuis si longtemps, il avait toujours préservé une apparence policée. Il jurait très rarement et s'exprimait toujours avec correction. Mais, à mesure que ses activités criminelles s'étendaient, une nouvelle personnalité avait commencé de se manifester. Peut-être sa correspondance avec Darryl Lee avait-elle favorisé le passage du fantasme à l'acte, la transition entre les rêves de domination et le sadisme exercé réellement sur autrui. On pouvait dire que Peter s'était enfin trouvé. Et, à présent, il rejetait le costume étriqué du bon garçon pour celui, chatoyant, d'un maître de cérémonie.

Un peu plus tôt, dans la soirée, il avait savouré le temps passé avec Helen dans le loft, partageant avec elle, bien qu'elle fût alors sous l'effet du narcotique, l'excitation des meurtres récents. Il l'avait allongée sur le lit, l'avait débarrassée de son jeans et de son chandail, la laissant dans sa combinaison et ses collants. Il avait admiré leur reflet à tous deux dans le grand miroir derrière la porte de la penderie... Peter et Helen. Il s'était comme repu de sa propre image dans son uniforme de policier maculé de sang frais, alors qu'il se penchait vers le corps à demi nu d'Helen. Il avait eu envie de la toucher plus intimement, peut-être même de lui faire l'amour. Mais il n'en avait pas le temps. Il était tout à son but et savait qu'il devrait arriver à Berkeley bien avant l'inspecteur Monahan, de façon que tout soit en place quand elle arriverait.

Il avait pris le tailleur rouge qu'Helen avait rangé tout au fond de sa penderie, quand elle avait découvert le vêtement sur son lit, après la première intrusion de Peter chez elle. Il ne savait pas – et cela l'agaçait – quelles chaussures elle avait portées ce jour-là à Berkeley et il avait dû en choisir une paire, au hasard. Cependant, il avait retrouvé son calme quand il l'avait rhabillée et apprêtée pour la deuxième phase de son plan.

Il lui avait fallu sortir le corps de Mike sans être vu. Pour cela, il avait apporté un diable, un sac-poubelle de deux cents litres et une grande boîte en carton. Il était hors de question qu'il prenne sa voiture ; celle-ci devait être retrouvée près de sa maison, après l'incendie. Il avait donc loué un pick-up Nissan flambant neuf. Il avait d'abord descendu le corps de Mike avec le chariot jusqu'au Nissan, mais avait porté Helen dans ses bras par l'escalier, sans rencontrer un autre locataire. L'installer à côté de lui sur la banquette avant avait été plus difficile, mais l'adrénaline décuplait ses forces et il avait souri quand il avait claqué la portière du pick-up et mis le contact.

Pendant le trajet, il s'était imaginé qu'ils étaient un jeune couple marié et qu'ils faisaient une promenade nocturne en voiture.

À présent, dans les toilettes de l'auditorium McCluskey, ils approchaient ensemble du dénouement. Une fois de plus, il se dit qu'ils étaient destinés à rester ensemble, quelque étrange version de Roméo et Juliette, destinés à mourir dans une fulgurance saisie sur la pellicule d'un caméscope et diffusée en direct.

Peter choisit un scalpel et le glissa hors de sa pochette de feutre. Il approcha lentement d'Helen, comme s'il allait solliciter une danse. Il souleva l'étoffe de son chemisier blanc et Helen abaissa vers lui un regard noyé de terreur. Il se mit à trancher le tissu, révélant le ventre d'Helen, contracté par la panique.

– Doucement, doucement, dit-il tout bas.

Le scalpel toucha soudain la peau, et une goutte de sang perla :

– Vous voyez ? Si vous bougez comme ça, vous allez vous couper.

L'instrument poursuivit son tracé vers le haut. Helen ne pouvait s'empêcher d'hyperventiler, obligée qu'elle était de respirer uniquement par le nez. Elle ferma les yeux :

– Non, ne fermez pas les yeux. Helen !

Elle refusa de répondre.

– Ouvrez vos putains d'yeux, sinon je vous découpe les paupières, comme l'a fait Dahmer à l'une de ses victimes pour qu'elle soit obligée de voir ce qu'il lui faisait.

Elle se força à rouvrir les yeux et le regarda. Derrière les lunettes, deux billes de marbre d'un gris-bleu luisaient doucement. Cet homme ne connaissait nulle compassion. Helen sentit des larmes rouler sur ses joues.

– Est-ce que nous nous comprenons ? demanda-t-il.

Elle hésita, puis acquiesça de la tête.

– Vous savez, je connais tous les tours. J'ai bien fait mes devoirs à la maison. Et vous, qu'avez-vous fait ? Savez-vous ce que je vais faire ? Vous connaissez le bouquin, n'est-ce pas ? Le bouquin de Darryl Lee ? Je sais que quelqu'un vous l'a apporté.

Elle le regarda et secoua la tête. M.J. lui avait parlé de Conrad, mais le livre était resté sous séquestre à la police. Il sortit de la poche revolver de son pantalon un calepin écorné :

– J'ai recopié quelques pages intéressantes du manuscrit de Darryl.

Il feuilleta la calepin, trouva la page qu'il cherchait et, prenant l'accent traînant du Sud, lut :

– « C'est le père qui m'a appris à chasser. C'est ben la seule chose à quoi j'étais bon. » Le père, comme il dit, ajouta Peter, refermant le calepin, lui a aussi appris à le prendre dans le cul, Darryl avait à peine cinq ans, mais ça, c'est une autre histoire. C'est la chasse qui nous intéresse, ce soir. Je vais vous montrer ce que Darryl Lee comptait vous faire s'il n'avait pas été pris.

Il tendit la main vers le chemisier et l'arracha, dénudant tout le ventre d'Helen.

– Ce qu'il voulait vous faire, c'est vous dépecer comme un cerf. Ils pendent l'animal par les pattes et découpent la peau du ventre.

Elle frissonna quand il pressa le visage contre son ventre.

– Ils en retirent les entrailles. C'est comme un strip-tease, sauf que là, on se dépoile jusqu'à l'os. Vous n'avez rien à me cacher, n'est-ce pas ?

À ce moment, une sonnerie électronique se fit entendre au loin. Peter s'écarta d'elle et posa le scalpel sur le sol aux pieds d'Helen, comme une offrande aux dieux. Helen abaissa son regard, étonnée de ce sursis :

– Ah, c'est la sonnerie que j'attendais. Nous reprendrons la leçon d'anatomie plus tard, dit-il avec un signe vers la trousse d'instruments. Notre partenaire de jeu arrive. Le second flic ! C'est là que Darryl Lee a déconné. Il ignorait qu'il y avait un autre flic dans l'auditorium. Mais, cette fois, je veillerai à ce que la même erreur ne se reproduise pas.

M.J. roulait aussi vite qu'elle le pouvait à travers le campus. Enfin l'auditorium McCluskey se dressa devant elle. Éclairé par de petits spots placés au niveau du sol, c'était un bâtiment massif, tout en béton et en verre. Il devait être complètement désert à cette heure.

Elle se gara à côté de la Nissan de Peter, descendit sans s'accorder de pause et gagna la massive porte d'entrée. Soudain, une sonnerie se déclencha à son passage. M.J. repéra une alarme électronique à piles à côté de la porte. Elle se précipita pour arrêter la sonnerie, mais elle savait qu'il était trop tard. Peter saurait qu'elle était arrivée.

Elle poussa l'un des lourds battants et entra. le grand hall n'était pas éclairé, mais la lumière des spots extérieurs y pénétrait, tamisée par le verre cathédrale des ouvertures. M.J. avança dans la pénombre. Elle avait peur.

Elle perçut un bruit dans la grande salle de l'auditorium. Elle s'approcha, fit quelques pas à l'intérieur. Ombre et silence. Ce n'était pas là qu'il l'attendait. Elle savait où.

Elle regagna le hall et tourna dans le long et sombre couloir menant aux toilettes pour dames. Sa respiration se faisait haletante. Elle tâtonna le mur, à la recherche d'un interrupteur, mais n'en trouva pas. Elle poursuivit sa marche en avant dans l'obscurité.

Elle approcha du renfoncement des toilettes, pressa son oreille contre la porte, mais ne perçut aucun bruit. Elle rassembla tout son courage et poussa le battant.

La lumière brillante, presque aveuglante, lui fit cligner les yeux. La pièce semblait vide et froide, telle une morgue attendant ses macchabées. Un robinet défectueux laissait échapper un goutte à goutte que les murs de faïence amplifiaient. À sa gauche, un placard à balais. Elle avança lentement, tenant son arme devant elle.

Toutes les portes des boxes étaient fermées, à l'exception de la première, entrouverte. M.J. poussa du pied le battant et découvrit Helen pendue par les mains et le cou à la robinetterie, les pieds reposant sur la cuvette. Helen essayait désespérément de communiquer du regard, mais, dans ses yeux dilatés, M.J. ne lisait qu'une terreur intense.

Elle fit signe à Helen de garder son calme, mais Helen continua d'indiquer le sol de ses yeux. M.J. balaya la pièce du regard : elle était vide, à l'exception du corps ensanglanté, dans un coin. Elle vit l'uniforme et réalisa que Peter avait mené le pauvre Mike avec lui et Helen. Le tueur était peut-être complètement fou, mais il avait réussi à les tromper tous et avait tracé une piste de morts qui menait ici, lieu de tous les dénouements.

M.J. regarda les stalles puis, soudain, se rappela que Darryl Lee avait surgi du placard à balais. Elle pivota et tira quatre balles à travers la porte fermée.

Un silence sépulcral suivit les détonations. M.J. approcha lentement du placard et ouvrit la porte. Balais et seaux dégringolèrent dans un grand fracas. Le dernier balai, enfoncé dans un seau, chuta vers elle, la tête de Hal empalée à son extrémité. Elle bondit malgré elle en arrière. Un gémissement d'Helen la fit se retourner. Helen secouait la tête. M.J. savait qu'elle essayait de l'avertir du danger, mais elle ne pouvait traduire ses regards frénétiques.

M.J. cria :

– Sortez d'où vous êtes, les mains sur la tête !

Elle leva son arme et tira dans le deuxième box ; il était vide. Elle tira dans le troisième. Vide. Le quatrième, vide aussi. Comme elle se tournait vers le cinquième, Helen gémit de plus belle et M.J., prenant cela pour un encouragement, rechargea rapidement, lâcha plusieurs balles dans la porte et la repoussa du pied.

Elle vit avec horreur le corps de Mike, vidé de son sang et couché en travers du siège. Elle comprit en une fraction de seconde que le corps gisant dans le coin était celui de Peter. Elle n'eut pas le temps de pivoter.

Il se saisit d'elle par-derrière et le revolver, échappant des mains de M.J., glissa sur le carrelage. Peter passa son bras gauche autour du cou de M.J. et, lui appuyant la lame d'un coutelas sur la gorge, la tourna vers Helen. Puis, l'entraînant avec lui, il ramassa le revolver de sa main droite.

Les deux femmes échangèrent un regard où se lisait la stupéfaction et le désespoir.

– Allez, doc ! Je la plante ou je la flingue ? Je la flingue ou je la plante ?

Le moment de stupeur passée, M.J. se débattit frénétiquement. Elle planta son talon dans le cou-de-pied de Peter, révoltée jusqu'au tréfonds d'elle-même à l'idée d'abandonner sa vie à ce monstre. Peter beugla de douleur, la poussa en avant et lui tira une première balle, qui atteignit M.J. à la clavicule. L'impact la projeta contre le mur et le sang jaillit de sa blessure. Peter lui tira alors deux autres balles dans la poitrine. M.J. s'effondra en laissant contre le mur une traînée sanglante.

Peter se tourna vers Helen et cria d'un ton triomphant :

– Deux en plein cœur ! Il ne nous reste plus qu'à lui trancher la gorge...

Il leva le coutelas et ajouta, en imitant l'accent sudiste de Darryl Lee :

– Après ça, on s'ra rien qu' nous deux, vot' vieux pote Darryl et sa dame...

Sur ce, il se tourna de nouveau vers M.J. Elle saignait abondamment et sombrait peu à peu dans l'inconscient. Il s'avança vers elle, la lame étincelant sous la lumière crue. Il broya sous son pied un éclat de verre.

Helen laissa échapper un long gémissement, tandis que Peter se penchait au-dessus de M.J., pour l'empoigner par les cheveux et, lui rejetant la tête en arrière, exposer sa gorge. M.J. roula de grands yeux pleins d'effroi, comme ceux d'un animal poussé vers l'abattoir.

– Je ne vais pas vous mentir, dit Peter en souriant. Ça va vous faire vraiment mal.

Helen était littéralement affolée à l'idée que M.J. allait mourir. L'action était le seul antidote à la terreur qui la ravageait. Aussi longtemps qu'elle aurait un but, elle pourrait combattre le démon de la peur qui menaçait de l'étouffer. *Il faut que je sauve M.J., il faut que je la sauve*, pensait-elle. Elle savait qu'elle était au centre de tout ce qui était arrivé. Beaucoup étaient morts. La culpabilité, le dégoût et la panique se disputaient ce qui lui restait de raison. Elle devait sauver M.J. Elle était prête à tous les sacrifices pour empêcher une nouvelle mort... et, par là même, se racheter.

Son regard exprima soudain une résolution farouche. Elle laissa ses pieds glisser du bord de la cuvette et se pendit.

– Nooooon ! hurla Peter, voyant ce qu'Helen venait de faire.

Lâchant M.J., il se précipita dans le box et jeta ses bras autour des hanches d'Helen pour tenter de la hisser de nouveau sur le siège des toilettes.

– Ne faites pas ça ! Remontez ! Reposez vos pieds sur la cuvette !

Mais Helen n'esquissa pas un geste pour stopper l'étouffement et la cyanose qui commençait.

– Helen, arrêtez de déconner !

La douleur, crucifiante au début, perdait de son intensité. Son visage prenait une teinte bleue. Helen savait qu'elle risquait de mourir, mais elle était décidée à aller jusqu'au bout. Paniqué, Peter recula, leva le revolver de M.J. et, visant soigneusement, sectionna d'une balle le câble auquel était pendue Helen.

Elle s'écroula dans un entremêlement de fil de fer et de faïence brisée entre le mur et la porte, provoquant la fermeture de celle-ci. Cachée un instant à Peter, elle s'empressa de libérer ses mains, arracha le bâillon de sa bouche et desserra l'étau du câble autour de son cou. Alors, enfin, elle put respirer et lutter contre l'étourdissement. Elle défit un peu plus le nœud coulant et dégagea sa tête. Elle était libre. Mais Peter repoussait déjà la porte de tout son poids et elle eut juste le temps de se saisir du scalpel sur le sol, avant qu'il n'entre dans la stalle en hurlant :

– Vous avez tout gâché !

Il la trouva couchée contre le siège des toilettes, cherchant son souffle. Il se pencha pour la prendre et la relever, affolé à l'idée qu'elle puisse mourir avant qu'il en ait fini avec elle.

Soudain, elle se redressa et le frappa au visage avec un cri de rage. Le scalpel s'enfonça profondément dans la joue de Peter.

Il recula en hurlant de douleur et tomba à la renverse, le scalpel planté dans sa joue :

– Oh, la salope ! Ça fait mal !

Il arracha le scalpel de sa joue et grimaçant de douleur, porta les mains à son visage. Le sang perla entre ses doigts.

Helen bondit sur ses pieds et sauta par-dessus Peter pour courir à la porte, mais il lui saisit la cheville et elle s'affala durement sur le carrelage :

– Ah, vous voulez jouer ? Vous voulez jouer ? hurla-t-il en se jetant sur elle.

Elle sentit un éclat de verre sous sa main et, oubliant la douleur, s'en empara et, se retournant sur elle-même, frappa Peter au visage, lui arrachant ses lunettes. Elle frappa de nouveau en travers de la mâchoire. Hurlant de rage et de douleur à la fois, il sortit son coutelas et se jeta de nouveau sur elle, alors qu'elle essayait de fuir à quatre pattes.

Au moment où il levait sa lame, les doigts d'Helen se refermèrent sur une bouteille en verre contenant de la javel, qui avait roulé du placard à balais, et elle la brisa sur la tête de Peter.

Il tomba à la renverse en hurlant, enfouissant son visage en feu entre ses mains.

Helen se releva et se précipita dehors, tandis que Peter courait au lavabo le plus proche et passait sa tête sous le robinet.

Helen avançait aussi vite qu'elle le pouvait dans le couloir. Elle perçut un cri de rage, loin derrière elle, et comprit que Peter s'était lancé à sa poursuite. Elle enfila couloir après couloir, avec l'espoir de le semer. Il y avait un escalier de secours à sa droite. Elle s'y précipita. Parvenue tout en haut, elle tomba sur une porte, poussa la barre métallique et, sans réfléchir, se précipita dehors. Elle se trouvait sur le toit. Tout autour d'elle, la nuit s'étendait.

C'était la première fois depuis plus d'un an qu'elle se retrouvait hors d'un endroit clos. En plein ciel. Les lumières de la ville s'étendaient à perte de vue sous un océan de nuit. Helen se figea, la panique s'insinuant en elle comme un serpent prêt à l'étouffer. Le monde devant elle se mit à onduler et à danser. La liberté de cet espace sans murs ni plafond était comme la mort, pour elle, et l'angoisse tourbillonnait autour d'elle comme un maelstrÖm menaçant de l'engloutir. Elle regagna le palier et, refermant la porte sur cet infini terrifiant, ne put s'empêcher de pousser un soupir de soulagement.

Un soulagement dont elle mesura toute la dérision quand, quelques secondes plus tard, elle entendit le pas de Peter dans l'escalier.

Il haletait sous l'effort et la douleur. Elle se réfugia dans l'angle que faisait le mur avec la porte. Bientôt, son ombre se découpa sur le palier du dessous et il s'assit, épuisé, au bas des marches. Il eut un gloussement rauque :

– Fameux tour que vous m'avez joué, à vous pendre comme ça. Je suis tombé dans le panneau.

– Ça s'appelle, utiliser son cerveau.

Elle se sentit idiote aussitôt après avoir dit ça, comme si elle succombait au jeu infantile dans lequel il voulait l'entraîner.

– C'était très bien, mais qu'est-ce que vous allez utiliser, maintenant ?

Il se releva et commença de monter les marches en s'appuyant au mur. Il rit de nouveau, un rire désespéré, vide :

– Quelle merde, hein ? J'veux dire, vous n'avez qu'une chose à faire pour m'échapper, c'est de pousser cette porte et de sortir. Mais vous ne pouvez pas, hein ? Vous ne pouvez pas ?

Il avait raison. Elle regarda la barre d'ouverture, incapable de la toucher.

– Est-ce qu'il vous est venu à l'idée, Helen, que vous allez être la seule personne au monde à mourir d'agoraphobie ?

Il rit de sa propre ironie tout en continuant de grimper, se rapprochant de plus en plus, le couteau luisant dans sa main.

Jaugeant une terreur contre une autre, Helen ferma les yeux un instant, les rouvrit et tendit une main tremblante vers la barre. Puis, juste au moment où Peter essayait de la saisir, elle ouvrit la porte et se précipita dans la nuit.

Elle essaya de courir, mais la panique la frappa de nouveau et ses jambes la lâchèrent. Elle tomba à genoux et ce fut en rampant qu'elle avança sur le toit, s'égratignant les genoux sur le gravier.

Peter sortit à son tour. Son visage n'était que plaies et brûlures. Il partit en titubant à la poursuite d'Helen.

Rassemblant ses dernières forces, elle se releva et parvint à faire quelques pas à droite, puis à gauche, esquivant les tentatives de Peter de se saisir d'elle.

– Vous ne pouvez pas faire ça, Helen. Vous ne pouvez plus gagner, cette fois.

Ils continuèrent de jouer au chat et à la souris. Tous deux blessés, ils se défiaient. Elle faisait semblant de se laisser rattraper et esquivait le coup de couteau qu'il tentait de lui porter.

– Allons, Helen, vous savez que c'est inévitable, que nous sommes faits l'un pour l'autre.

Il avait réussi à la coincer dans un angle du toit et, reculant, elle se rapprochait de plus en plus du bord. Soudain, son pied glissa sur les graviers et elle partit à la renverse. Elle serait tombée s'il n'avait réussi à la retenir, ne voulant pas la perdre encore, refusant qu'elle meure autrement que de sa main.

Il la tenait, maintenant. Il la fit tomber et la frappa sauvagement à coups de pied.

Soudain, il s'arrêta, réalisant que les arbres qui entouraient le bâtiment clignotaient de lumières rouges et bleues. Il s'approcha du bord et découvrit partout des voitures de police. D'autres arrivaient encore par les allées du campus. Une équipe de SWAT se déployait. Ils étaient encerclés de toutes parts.

Peter était fasciné. Il avait créé tout cela. C'était son heure de gloire :

– Regardez ça.

Il se tourna vers Helen :

– On ne peut jamais faire confiance à un flic.

Helen cherchait son souffle après les coups de pied qu'elle venait d'encaisser dans les côtes. Elle leva les yeux vers lui, et ils se regardèrent comme deux gladiateurs conscients que l'un d'eux allait mourir et comptant bien ne pas être celui-là.

Soudain, le faisceau aveuglant d'un projecteur jaillit d'un hélicoptère tournoyant au-dessus d'eux. L'éclat de la lumière était irréel. Ils s'abritèrent les yeux, tandis que l'appareil vrombissait, une vingtaine de mètres plus haut.

Peter prit Helen par les épaules et la remit debout, comme si elle était sa mariée dans la mort. Il la fit tourner et tourner avec l'hélico qui faisait de lents cercles autour d'eux, les clouant sous sa lumière blanche.

– Hé, mais c'est un hélico de la télé ! s'exclama Peter. Parfait. C'est encore mieux qu'une bande vidéo, parce que c'est un putain de direct, ça !

Il appuya la lame de son coutelas sur la gorge d'Helen, s'apprêtant à l'immoler sur l'autel de sa folie et celui du prime-time.

Aucun d'eux n'entendit le coup de feu, noyé dans le fracas de l'appareil. La balle lui traversa l'épaule, y laissant un vilain trou saignant. Il lâcha le coutelas et tomba à genoux. Chercha d'un regard confus et stupéfait d'où venait le coup.

Helen se tourna vers la porte donnant sur le toit et

vit M.J. qui se tenait dans l'ombre, frissonnante. Le revolver tremblait entre ses mains entrecroisées sur la crosse.

Tous trois restèrent sans bouger pendant un moment, tragédie figée dans le temps et l'espace. Au-dessus, dans le ciel nocturne, l'hélicoptère descendit vers eux, tel un grand vautour prêt à se repaître des restes d'une tuerie.

D'un signe de la tête, M.J. pressa Helen de fuir Peter et de la rejoindre.

Helen n'avait pas besoin qu'on l'encourage. Mobilisant ses dernières forces, elle s'en fut en boitant et trébuchant, tout son être déterminé à survivre.

– Vous êtes toutes des salopes ! leur hurla Peter.

Helen se retourna et elle le vit qui, de sa main valide, s'emparait du coutelas et parvenait à se relever.

– Non, ne faites pas ça ! lui cria Helen.

En dépit des horreurs qu'il avait fait subir à ses victimes et de tout le mal qu'il lui avait fait personnellement, Helen ne voulait pas sa mort. Peut-être était-ce la psychologue, curieuse de la psyché humaine, qui parlait en elle ; peut-être était-ce tout simplement son cœur.

Il la regarda et lui lança :

– Vous êtes comme toutes celles qui ont pourri ma vie !

Sur ce, il s'avança vers elle en beuglant de rage, le couteau levé.

M.J. commença à faire feu. Elle vida son chargeur. Neuf balles.

Neuf balles qui allèrent toutes au but. Peter hurla et se tordit comme un pantin à chaque impact. L'avant-dernière balle le projeta au bord du toit ; la dernière le frappa entre les deux yeux, juste au moment où il basculait dans le vide.

Il était mort avant d'atterrir sur le toit d'une voiture de police. La rampe de gyrophares équipant le toit du véhicule explosa sous le choc, projetant alentour une gerbe d'éclats de plastique rouges, bleus et blancs. Une signature finale que Peter lui-même n'aurait pas désavouée.

Un essaim de policiers encercla aussitôt le cadavre, leurs armes tendues vers lui en un geste de symbolique exécution.

Il fallut quelques minutes aux SWAT et à la brigade de Quinn pour arriver sur le toit. Une équipe médicale se porta aussitôt auprès de M.J. et d'Helen. Les deux femmes se retrouvèrent allongées sur des civières et descendues à l'auditorium pour les premiers soins.

Dans sa civière, M.J. frissonnait de la tête aux pieds. Elle était couverte de sang. Un médecin souleva son gilet pare-balles : les deux balles tirées par Peter avaient laissé deux belles ecchymoses.

– Il est possible que vous ayez des côtes fêlées, dit-il.

– Si ce n'est que ça, je peux remercier mon gilet, dit-elle en esquissant un sourire.

Quinn apparut dans son champ de vision, grande silhouette dégingandée penchée au-dessus d'elle.

– J'ai désobéi aux ordres, dit-elle d'une voix de petite fille prise en faute.

– Quels ordres ? fit-il, feignant l'étonnement.

– Je l'ai tué.

– Ne pensez plus à ce salopard, n'y pensez plus du tout. Et puis je voulais vous dire qu'il y a une serviette de plage qui vous attend quelque part dans le Sud, au soleil. Vous allez me prendre deux semaines de vacances. Et, quand vous reviendrez à la brigade, je veux que vous soyez en pleine forme.

Helen, debout malgré son épuisement, faisait un rapport succinct à un policier en uniforme, tandis qu'un médecin pansait ses blessures aux mains. Tout en parlant, Helen ne quittait pas M.J. des yeux. Le nœud coulant avait laissé sur son cou une vilaine trace bleuâtre.

Puis les infirmiers soulevèrent M.J. dans sa civière pour la transporter dans l'ambulance qui attendait.

Helen s'approcha de Quinn, honteux d'avoir sous-estimé cette femme remarquable.

– Est-ce que je peux monter avec elle ? demanda Helen.

– Mais bien sûr.

Quinn lui sourit et, la prenant par le bras, l'escorta jusqu'à l'ambulance, l'aida à monter et la salua avec le plus grand respect avant de refermer la portière derrière elle.

Le véhicule démarra aussitôt sous la mitraille des flashes des reporters.

Pendant ce temps-là, derrière l'auditorium, près de la porte réservée d'ordinaire aux livreurs et aux poubelles, le commissioner Petrillo s'apprêtait à donner une nouvelle conférence de presse. Au premier rang des journalistes, l'indomptable Susan Schiffer menait les questions. Elle était impeccablement coiffée, malgré l'heure tardive. Le jour, d'ailleurs, ne tarderait pas à se lever. Une bande orangée luisait à l'est.

– Nous sommes en direct de l'auditorium McCluskey, disait Grande Gueule, et oui... le voilà. On emporte le corps du tueur qu'on a surnommé l'Imitateur et vous pouvez entendre les réactions de la foule.

Des cris et des acclamations retentissaient parmi les policiers et les gens de la presse et de la télé rassemblés là.

– Et maintenant, le commissioner Petrillo va faire une déclaration...

Petrillo s'avança devant les micros que lui tendaient des mains impatientes.

– Je viens juste d'être informé que Peter Foley, auteur d'une série de meurtres atroces, vient de mourir de ses blessures au cours d'un échange de coups de feu avec les forces de police. La plus grande chasse à l'homme de l'histoire de la ville est parvenue à sa fin sans qu'il y ait mort d'homme, hormis celle de l'odieux assassin. Je tiens à féliciter le lieutenant Quinn et les hommes de la brigade criminelle pour le formidable travail qu'ils ont réalisé...

Pendant que Petrillo louait les forces de l'ordre, Helen et M.J. étaient en route vers l'hôpital. Il régnait un calme bienfaisant dans l'ambulance, après l'explosion de violence de la nuit. M.J., qui s'était assoupie, rouvrit les yeux et, voyant Helen à ses côtés, lui sourit :

– Vous avez fini par sortir de chez vous, dit-elle.

Helen, refoulant son envie de pleurer, gloussa doucement :

– Oui, tout arrive.

M.J. prit la main d'Helen et la serra dans la sienne.

– Ça va aller ? demanda-t-elle.

– On va essayer, répondit Helen en riant de nouveau.

Mais, cette fois, elle ne put retenir ses larmes plus longtemps. C'était bon, de les sentir ruisseler sur ses joues :

– Pour un flic, vous êtes quelqu'un, vous savez.

– Pour une psy ex-agoraphobe, vous n'êtes pas mal non plus.

M.J., épuisée, ferma les yeux et se rendormit sur-le-champ.

Helen regarda par la fenêtre de l'ambulance.

Le pont de la baie projetait sa masse de pierre et d'acier au-dessus des eaux noires et bleues. Les lumières de San Francisco se dissipaient dans la pâle lueur de l'aube. Une étroite bande orangée luisait dans le ciel, à l'est. Helen serrait la main de M.J. et souriait à la pensée de sentir de nouveau le soleil sur sa peau.

Épilogue

Jack

Darryl Lee gisait sur son lit étroit, dans sa cellule, la tête bien calée sur son oreiller pour regarder le reportage en direct de l'auditorium McCluskey, sur son petit écran de télé. *Merde*, pensait-il, *t'étais un vrai dur, Foley, mais fallait pas sous-estimer la Helen.*

Enfin, Foley lui en avait donné pour son argent, au Dr Hudson, et c'était tout ce qui comptait. Darryl Lee n'était pas un crétin. Il n'avait pas mis tous ses œufs dans le panier de l'Imitateur. Non, m'dame. Il avait d'autres poulains pleins d'avenir en réserve.

Il se leva et éteignit la télé, caressant au passage une photo d'Helen découpée dans un journal et qu'il avait collée sur le côté du poste.

– T'avais sûrement neuf vies au départ, ma belle, mais on t'a en déjà bouffé quelques-unes, dit-il tout haut.

Puis il prit sa Bible et en sortit une lettre qu'il avait reçue la veille. Il la relut encore, puis la replia et la rangea de nouveau dans sa Bible. Il alla s'asseoir à sa petite table de travail et, prenant un papier et un feutre, entreprit d'écrire sa réponse.

Cher Jack,

J'ai bien reçu ta lettre et je peux pas te dire combien elle m'a fait plaisir. Je vois bien que tu es un garçon très sensible et valable, et c'est bien pour ça que la plupart des gens te comprennent pas. Ils te sous-estiment et je sais que ça te fait mal.

Je suis aussi très content que tu partages mon intérêt pour le Dr Hudson. Figure-toi que j'ai en ma possession une culotte à elle qu'elle m'a dédicacée. Eh bien, je te l'envoie. À titre de cadeau pour un ami cher. Maintenant, si ça te dérange pas trop, j'ai un petit service à te demander...

Darryl Lee continua d'écrire puis relut sa lettre. Satisfait, il la mit de côté. Puis il se rallongea sur son lit et écouta les cris et les grognements qui montaient des cellules voisines. Mais lui, Darryl Lee Cullum, était comme une île de tranquillité au milieu de cette mer tourmentée. Il était un sage en prison. Il avait appris à canaliser sa haine, et il devait s'avouer qu'il ne s'était pas ennuyé une seule seconde tous ces derniers mois.

POCKET - 12, avenue d'Italie, 75627 Paris Cedex 13
Tél. : 44-16-05-00

Imprimé en France
Dépôt légal : février 1996
N° d'impression : 32694